Changqi West Road

长岐西路

丁真／著

中国青年出版社　　宁波出版社
NINGBO PUBLISHING HOUSE

周森森的某日

One day in Zhou Sensen's life

路两侧层林尽染，初冬暖阳的照耀下，红色、金黄色和绿色跳跃着映入眼帘。

买故事的人

People who buy stories

明灿家隔壁住着的是我三叔一家，他们是村里仅剩的两户了。开发商早惦记上了这块地。明灿家是坡顶老屋，房子年久失修，外墙面都剥落得厉害，几处已可见黄砖裸露，想必屋内也好不到哪儿去。

明灿有一个姐姐，但据说成年后就没有和他们住一起，现在这个破房子里住的是明灿一家子和他父母。我三叔家是新房子，正是拆掉了明灿家那样的房子后盖起来的。

三叔无儿无女，老婆又走得早，基本上宅在屋里不出门，对邻居来说，三叔是一个毫无存在感可言的人。可以想象，这个村子，仿佛就只留了明灿一家。

鲸鱼与岛
Whales and islands

什么样的大型动物能在岛屿周边徘徊？他想到了那头鲸鱼，那头颜色让他不喜欢的鲸鱼。他这么想着，笑出了声。他折了回来，开始跟着声音传来的方向，向海滩走去，越走越急，几乎要小跑起来了。头顶的月亮也开始发光发亮，变得饱满又光明。偶尔一颗流星从头顶划过，掉到身后身后的草丛中去了。

长岐西路

Changqi West Road

新修建的气派站台，与楼密人稀的新区冷漠气质非常符合，站在站台上，我有一股轻松自在感，开心高兴之余，也感受到一股神秘的力量，把站台和我相连的力量。

有风吹过站台，风里夹杂着空旷马路上卷起的尘土，让我迷了眼。

長岐西城

CONTENTS
目录

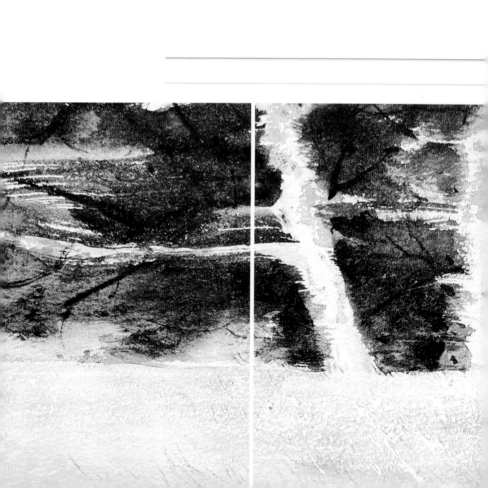

周森森的某日

One day in Zhou Sensen's life

周一一上班，副总经理汤子明踏进周森森办公室的时候，周森森心里不好的预感就已经变成了现实。汤子明为人城府极深，表面上总是满脸堆笑但内心非常阴险狡诈。作为周森森的直接上司，他总是把周森森扔出去，挑拨他去对抗其他副总经理，然后自己再做好人从中斡旋，接着还不忘把周森森和另外一位当事人一起告状到总经理那里，让总经理对他们各打五十大板，临了，来安慰周森森受伤的心。时间一长，周森森能不见他就不见他了，能躲就躲。

　　汤子明的笑容很标准，露出八颗牙式的灿烂，如果不是上当太多次，周森森很容易会被这份热情感动。

　　"伙计"，汤子明没有在周森森的对面坐下，而是径直走到他的座位旁，俯下身来，压低了声音说，"老总想把内务采购这一块也并给金晶。"

　　"板上钉钉还是征求意见？"周森森掩饰着内心的震惊，但他故作镇定地问。

汤子明叹了口气，一副无奈的表情，摇头，再摇头："谁都知道金晶是老总的人，虽说老总提出内务采购和生产采购、加工采购合并一起的想法并没有错，但这样一来，金晶的权力就太大了，一个内务办主任相当于第一副总了，这对你不公平，她太欺人了，你应该去争一争。"

周森森就这么一眨不眨地盯着汤副总看。自从两个月前公司新设立内务办，采购办主任直接被炒鱿鱼，他主管的生产采购和加工采购两大块都移交给了新设的内务办，也就是移交给了金晶，现在，轮到周森森的内务采购了。这是老总的意见？还是汤子明为拍马屁出的馊主意？或者是金晶无限扩张的野心的体现？如果是老总的意见，那说明了老总对自己的不信任，派这个外行的女人来，是说明信任比成本利润更重要？还是仅仅以为自己做得不够好？

汤子明说完停了下来。周森森明白他在等自己的回答。他用最短时间调节了自己的情绪，说："没事啊，既然是汤副总开口的，我同意。怎么说，都是要给汤副总您面子的。"周森森在"您"这个字上用了很重的语气。在结果不可更改的前提下，周森森为自己耍了个小聪明卖了个顺水人情而暗自得意。

当然，他的得意没能坚持很久。汤子明离开后的第5分钟，周森森接到金晶的电话。

"周主任，汤副总通知我和你交接工作，现在，谢谢。"她的话客气、有礼貌，但不容反驳。

她永远不会成为受欢迎的人。挂了电话，周森森几乎有些咬牙切齿。

正在拷贝资料的时候，周森森接到太太的电话。太太在电话那头说，她正在附近，顺路来看看丈夫。

"看毛线。"周森森没好气地回答。

周太太不知道丈夫发生了什么事，显然她以为这是丈夫打趣的语言，所以她也用一种俏皮的语气调侃丈夫"门难进，脸难看。"

"去去去，别闹，烦死了。"

周太太这才感觉不对，问丈夫怎么了？周森森把上午汤子明来的事情说了，他觉得汤子明根本不尊重他，连个正式的谈话都不算，5分钟后就直接让金晶来交接工作。现在好了，整个内务办，他就管收发通知这一样活了。

"这对你是好事情，"妻子肯定地说，"周末在家时我们就有预感，现在这样可能更好，不与他们争，你反而能生存下去。"

周森森没有回答，周太太又说："别忘了晚上出发，明天的假你记得请好。"

"嗯，知道。"

当晚七点，周森森带着妻子，开着车，去往 Z 市。出发前，儿子送给周森森一个苹果，这让周森森多少觉得欣慰。周太太则开玩笑说自己安慰千遍不如儿子一个苹果。尽管过了十多年，他们仍然很相爱。

他们按计划在服务区吃了汉堡、薯条，喝了可乐，妻子又另外吃了一个派和一对鸡翅。周森森有些意外地看着妻子，不明白正处在减肥状态的她为什么突然食量暴增，但周森森不敢问，他担心一言不合就会和妻子吵起来，他可不想在剩下的三小时车程里一边吵架一边开车，那太危险了。

妻子倒是不怎么说话，心事重重的样子，车子过了一半的行程，周森森忍不住问妻子怎么了。

"因为明天一早的复诊啊，感觉有点听宣判的意味，生死就那一句话。"妻子说。

周森森很想告诉妻子，没到死啊生啊的那份上，但他怕自己这么说，只会让妻子埋怨自己无法感同身受自己的痛苦。他只能说："放心吧，没事的，这个专家很有名气，没问题的。"

"反正生病的不是你，你自然轻松。"妻子还是说出了这句话。

"嘿，会没事的。"周森森透出夸张的轻松表情，"相信我，会没事的。"

为了证明自己的观点，周森森冒险在高速上伸手握了一下妻子的手，妻子还给他一个微笑，露了一点牙齿。

"我现在真的是后悔了，要是我没有在那家小医院做体检多好。"妻子的话几乎让周森森发疯。她开始说自己到现在为止都不敢相信竟然到这一步，先是在一家体检机构检查出肿瘤高危指标，然后和同学中唯一一个当医生的沟通了一下，就被拉去做细胞组织活检，再然后休养了一周，得到的病理报告居然是高危，建议手术切除。

"不，我不能做那个手术，不然从此以后作为女人我都不完整了。"妻子说，"我毕竟才三十多岁，太年轻了。"

自从体检报告出来以后，周太太的情绪就变得时好时坏，饮食上也会经常暴饮暴食。但这个时候平时急性子不耐烦的周森森只能很有耐心地安慰、劝说，周森森认为这是考验夫妻感情的最关键时刻，当然他认为他爱他妻子，他们的夫妻感情相当好。

也就是在病理报告出来的那一刻，周森森看看急得跳脚的妻子，说了句："去Z市找专家看看吧。"

妻子仿佛突然看到一线生机，然后拿出手机联系了Z市的同学，关注微信号、预约挂号，然后同学又推荐了一个朋友给周太太，说这个朋友也是同样的问题，经Z市这个专家手术后，6个月指标就转阴了，周太太立马就加了那个朋友，那个朋友又推荐了一个卖艾灸的微商，说这款艾灸做理疗不错，有改善效果，周太太又毫不犹豫地下单这几千元一台的理疗机。做完这所有动作，全过程不超过10分钟，且一气呵成。

周森森看着妻子情绪激动地做完这一切，他大气不敢出，一声不敢吭。对于一个病人，根本不能提到"钱"或者"时间"问题，否则对方就会咆哮着吼叫，以为她的命在你心里不重要，这是病人最不能接受的。

"下雨了。"周太太发出了类似于"糟糕"的腔调。

周森森回过神来，看着前方。

天已经黑了，雨滴先是几滴砸在挡风玻璃上，随即便像天被撕开了个大口子似的，一大盆水从天上直接倾倒了下来。

周森森把雨刮器调到最快速一挡，两只手握紧了方向盘，身体僵直，双眼紧盯前方。

"按一下那个三角形图案的键。"他对妻子说。

妻子照做了，但她也同时皱起眉头说："这不是个好的预兆。你小心点。"

周森森突然心就沉了下去，背部开始出汗，握方向盘的双手也微微有些颤抖。他轻踩了刹车，企图放慢车速，膝盖却有些不听使唤。

接下来的车程，他们几乎没再说一句话。

住在 Z 市的那个晚上周森森做了个噩梦。事实上周森森根本记不得自己做了梦，第二天起床的时候，周太太告诉他的，当时周太太正在给儿子打电话，叮嘱他起床，穿什么衣服和裤子，早餐面包和牛奶在哪儿，七点十五分准时到小区大门口等候一辆牌号为"3313"的出租车去学校，哦，还有红领巾和校徽记得戴。

唠唠叨叨完一大堆后，周太太冲着还在床上伸懒腰的周森森说："你昨晚做噩梦了是吧！"

周森森还没反应过来，周太太就马上绘声绘色地讲起周森森昨晚半夜里如何弹起来坐直在床上，如何大喊有人，如何手指着窗惊恐万分的样子。周太太对于这个悬疑故事的着迷，已远远超越了故事本身的内容，尽管周森森大脑一片空白，但他装作自己完全相信了妻子的说辞。

"今天是决定命运的时刻。"妻子一边念念有词，一边大口出气，像是一个在起跑线上听发令枪的运动员。

听到"决定命运"四个字，周森森感到头皮发麻，他从来不觉得妻子会得什么绝症，哪怕今天确诊说要做手术切除，那也只是失去身体里某一个器官，周太太还是健康的周太太，只是恐怕今后会是疑神疑鬼、歇斯底里的周太太。想到这里，周森森也不由开始念念有词，保佑妻子的平安。

周太太突然被丈夫的行为感动。"你真好。"她抱住了丈夫说。

周森森感到羞愧。妻子一直把他定义为"好男人""好丈夫"，他是么？

从某种意义上来说，他应该是。

他也一直努力在做"好男人"，但每一次他努力的时候，他总感觉自己有些心虚和底气不足。在公司里，他通过奉承、圆滑甚至有时是狡诈的方式得到了这个职位，可他认为自己"不管怎么说，坚守不害人的原则和底线"。

那，是不是好丈夫呢？这个问题让周森森心里有点堵。因为妻子的缘故，他头天晚上知道了世界上还有这样一种肿瘤，紧接着的第二天上午，他在办公室里翻阅新进人员档案，一个穿着宽松卫衣，一头蓬蓬发的女孩走进他办公室，声称自己是新近来的大学生，申请假期。周森森问请假原因，女孩说打疫苗去，并且准确说出那个他刚知晓的肿瘤名称。周森森以妻子为由，与女孩互加了微信，并在女孩离开后的五分钟内，翻阅了这个叫郑悦的女孩的档案，也翻看她朋友圈近半年的所有照片，之后的每天，他们都有微信上的暧昧对话。

周森森想到这个就感觉痛苦。他偶尔会想如果妻子知道这些会不会震惊。他想成为一个好人，一个诚实踏实的人，不知道为什么，却总会有虚伪的时候。

大医院的复诊并不顺利。上午这个点是高峰期。首先是找不到病理科，折回去问分诊台的护士，这个四十开外的女人才听到"病理"俩字，就将她胖乎乎的手指往身体后方一指，然后就忙着回应其他病人去了。

周森森和太太疾步朝着护士指的方向，赶到一楼大厅的西北角，结果发现，那里只有整排的病理报告打印机。他们于是再次折返回去从人堆里挤到分诊护士面前。

"不好意思，我是想问病理报告会诊应该找哪里？"周太太的声音听起来，带有一些奇怪的低声下气。

分诊护士换另一只同样胖的手指向身后的另一个方向。妻子朝周森森示意了一下，又小跑向大厅的东北角。周森森跟上了她，一边跟一边说："你急什么？哎！资料和就诊卡别掉了。"

"当然急，病理报告要半小时才能出，登记送检慢了一个就要多等半小时，我还等着把病理报告给专家看呢，专家预约时间可不能错过。"

好吧，周森森想，女人都是有理的，她们只需要你配合，不需要你质疑，更不需要你反驳。

"排队去。"病理窗口的年轻人冷冷地看着周太太。

"我其实想问问是不是这里……"周太太的语气几乎是哀求。

"那也排队去。"年轻人依旧紧绷着脸。

周森森拉过太太，加入到排队的队伍里，等了十几分钟时间，总算轮到了他们。周太太拿出一盒玻片标本，又手忙脚乱地抽出好几张纸，交给了这个年轻人。

见是规规矩矩排队排到的，年轻人的态度明显好转，她热情地说："你这个不在我这里登记，你到 7 楼去登记，还有，你得交一个挂号费。"

"我们挂了号了，是妇产科专家号，只是时间没到还没取号。"周森森忍不住插嘴。

"你挂的是妇产科专家号？不行，得挂病理科的号。"

"我已经交过钱了。"周森森从年轻人手中抽出一张纸条，"你看，我交过钱了。"

"这是会诊费，还要交个挂号费，50 元。"年轻人笑了起来。

周太太脸突然红了，一把接过就诊卡和玻片，再拉了周森森的袖子，就往电梯口走。

"怎么了？"周森森问。

"你这样问，好像我们是那种没钱的乡巴佬一样。"周太太压低了声音说。

他们进入了电梯，发现最高楼层是 6 楼，周森森本想再出去问一下那个年轻人，但周太太没给他出电梯的机会，直接按下了"6"。

"先上去再说，"周太太说，"不然人家真当我们是乡下人了。"

他们在 6 楼像没头苍蝇一样溜达了大半圈，发现有一条通道通向另一幢楼。穿过通道，看到楼梯指示牌上写着"病理科请上 7 楼"。

到了病理科登记台，把东西交给前台护士后，护士告诉他们右转走到底，再左转，走到第二间，在那里等报告。

夫妻俩按照护士的指示，到了指定地点。那个房间其实很好找，走到底右转就会看到前面放置了一排连在一起的椅子，已经有一对夫妻在那里候着了。

他们紧挨着坐下，周太太把背包放在相邻的座位上。事情到这里，总算能稍微缓一口气了。

"先把东西整理一下，别掉了什么。"周森森叮嘱妻子说。

周太太一边整理东西，一边感慨："难怪人人都想结识在医院工作的人，成为朋友。你说我俩也算年轻，要换成不会用微信的老年人，可怎么办？在医院，没个熟人真不行。"

周森森本想说："你那个医生同学好像也没怎么让你方便啊。"话到嘴边，觉得场合不对，又生生地给咽回去了。

从房间里出来一个头发花白、戴金丝边框眼镜的女医生。前面那对小夫妻赶紧迎了上去。医生先是用低沉的声音对他们交待了几句，然后突然提高了分贝："子宫肯定保不住了，要切掉的！"

年轻的妻子突然掩面哭了起来，丈夫搂着她的肩，不停地安慰。周森森打开手心，看了看掌纹，又握了握拳，发觉有些无力。

目送着小夫妻颤抖的背影离开后，周森森像是想到了什么，低声对太太说："我们要不换个地方等？这里太吓人了。"

太太瞪了他一眼："又不是我的报告，有什么好怕的。"

周森森垂下了眼睑。不一会儿他抬眼说："那我去买瓶水。"

周太太没有应答。显然她紧张到只沉浸在自己的世界里。

周森森起身离开了等候处，穿过走廊，下了一层楼梯，走到电梯口，乘电梯到一楼大厅，径直走到医院大门口——那里有一台自动贩卖机。

外面有风。周森森缩了缩脖子。陆续有人进入医院大厅，绝大部分是女性，年轻的、年老的，怀孕的，没怀孕的。除了怀孕的女子带有喜悦的神情，其余的，无一例外都是风尘仆仆、疲惫不堪的表情。

周森森叹了口气，虽然他也不明白自己为什么叹气。他熟练地塞了一张纸币进去，按下矿泉水键。一声沉闷的"咚"，一瓶水应声掉了下来，紧接着，"丁零当啷"的几声清脆响声，找零的硬币从另一个口子掉了下来。周森森弯腰，右手捡起瓶子，递到左手，再次弯腰捡起找零的硬币，塞入裤子后兜。

这个时候，他的手机响起了微信来消息的声音。

是郑悦发来的。她问他今天一天是否都请假了？周森森说只是上午请了假。周森森说的是事实，Z市回公司大概是4个小时的车程，正常情况下妻子应该能上午11点前复诊完，那么下午3点左右他就能回到公司继续上班。他并不热爱工作，但现在公司的情况让他头疼，他不得不谨慎行事。

"要不是问了你部门同事，我都不知道你请假。"郑悦的回答仿佛有不高兴的意思。周森森于是半开玩笑半暧昧地问："怎么？想我了？"

"一早上没看到你，我心里就空落落的。"

周森森莞尔一笑。这种话已不能让他上当了，甚至让他瞬间紧张、屏息都不可能。以他的年龄和阅历，顶多是有些心不在焉。

"放心小可爱，下午就能看到你了。"周森森回完这一句，又等了一下，确信郑悦不再回复后，把整个对话给删了。虽说妻子不会检查自己手机，但周森森觉得留着这些无足轻重的信息完全没必要。

周森森拿着一瓶水，原路返回到了病理科。见妻子安静地坐在椅子上，拿着手机看着剧，身旁放背包的椅子上，扔着张纸。

那应该是报告，报告出来了。周森森在脑子里转了数十个弯。是好？是坏？是不好不坏？有转机？还是和之前医生断定的一样？周森森无法判断，也不好轻易下论断。

听到脚步声的周太太抬起了头，把一只手伸给了周森森，他把妻子的手抓在自己手中，顿了顿，捏了一下，妻子也捏了一下他的手，他感觉到一种愉快和满足的情绪传递过来，他熟悉这种方式。

"怎么样？"

周太太放下手机，站了起来："这边病理科医生说我这个没什么大问题，但还是要最后等专家定。"

"那还等什么？快去找专家吧！"

周森森的回答让妻子很满意，妻子把周森森的这种急不可耐理解为是对自己的担心和在乎，女人往往很享受爱人的这种情绪。妻子的满意让周森森也感觉非常愉快。

他们来到候诊大厅。已经没有了空位置可坐。只能站着。在一大堆女人中间，周森森觉得很不自在。他往后挪了挪，又往后挪了挪，直至后背靠到了分诊台。

妻子扯了扯周森森的袖子，又指了指电子屏幕。

"把资料都带上。"周森森把一个大信封塞到妻子怀里，"别落了，也别急，问清楚，包括我，我需要注意什么。"

周森森用手指了指自己。

妻子突然明白过来，一脸坏笑，拿着大信封走了进去。

看着妻子进了诊室，他才掏出手机，刚才就一直有规律地震动，应该有很多条信息。

都是郑悦发来的。

"什么时候回来啊？"

"还没出发吗？"

"为什么不回我啊！"

周森森突然脑回路堵塞了。他有些不知所措，因为直至刚才他都在想，医生对妻子的宣判是什么。正在他犹豫着如何回答的时候，妻子从诊室出来了。

妻子朝他挥了挥手。

周森森几乎可以在 5 米开外就能感受到她心里的喜悦。当他走近妻子，二人面对面时，妻子突然抱住了他，非常用力地亲吻他。

周森森脸颊火辣辣的，但妻子抱了很久才松手。

开回家的一路上，因为心情好，妻子变得滔滔不绝，而且根本不在意周森森是否回应她。妻子说自己早就怀疑小体检中心的检验结果，也怀疑当地医院的活检结果，推论到最后，她说："如果当时重新体检一次，也许根本就不会遭后来的罪了。"

"没有如果，我一直相信你很健康。"周森森及时终止了这个问题，"有问医生我该注意什么吗？"

妻子咧嘴一笑："医生说如果我们决定再要一个孩子，那什么都不需要注意。"

一切都很顺利。车窗外的阳光仿佛直接洒进了周森森的心里。他决定在最好的那个服务区停下吃午餐。

当他们驶入那个服务区的时候，发现整个服务区正在整修，唯一的就餐点的饭是没得选择的盒饭套餐。回去的路上和来时一样，出现了不顺的预兆。

周森森手捧着盒饭，站在大太阳底下眯起了眼大口大口地吃。他的妻子就在他对面，看着他，冲他笑。这份笑容极具感染力，让周森森也感受到精神和心理压力完全释放后的轻松。

继续赶路的途中，遇到了一些波折。没开多远高速就开始封道，必须从最近的收费站下高速，周森森费尽心机，下高速后在城里转了转，企图在另几个高速入口进入，但均被告知封道。

周森森的心情开始烦躁起来，他又试着走了几条路，仍然未能成功。

"你是请了一天的假，还是半天？"妻子感觉到周森森的急躁情绪，问他。

"没事的，正常赶回去，还能去上班。"周森森答非所问。

妻子沉默了一会儿，又说："你要不要和公司再说一下？我感觉高速不能开，下午可能到不了。"

周森森没有回答，他根本没有听到妻子在讲什么。他要回去，他不能让这样的事变成金晶甚至汤子明抓他的把柄。当然，这其中可能还有一点点成分是因为郑悦。

周森森开始不安起来。这种不安让他在盘山公路上多次超速。不安慢慢变成了沮丧，他面部表情也开始扭曲、愤怒。

导航中那个冷冰冰的女声再一次提醒"您已超速"时，妻子大声地说："靠边停一下吧。"

"怎么了？"周森森问。

"停下。"

"反正都晚了。"周森森大笑着重复一遍。

周森森选了一处较空的路段，把车缓缓地靠边停下。

妻子打开车门，一蹦一跳着往路边的草丛里跑，边跑边喊："等我一下！"

周森森顺着妻子跑的方向看去，路两侧层林尽染，初冬暖阳的照耀下，红色、金黄色和绿色跳跃着映入眼帘。妻子从草丛钻出来，摇头晃脑着，拼命挥着手，笑容比阳光更灿烂。

周森森觉得有些无奈，他勉强笑了一声，然后又笑了几声，等到周太太摇晃着身体跑过来时，周森森突然感到滑稽，他开始不可控制地发笑，笑到不可收拾，笑到直不起腰来。

"反正都晚了。"周太太大笑着说。

"反正都晚了。"周森森大笑着重复一遍。

三德刀

Sande knife

闹钟铃声被设置成单调的下课铃声。当它高到一定分贝的时候，音高和音强变化混乱，在安静的清晨，嘈杂、刺耳，应激事件让大脑内的肾上腺素和血清素水平急剧变化，心慌、气急、有窒息感。

但我却是例外。此刻，我正在欣赏这短暂又持久的高分贝，且沉迷其中。

时钟指向 6 点整。

不意外。我总是在闹钟定时响铃之前醒来，而后静静地躺在床上，等待时间一分一秒地流逝，直至下课铃声在耳边聒噪地欢腾。

薄荷味的牙膏，小小的牙刷，又细又长的软毛刷，从上牙床到下牙床，从左侧口腔至右侧口腔，这样上下左右刷了一遍，又重复一遍。接着漱口，一遍，又来一遍，结束了刷牙全过程。

洗脸也是如此。左脸至右脸，额头至下巴、脖子、耳后，一遍，再重复一遍。

我不否认我有强迫症，我喜欢有序、对称地去生活。这说明不了什么。这世界上每个人都有强迫症，无非有些人隐性，有些人显性，有些人轻微，有些人严重而已。强迫症现象在这个世界各个角落随处可见，每天出门去，走到家楼下总感觉楼上房门没锁，紧接着返回家察看，发现房门已锁，遂放心，再次出门去——这，也是强迫症现象的一种。也正因为强迫症是如此普遍，我并不觉得自己是个怪胎。

刮了两遍胡子后，我到餐厅的冰箱里，拿出了一块长方形的三明治，揭开了包裹着的保鲜膜，从刀架上抽出一把三德刀，在三明治上左右比划了许久，确定了等分的尺寸后，才下刀将这块长方形三明治切成两个完美的正方形，一块是今天早上的早餐，另一块，则是留给明天的。

一块边长 10 厘米的正方形三明治，配上一杯 130 毫升的牛奶，经过我的反复实践，证明这个是刚刚好可以让我的胃饱腹至上午的 11 点 30 分左右，然后，我就可以在 11 点 30 分的时候进行午餐，不浪费一分一秒，补充上身体能量。

餐桌正前方是一个 18 英寸的索尼电视机，这是我 10 岁时，父亲从国外带回来的礼物。父亲是远洋船长，在那个年代，因为父亲的职业，我们家在镇上是有钱人家，活在他人羡慕的眼光里。

电视机里在播放一段录像。一个体格肥硕的中年妇女，穿着黄红大格子的宽松睡衣，顶着一头乱糟糟的长发，用指甲上只剩半截玫红色指甲油的食指，正戳向对面的那个身穿白衬衫藏青色西裤体格健硕皮肤黝黑的中年男子。

录像是无声的，但从妇女的口型变化之快，大约也明白，多是市井之中的脏话。

录像到这里，发生了惊人的转折。中年男子不知从何处抽出一把三德刀，快速大力地插入中年妇女的左胸。

中年妇女倒下了，抽搐了两下，便再也不动。身子底下，一摊血慢慢漾开，越变越大。

画面倾斜了几秒，突然镜头发抖着掉到了地上，整个画面颠倒了过来。一个少年的裤腿和球鞋进入了画面，挡住了镜头，就这样，一直到录像结束。

我回头看了看墙上的钟，刚好7点。于是伸手关了电视，将桌上装牛奶的量杯拿到水槽里，清洗了两遍，再仔细擦了两遍，最后把手洗干净，来到了衣柜前。

没有什么可选择的，清一色的白衬衫和藏青色长裤。但今天是星期三，星期三有星期三的白衬衫，它与其他日子的白衬衫不一样，我认得它，它的领子在七件白衬衫里，稍微有那么一丁点儿发黄，当然，除了我，别人都看不出。

我在家门口整衣镜前穿戴完毕——其实有没有整衣镜都一样，家里所有的镜子，我都已经用不透光的厚厚白纸糊得严严实实——如果不是租来的房子，自己装修的话，我根本不会在房间里装任何一面镜子。因为，我讨厌我自己。

戴好近视眼镜和手表，穿上黑皮鞋，我抬腕看了看这只破旧的石英表——它是父亲给我的生日礼物——时间刚好7点30分。

我出了门，锁上。又打开，再次锁上。确认上锁无误后，才离开家，走下楼。

我工作的地方，是一家规模极小的印刷厂。地址就在这条街笔直走到尽头的转角。根据我的测量，手机计步器显示从家门口到厂门口，每天是3575步到3580步之间，因此，我估算全程是3580米。

在厂里我负责的是印品印制完成后的加工工作，包括折页、覆膜或UV，烫金或起凸，装订然后送去打包。

说我们的厂规模很小，是因为工人只有四个，出片、打样、拼版的是一个小姑娘何菊，瘦瘦小小的，一副发育不成熟的样子。上机印刷的叫陈英兰，如果是平时，可能对她的性别还会有所犹豫，但在厂里，当我们都穿蓝灰色大褂每天工作10小时甚至更长时间时，你绝对不会认为她是女的。还有一个工人就是打包、司机兼联络员，平时他很少在厂里，每天只是上午10点和下午4点来厂里，看到我装订好的印刷品，就会打包好送去客户那里。当然，如果有加印或急印的货，他会提前通知我们，总之，他是我们唯一的对外窗口。

我们的薪水很少，这也情有可原。本身这就不是什么高技术含量的工种，我们都只是熟练工而已，没有任何一个雇主会大方到愚蠢的地步。

一个颤巍巍的声音从我身子左侧传来。

"你好，请帮我捡一下那个玩具，可以么？"

说话的是一位银发女士。她坐在车的后排座，那部蓝色的轿车，就停在我身子左侧的路边，车窗都敞着，前排没有人，可能驾驶员停车后到附近短时间办事去了。后排车门被打开，除了这位银发女士，还有一个约摸五六岁的男童，很显然这个圆溜溜的玩具从车里滚出来之后，这位老态龙钟但穿着打扮很高端显然受过良好教育的老太太试图打开车门去捡回来，但她不能做到既不离开座位又能捡到玩具，而她不离开座位的原因，不是因为年事太高腿脚不便，而是怕起身后旁边的孩子会有意外。

我在这个圆溜溜的玩具前蹲了下来，仔细观察。

我很难明白这个圆溜溜的玩具是干吗用的，更不用说它叫什么。我没有妻子孩子，连女朋友也没有，我不可能知道这些玩具的名称用法，不过这并不影响我内心想帮助他们的冲动。对，是冲动。在我的一生中，我遇到的所有人和事，我对他们或它们，不是无感，就是感情特别强烈，强烈到理性控制已极其微弱。

眼下我遇到了困难。我极少不戴手套就去碰他人的东西，尤其是放在了公共场合的东西。据研究表明，流通物品经多人触摸后，手上的细菌会黏附在物品上，当这些物品通过专业机构培养皿 48 小时培养后，培养基上会密密麻麻布满大小不一令人头皮发麻的细菌，粗略估计，各类细菌达几百种，致病的有十多种，表面依附细菌数量达几千万。

我思考了片刻，从裤兜里掏出一块洗得干干净净甚至有些发白、折得整整齐齐痕迹清晰的手帕，展开，再展开，小心翼翼地用手帕包起了地上的那个玩具，将它，连同包裹着的手帕，一起放在了女士的手里。

"哎，手帕——"这位女士还没来得及说完这句话，我已早早与她保持了一定距离，并朝她摆摆手，示意手帕不要了。

这时，我看到右前方的单元楼里出来一男一女。男人走在前，约四十岁的样子，身材样貌保持得更好，他步伐很快，三步两步来到路边这部蓝色轿车旁，打开车门，弯腰坐进驾驶室，系上安全带点火拉手刹踩油门，动作一气呵成，车子加足马力一溜烟开走，完全没有和这个赶到车边企图和他握手道别的女人对上一句话，或者是对上一眼。

女人有些失望，她娇小的身形在黑色西装套裙里僵硬了许多，直到——她看到我。

如果说 180 度大转变，是指一个人的态度从反到正、从正到反的变化，那么，面前这个女人，看见我后的表情转变，应该是 100 度到 120 度之间。

"我叫丹妮。"她伸出了右手。

我迟疑了。我从来不和人握手，除非戴着手套。

她有些尴尬地收回了右手，拿出一张名片，双手拿着，恭敬地递给我："你好，我叫王丹妮，我是这个楼盘的销售经理，你如果有关心楼市，应该知道这个楼盘卖得很好。我们现在只剩下一套房子，今天是有点早，我的同事们还没来上班，你有兴趣的话，我可以带你去看看，现在很优惠哦，存10万元抵18万元的。"

丹妮。

我的思维开始迟钝起来。眼前的情景变得恍惚而不真实，连语言输出都感到困难。

我不由自主地跟随着她进入了那幢楼。光线是眩目的，周遭景物是模糊的，她的上下嘴皮不断地触碰，不断地释放出奇怪的符号，将我逼进了一个压抑死板的空间。

我开始恐惧，紧拽衬衫的双手手心大量出汗。我感到孤单又无助，这种近距离相处，非常煎熬，头渐渐发重，遍布的脑神经每一条都紧绷着。

我快缺氧了。我需要帮助！谁来救救我？我的内心开始呼救。

我用双手用力按住两侧太阳穴，强迫自己的大脑恢复思考，可整个头皮都没有感觉。我加大了力度，企图刺激到头皮，但是没有成功。

接下来的时间，对于我来说，是漫长无力的，直到我踉踉跄跄撞着出了这幢楼，都回忆不起之前发生的事。

后背感到黏糊糊的，并且有一种被汗浸湿后散发的酸臭味儿。这股味儿使我的注意力缓慢恢复。

还是老问题。

我知道，这是药物引起的大脑皮质受损，是药物的副作用产生的幻觉。在我青春期的时候，曾有一段时间手淫很严重，后来就发展到吃不下睡不着。去了医院后，医生却把我当神经衰弱来治疗，害得我误吃了奥氮平、舍曲林、利必通、希德等一大堆不该吃的药。

想到这儿，我弯下了身子，难过地双手捂住了眼。

那个销售经理呢？

我环顾四周，没有看到她的身影。

随她吧！

我缓步向前走去，按照这个速度，恐怕要迟到半个多小时。

到印刷厂门口时，果然如我计算，迟到了 37 分钟。依照惯例，先要在门口的签到本上签上自己的名字。

用签名这种方式，真是最高层次的自欺欺人，要知道，何菊和陈哥（陈英兰不喜欢自己的名字）永远不会在没有预排印刷任务的日子里来上班，这种签到，形同虚设。不过，我从来没因此担心我的雇主，尽管这只是一种绝对形式，但有形式，也总比没形式，要来的安心些。

签到本旁边零零落落地扔着几支水笔，从透明的笔杆可以一眼看到各支笔墨水的容量。我挑选了一支墨水最少的笔，完成了签名，然后把其他几支水笔盖上笔帽，放回到抽屉里，只留这支墨水最少的笔在签到本旁边。这些只是我的个人习惯而已，如果没有依照从少到多的顺序把水笔中的墨水耗尽，我就会像吞了一罐浆糊一样难受，而且这种难受会持续很长一段时间。

走进车间之前，我顺手把挂在墙上的工作服拿了下来。尽管后背仍然黏糊糊的很不舒服，但我不想车间里的任何一粒肉眼看不到的微小细菌沾染到我的衣物。

套上鞋套，戴上口罩、帽子，最后是手套，我进入了印刷车间。

她们依旧没来，预料之中的事。

我一个人呆在车间，一种释放感让我沉醉。医生都说印刷厂的味道是刺鼻的，对人身体健康有害，可是对我来说，油墨味、酒精味，还有飞扬的纸粉尘，是多么美的气味！隔着口罩的我贪婪地呼吸着。

我不相信医生，不仅是因为他们误诊了我的病情，并告诉我说印刷厂工作是有害的，更因为他们的拒诊。

停药两年多以后，我出现了一系列的药物副作用，记忆力时好时坏，脑子一直紧绷着无法放松，思维迟缓、反应迟钝，无法集中注意力，也无法理解他人说话的意思，更别提用大脑去思考了。当我去找医生的时候，他们无一例外地告诉我，这是抑郁焦虑症的表现，要用中西药进行内外兼有的调理，适当体育锻炼，多和家人沟通，保持愉快的心情，生活要有规律。

我绝望了。如果他们不是庸医，就一定是想骗我钱的恶医。我上网查过，网上明明白白地写着，奥氮平、舍曲林、利必通、希德的副作用，它们会对神经系统、循环系统、消化系统产生不良反应，同时还会引起各种过敏反应。

我放弃了医生的建议。尽管我的生活比这世上绝大多数人要规律，但却丝毫没能改善我的现状。

就这样呆坐了三个小时，太阳高度角达到了 70 度的样子，我的思维逐渐清晰起来。

那个女销售经理、房产销售经理。

她叫丹妮。

对，丹妮。

屋外阳光刺眼，从破旧疏朗的百叶窗缝隙里，针扎一样地刺穿窗前的老式长木桌。阳光的金色斑点让人晕眩，枸橼酸坦度螺酮片的副作用让我眼睛接触到光线斑驳的阴影时产生了越来越深的朦胧感，我眯上了眼，仿佛进入了梦的第三层空间。

她叫丹妮。

初中三年，她仍然是那个瘦到弱不禁风的样子，每天头发乱蓬蓬的，枯黄的颜色，与稻草一般无二。大大的外套与她的身材极不协调。

在初中毕业晚会进行到差不多一半的时候，丹妮来找我，说是有话告诉我，让我到隔壁那幢楼 502 教室去一下。

我没有太理解她话里的含义，事实上那个时候我已经被药物的副作用侵蚀，只是这一事实直到那天结束以后我才慢慢发现。

那个时候，受荷尔蒙的影响，在最后这一段不想分离的日子里，许多男生女生迫不急待地抓住最后的机会，向有些好感的异性表白。

但对丹妮，我很清楚，我不会喜欢上她。事实上，我从没有觉得自己会喜欢上任何人，也许这种情况叫感情淡薄，但我并不认为这有多糟糕，相反，我认为不与人亲近，也是规律生活的根本。当然，我也不认为丹妮会对我有任何好感，在一般规律下，女性的荷尔蒙激素更不容易掩饰，虽然说她们中的大多数不会像男性那样主动，但她们会随时随地脸红、身子展示出扭捏做作的姿态，大部分时间都在表演温柔、贤淑、可爱，并不断地以这种状态尽可能地拉近与异性的距离。

我带着无数个问号，跟着她，下了楼，又上了楼，来到隔壁的那幢楼的 502 教室。

这是一个压抑死板的空间，教室四周的窗帘全都已经拉上。没开灯。关上门后，伸手不见五指。

"灯坏了。"丹妮说话跟倒豆子一样快，"不过没关系，我觉得今晚我同你说的事情，还是适合关灯的。"

尽管她说的很暧昧，但我很平静，内心没有一丝变化，如果她真是向我表白的，最后的结果也只能是她自己出糗。

"鲍海洋，我知道你的秘密。虽然你掩饰得很好，仍然被我知道了。"

我的前额部分皮肤像针扎一样疼，黑暗中，我看不清她，更别提她的表情。我无法意识到她说的"秘密"是什么，但是一种未知的恐惧攫取了我大脑皮层下的神经组织。

丹妮的语速很快，仿佛她丝毫不受黑暗的影响，同时她也没有想缓下来的意思。

"鲍海洋，你是杀人犯的儿子。"

她的语调尖锐，不容反驳的严厉。

我的身体僵硬着，不能动弹。此刻的黑暗，成了我最好的掩护。

我没有表情。即使我看不到自己，我也知道自己没有任何表情。如果此时亮灯，并有一面镜子，我会看到镜子中的自己，面部表情如石刻般僵化。

"在你小学四年级的时候，你的父亲，鲍安全，一名远洋轮船的船长，用一把利刃，一把总长28.5厘米的刀，从上往下，扎进你母亲的心脏。而这一幕，被当时12岁的你，亲眼目睹。"

丹妮的声音，在漆黑的夜里，如银铃般好听，每一个字，跳跃着，如自行车的铃声，"叮叮铃铃"，清脆明晰。每次听到这种含糊无知的表述，我就有些按捺不住，几乎忍不住想告诉她，那不叫利刃，准确地说，是三德刀。

"你父亲后来被判了死刑，你来到这个城市，转学开始了你的六年级，接着，现在上了初中。我说的对吧？知道我是怎么知道的么？"她的语调中毫不掩饰夸张且得意洋洋之情。

我低垂的头颅，摇了摇。突然意识到她根本看不到我摇头的样子，于是艰难而悲伤地挤出了几个字："不知道。"

她的语气比之前更欢快，仿佛在谈论着一件惊人的喜事："知道吗？最近我的小姑姑找了个男朋友，是个警察，他们来我家见我爸爸妈妈的时候，我让他讲警察故事，他告诉了我，他第一年刚当上警察时发生的这件让他一辈子都不会忘记的案子。你爸是精神病人吧！但是警察证明了杀你妈时，他是正常的。"

她仿佛已经沉浸在自己的喜悦中："巧吧！我也从没想到，有这么巧的事！当我听到你的名字，我眼睛都瞪大了！真不敢相信！"

我仿佛在黑暗中看到了她瞪得圆圆的，故作矫情的眼睛。

"你放心，我不会告诉任何人！"她说得很自信，可我的心，早已经陷入了比周边环境更黑暗的深渊。

不可压抑的悲伤，一阵阵袭来。几乎是无声地，我用最细最轻的声音问："你想要我怎么做？"

"嗯……如果你向我跪下，保证做我忠实的仆人，我就会……一辈子帮你保密！"她的语气很奇怪，仿佛是临场想出来的，又像是早就想好，装出来的样子。

一个艰难的选择。极其艰难。

如果不照做，她会告诉他人，我就会回到小学四年级到五年级时的状态，在每一个人面前，我都是有罪的人。他或他们，会故作压抑住内心的恐惧和憎恶，对我报以夸张的友好。

那一刻，我明白，其实我没得选择。当我恨他们的时候，我也成为了他们中的一员，讨厌我自己。

"所幸，黑暗中，她只有一个人，且看不见我。"在一片绝望的黑暗中，我听到自己膝盖关节传出了卡住了一样的"嘎嘎"弹响声，不疼，也不痛。

我不清楚这响声来自哪里，是关节面之间、软骨垫与关节面之间，还是肌腱和关节囊之间？也许是我关节间产生的润滑液太少，静寂的黑暗里，弹响声清脆而又响亮。

大约两三秒钟后，我听到了一丝异样的响动，从我侧前方传来。一开始，好像是蛇吐信子发出了两下"嘶嘶"声，还没等我反应过来，令人措手不及地，灯，亮了。

习惯了黑暗的我，被突如其来的明晃晃亮光刺伤了双眼。周围的物体开始旋转，我分不清眼前景物与现实的差距。

我努力稳住自己，双手撑在地面上，强制自己找到平衡。

在我的周围，一圈又一圈的女生，围着我。她们站着，而我，跪着。

膝盖把麻木的意识传送到我的大脑，我脑子开始不听使唤，我已经无法理解她们的挤眉弄眼，她们的乐不可支，她们露出洁白的牙齿，扭动着身体，花枝乱颤。她们都很好看。

我变成了一个狂躁的白痴。

心绞痛就是那个时候开始的，一直持续了五六分钟，额头冒出了密密麻麻的汗珠，我仿佛已经看到体内的各条动脉开始闭塞，流经大脑的血液中断。

我已不能思考。

在我的周围，一圈又一圈的女生，围着我。她们站着，而我，跪着。

两个女人的讨论声让我惊醒。她们超高的音调和尖锐的音色没有任何地方值得称赞，但如果说她们大着嗓门说话只为了吵醒我并让我听明白她们对话的每一字，那么，我承认，她们成功了。

"知道吗？我从来没有真正见过这么多警察和围观的人，我从来没见到过这条街上住着这么多人，我甚至都认为围观的都是外地打的来的，就为了看上一眼这里的人。"何菊似乎已经把她瘦小身子里的所有能量爆发完。

高个子陈哥的嗓门更大，粗糙，不带任何修饰，时而夹杂着乡下口音："要是能看到杀人现场就好了，我长那么大，还没见过死人呢！咋恁背！"

说完，她用力攘了我一把："你看到了吗？"

我面无表情地看着她，眨了两下眼，眼神空洞。我费力地回想她们说的话，并尽力去理解她们说的意思。

"他肯定不知道的，你问他也白问，"何菊一贯聒噪，"早上出大事了！我估计是咱们街建街以来最大的新闻了！就前面那个写字楼还是什么楼的，不是前一阵在推销的那个嘛，听说里面死人了！一个女的，死在里面了！"

"听说被扎了很多刀。"陈哥刷着手机，漫不经心地说，"太可惜了，没看到现场，嗒嗒，网上出来了，哎呀，也是没照片。"

她把手机在我面前晃了晃，我看到了她刷到的那段话："据可靠消息，死者左胸刺入一把尖刀，刀的方向由上方向下方斜刺，证明凶手身材高大。有网友已认出遗留在现场的凶器为三德刀。更多爆料，欢迎在下方留言。"

"三德刀，取'三种品德'之意，有人说是切肉、切菜、切水果之三德，也有人说是切片、切丁、剁碎之三德。三德刀取了中西式之中间值，比西式主厨刀更短小，刀尖更圆润，比中式菜刀更小巧，更容易驾驭，更称手。国内最常见一款三德刀，是日本进口大马士革花纹钢，宽版，性价比高，质量坚挺，刀刃锋利，耐腐蚀强。"我缓缓道来，仿佛脑子里有一本书，翻到哪一页，里面的字就冒了出来。

她们俩对视一笑。

一个说："你看，我就知道鲍哥不是常人吧！他懂得可多了！"

另一个不屑地反驳道："对呀对呀，可是你没听说过吧，精神分裂的人，也都是智商都极高，过目不忘的呢！"

我低下了头，不再说话。

因为湿度过高的原因，厂里很闷热。后背再次感到黏糊糊的，可我这次觉得，好像不是汗。

薄荷
Mint

这个城市的夏日，台风很多。
在临近的省份登陆时，总会让这里的天空变得阴暗又透明。

这个城市的夏日，台风很多。在临近的省份登陆时，总会让这里的天空变得阴暗又透明。我把绿色包装纸拆开，把白色薄荷糖放入嘴里，用舌尖去尝试那种滋味。那种令人清醒的滋味。树叶在我脚跟飞旋，马路空旷又空旷。我盯着不远处的那幢高楼看，楼外墙有一个"十"字标志，一条粗壮的蛇缠绕在上面。我很累，不想再说话。

任何时候，我们都认为生活是由连贯事件所组成的，我们经常会说，"从原因推到结果"。或者，"从结果推到原因"。好像生活就是有因必有果，有果总有因。其实不然，比如今天我的生活，就是由那些跳跃的记忆、零星的碎片构成的。虚无感充斥着我的脑袋，一张化验单、一个眼神、一双无辜的大眼睛、指甲边缘的死皮、干燥的唇、手臂上的鸡皮疙瘩。这些残缺的碎片，把我死死地钉在了地上。我感觉到皮肤的表层在隐隐作痛。它可能已经流血了，但我看不到。隐痛包裹着生命，生命是一个矛盾体，对立统一的矛盾体。除了冷漠、悲伤，剩下的只有沉默。每个人都有属于自己的孤独，当孤独袭来，唯有沉默。

沉溺于自己的孤独中，我变得不可自拔。每一个孤独的人，内心都有一个浩渺的湖泊，湖泊的岸边，始终有一叶永远停留的小舟在等待。我把自己禁锢在湖边，执意不上小舟。有人把身体倾斜，靠近我，声音响如雷。那是个面目可憎的护士。我落荒而逃，不仅是因为她的大嗓门，也是因为囊中羞涩。一顿中饭换了一张化验单，再也没法换更多了。

矮个、敦实、短发，一张可亲的脸。有时低头写处方，有时抬头盯着患者的眼睛。年纪偏大，眼神犀利，滔滔不绝。我像个挨训的孩子，低垂着头，被她看穿。她一遍又一遍地重复着，女孩子永远不懂这种伤害，等老了会后悔的。每一遍的语调都略有不同，但语气中的含义大致相同。我心里颤抖着，却无力反驳。我心里藏着话，我有话要说，但我一句也没说。

就在昨晚，我做了一个梦。梦见一双手扼住了我的脖子，我拼命挣扎，但窒息让我的意识从模糊到崩溃，我的舌骨被生生卡断。那双血肉一团的手，在我脸上肆意涂抹，把血液痕迹沾染得到处都是。

我心悸了，打了寒战，从恶梦中惊醒，发现自己的双手手指绞合在一起，紧紧捂住了自己的下腹部。

仪式感很重要，当你尊重它，它会转化为固有模式，最终变成习惯。

在我的习惯里，一种卑微在生长。

我生在 T 城，长在 T 城，在 T 城读完大学，在 T 城找到工作，在 T 城失业。几年前，我遇到了一个男人，他个高清瘦，唇红齿白，眼大有神，阳光开朗，能言善道，没有女人不喜欢他。我也是。我最爱他笑起来时，那一排整齐又好看的牙齿。我遇见他，在一家日料店里。那时我还在这家店做服务员，他来了。点单、上菜、结账，每一个能和我接触的环节，他总是有意无意地用他的指关节触摸到我的手背。那天店打烊后，我在店外又碰到了他。

毫无意外，我们很自然的在一起了。

你叫什么？

我叫薄荷。

我想接着告诉他我叫薄荷的原因。但我没有机会能说出口。他告诉我早些时候他爱喝哥伦比亚咖啡，偏爱的原因很简单，味重、纯正，而加了别的其他东西的咖啡，严格意义上不能称为咖啡。

有时我会在咖啡里放一片薄荷。他说，这也许就是我们之间的缘分。

他一句话就把我的名字带过。一种苍白感，一闪而过。但仅仅是一闪。之后的一千多天里，我无数次想把我二十多年人生中发生的所有快乐和不快乐的事情都告诉他。幼儿园时代，大人们说，这叫分享。但在大部分时间里，我只是个听众。

内向的人有显性自卑，也有隐性闷骚。如我。眼影盘，七色。对应一周每天。每一天我都会用指腹在上下眼睑抹上不同颜色的眼影。指腹比眼影刷好用。指腹是有温度的、贴合皮肤的、轻柔的、细腻的存在。更重要的是，指腹会抚摸着眼部皮肤，让眼神变得妩媚。

我没有能力买更多化妆品，所以眼影成了我隐秘的骚动。唯一的。没有人在乎眼部颜色，也没有人懂颜色变换下的快乐。除了我自己。后来，还有他。

静谧夜色里。湖畔边。一条小舟停泊在湖边。船体斑驳。月亮出来了，风吹湖面。湖水像棉布床单抖动一样，井字纹层层叠叠，朝一个方向波动。他出现，伸手给我，我把手放在他的手心。温暖，让人蠢蠢欲动。他靠近了我，揉着我的头发，在我耳边低语。南瓜色，华贵妩媚，哑光亮粉，挠的人心痒痒。磁性声线。我像个溺水的人，突然发不出声来，瞪大了眼睛，无法呼吸。

同事、食客、路人……大量的人在我身边来来回回。香水味、酒味、汗味……各式各样的体味在我鼻尖底下游走。我用舌尖抵着白色薄荷糖，用力呼吸着，企图在浑浊中以清凉保持清醒。

生活是一面脆弱的镜子，无法接受任何意外轻轻一击。长长的睫毛，大大的眼睛，整齐的牙齿，光滑的皮肤。好看的皮囊，他有。我也有。后来我发现，她们都有。

他终究还是走了——在我们无数次的争吵后。他走了。凄凉、冰冷、昏暗的出租房里。我坐在窗台上，手握纸笔，想记下些什么，却始终在白纸上划拉。眼前这张被划拉得伤痕累累的白纸，如同我虚无的心。我把纸放在了阳光下，想看看阳光是否能透过薄翼般的纸张，带来惊喜。

可是没有，什么都不存在——仿佛什么都没发生过一样。

正午的时候，阳光会穿透窗台，地板中间那一块，被那一缕阳光抚摸，尘埃在阳光里飞舞，朝着一个方向，舞动。阳光一次次裹着尘埃，从未关严实的窗户缝隙穿透，打在了快被遗忘的物件上。我使劲辨别，要认出它。从前回忆中潜伏的意识再次被唤醒。一个马克杯，一个曾不知多少次装满哥伦比亚咖啡的杯子，此刻，它正孤零零地呆在靠窗的桌子上，沉睡着。我只要闭上眼睛，就会无数次想起，那双常拿杯子的手，也曾有意无意去触碰其他女人的手，一个长相颇好的男人，满眼温柔，时不时近距离暧昧，闻一股烟草焦油味，听烟盒揉皱声，日光惨淡，月色苍白。

他说他的生活不能没有激情，他必须靠爱情来维系生命。他对爱如痴如醉，每一份爱都让他悦之以声色犬马，在情欲中他冲上云霄，也颓烂如泥。他的确仿佛非爱不可——追求细节，但来者不拒。早些时候我爱喝哥伦比亚咖啡。俨然已成了他千篇一律的开场白，各种场合使用频率之多，连我都可以倒背。可是我呢？我仿佛也是非爱不可——锲而不舍，全心全意。仿佛我的生命已所剩无几，爱与被爱。

慷慨与挑剔。干脆与含糊。

他爱夜的蛊惑、月的迷乱，爱酒精的纠缠与游荡。爱天上的每一颗星星，草原上的每一朵花，大海里的每一条鱼。爱无边无垠，一望无际。

有时候我觉得自己从未想过要拥有他，因此也只是在白天失望、失望、不断失望。到了夜里，他回到这个简陋的小屋子里，在我身上寻找燃点，有时候是一根发丝，有时候是一根线头，也有时候是一颗饭粒。他总能在那些小细节中找到攻击我内心最柔软的地方。暖，有些痒，指腹的摩擦，太近距离感受到的呼吸——蓦地就揪住了我，我的身体变得僵硬，看到我的难以自持，他更加肆意妄为，情欲更加高涨，一股热火包围了我们，燃烧了我们。

天亮了，他起身坐在床边，点上一支烟。抽完。穿衣洗漱。我常思忖，我们的关系仿佛只存在夜晚，天一亮，他的神志就恢复了清明，依旧温暖，依旧柔和，依旧亲切，依旧暧昧，只是没有了眼里的那一团让人无法抗拒的火。想到他的燃点，不觉让我莞尔一笑。但自他踏出家门开始，我心里就开始担忧。白天是多漫长，出了这扇门，他会碰到多少个女人，无法计算。而这个时间我只能呆在家里。无数个过往的片段、画面，让我心塞。有意无意地触碰女服务员的端盘送碗的手，热情主动地给女同事点一杯咖啡，拙劣地借口装作捡了地铁上女孩的卡而搭讪，假装急着上班撞了女路人后道歉，安慰学妹摸摸她们

长安西城

现在他终于可以安安静静地为这座
岛屿去庆祝。
——丁真

Changqi West Road

美术作品 | 侯路

中国青年出版社　宁波出版社

的头……甚至已不限于只是肢体接触。这样的场面每时每刻都会发生，他已经纯熟到仿佛这才是正常自然，而我的失望，只是因为我已离开这尘世太久。

佛与道，可以并存于世，但无法相互理解。在白天，我理智。在夜里，我痴迷。但不管在白天还是夜里，他终始如一投入。无论对谁。

生活的本质是什么。起初，我以为生活是事件连事件。到后来，发现生活只是空洞的瞬间、孤独的碎片、忘却的缝隙。

爱情的本质是什么。起初，我把这叫作背叛。我以为心塞后会是愤怒、揪心、伤痛、放弃、遗忘。但我只走了第一步，就选择了自欺欺人、无力妥协、原谅忘怀。

电话无法联系。人也找不到。猛然发现，所谓妥协，并不能只是我自己说了算的。正如台风天里打伞的那个白痴一样。可能你只是不想被雨淋，但你可能会因为伞被风吹走而受伤。雨淋事小，受伤事大。两害应取其轻。

一开始，我以为自己是那个撑伞的人。后来我发现，我是那把伞。现在，我才明白，我什么也不是。这个故事里没有我。

一周前，获悉他在 K 城某处，避我。或是他人。我动身去寻，在一个陌生的城市。流浪，孤独的另一张面孔。酒吧、烧烤店、茶馆、电竞酒店——那里和那里。

流浪在 K 城。苦不堪言。失业，让我失去了保障。有一顿，没一顿。没羞没臊地向父母要。解决温饱。两个多月的孕在身，食量略长。

他人间蒸发了。

苗条干练。眼前的女人。问及丈夫，我哑然。不能空着，女人说。我羞怯地低头，他消失了。消失了也有名字。必须写。没有名字不行。这个着粉色大褂的女人咄咄逼人。我的心揪到一块儿。左手五根手指紧紧绞住右手，捏得疼。

我喜欢普希金的诗。喜欢是因为他喜欢。他在诗中看到了匀称和洽、优美华丽、雍容典雅。我只看到了爱和死亡。死亡与爱密不可分。腹中的生命在呐喊。她非呐喊不可。为她的绝望。生命如献祭，她将成为牺牲的那一个。一尺祭坛。夭折。陨落。

我攻击了自己。砸烂了马克杯，打翻了桌上的碗和瓢。

一幢高楼，墙面上白下绿，走廊尽头，有一间甚为宽敞，消毒水味刺鼻。我放弃了无痛。痛苦让我的腹部如火一般在灼烧。看不到的伤口里，我忘却了欲望的欢愉，希望的幻灭。泪水唤来了死神，孤独圆满了。

你是谁，我的天使和保护者，

还是奸诈的诱惑的人，

解答我的疑惑吧。

我羞愧、痛苦、恐慌。理智混乱。没有人怜悯我，给我安慰。他舍弃了我。我又舍弃了她。一道影子抽走了我的灵魂，只剩害怕而发抖的躯体。

我麻木得从手术床上起身。提上裤子，走出这间屋子，穿过长长的走廊。屋子里有六台手术床，当我离开，还有五个和我一样的姑娘。穿粉红色大褂的人，走来走去，眼中没有鄙夷、讨厌、嫌弃、轻视，有的只是习以为常的冷静。

虚弱让我几乎是拖着脚步离开。那股灼烧感从腹部深处一直燃烧到胸口。

我落下了不争气的眼泪。说不出是哪里疼。门口的男人们翘首等待。我从他们中间穿过，一阵风，风干了我的眼泪。

你怎么这么矫情。我想起了他的话。是指责，不耐烦地指责。我不是珍稀动物，不是濒临灭绝的物种。无人保护。自生自灭。

八月里的一天，就在台风将要来的前一天，她没了。

我对着十字诉说。对着风中摇曳的树，对着来往的行人，对着拆下来的广告牌。诉说。

环顾四周：客厅躁热，门窗严实。风有越刮越烈的趋势，我只觉身上发冷。我已经忘了对他是什么感觉，仿佛爱了，但他周身散发的对异性的亲和力，任再大的风也吹不灭这欲望的熊熊烈火。

我的伴侣只剩下窗外猛烈的台风，它可以将我身上罪恶的污点吹散，也可以把半身陷入沼泽的我吹刮上岸。

我是战争中穿着裙子的士兵，我是坟墓前的那束玫瑰花。世界即将迎来倾盆大雨，而我在闷热潮湿中悲悯自己。

过去的时光如今只剩惊悚回忆。我梦见自己步履蹒跚地踏在阴阳两界上，界线之路崎岖模糊，我跟着一个生命，堕入死亡的山谷，一群颜色艳丽的鸟儿受惊，从山谷里飞起，拿它们尖利的喙狠狠地啄我的眼睛。我慌张地逃窜，撞上了玻璃窗。血浸染了我胸前的衣物。

没工作，没收入，没积蓄。我泡上一碗方便面。这是我仅有的物资。坐着等面泡开的时间，煎熬而讨厌。这个屋子里，我独自一人。自言自语着，嘴巴里无滋无味的，为了感情献出了自己—— 作为祭品，只剩伤口，幻灭。我要把身体里的这团火发泄出去，不然我会被这团火化为灰烬。

他在哪儿已经毫不重要。我的明天让我别无选择。

生存还是死亡。不仅是哈姆雷特的命题。

在人人都存在的世界里，我仿佛被隔离在一个透明盒子里。我与人之间，越来越远。我让人厌。

从每个人看我的眼神中，我真切得知：每个人都讨厌我。他们在背后用肮脏的字形容我。这都不重要。药和刀片也没对我起作用。其他的还有什么重要呢？

风好像小了一点。

太阳出来了。

顿时晴空万里。他们说，这叫台风眼。在台风到了直径数公里，它的中心区域内，风力迅速减小，降雨停止，出现了白天可以看到阳光夜晚可以见到星星的少云天空。

大自然的奇特。

门锁开动的声音。

他走了进来，对我撒娇。饿了！然后坐到了桌边，几口把方便面吃完。

仿佛心有灵犀，你正好知道我没吃饭。他眼里满是盈盈笑意，暧昧之情尽显。像一个充满活力的人，仿佛从未离开过。

人与人之间的羁绊就像藤蔓，有些粗壮有力由生缠绕至死，有些纤细无力一扯就断。但无论是哪一种藤蔓，在最初时，它们的缠绕总是温柔的、无声无息的，直至让你窒息。

我盯着他的眼睛。死死盯着。

至于么！就一碗面。他浮上一个撒娇式笑容。

他夺走了我唯一仅剩的。却在笑。

当悲愤这种情绪中的"悲"与"愤"打破了等量平衡，悲伤达到四分之三，愤怒仅为四分之一时，这种情绪已不再能称之为"悲愤"，更准确的，是叫"绝望"。

他跪倒在她的脚下，
狂吻她的手。

我爱您（何必用假话掩饰？），
可我已嫁作人妇，
必须忠贞。

这是报复的快感。是死亡对生存的蔑视。奥涅金在决斗中存活，普希金却死去。命运。这就是逃不开的命运。摧毁我的一切我都逃不开。想要忘却的片段却被风暴再次卷来。草率的果实让我无法冷静。明天能不能选择已经不再重要。因为，将不再有明天。

虚荣会让人无耻。自卑将使人幻灭。

愣神不到五分钟，我脱了外套，甩掉了拖鞋。把窗打开，纵身一跃。

那一刹那，我闻到了满屋都是牛肉方便面的味道。

我叫薄荷。

鲸鱼与岛
Whales and islands

凌晨四点。

他缓缓翻了个身。醒来第一件事，是伸手拿到床头柜上的手机。按亮了屏幕，看到了准确的时间。他侧身，双手扶着床沿，慢慢起身，去了一趟卫生间，再回来，双手扶住床头，慢慢坐下去，重新躺下。

屋外。微弱的光亮透过未合严实的窗帘缝隙，挤了进来。他叹了口气，试着弄醒老伴。

"腰还不行？"老伴含糊不清地嘟囔了一句，不等他回答，就转过身去，把背留给他，然后继续睡。

他把枕头竖了竖，拿了个靠垫，又拿了个靠垫，压上。然后把背缓靠了上去。

已至暮春，天气却还是懒洋洋的样子。才晴了一天，雨马上会接着来一周。这种潮湿的环境让每个人都提不起劲。

氯雷他定没有了。

洗发水没有了。

盐也没有了。

他把力量放在右臂上，支撑着自己起来，把要采购的物品写在了便条上。写了这三样后，想了想，又加了几样。出门采购前他还有好多事要做。比如把粥煲下、把衣服放入洗衣机、把客厅的地扫一扫。当然，他没有忘记叫女儿起床。他敲了门，里面人没有回答他。他推门进去，轻轻掀开被子一角，呼唤女儿的乳名，年轻人却只是哼了一声，依旧没有搭理他。他原本想交代女儿关注下洗衣机里的衣物，但现在看来应该不可能了。他只得等了等，等衣物被甩干了，取出晒了，然后从衣帽架上摘了顶鸭舌帽戴上，再立了立领子，套上球鞋，解了门锁，走出了家门。

气象专家们说，今年春天的异常是拉尼娜现象导致的。拉尼娜现象一般都出现在厄尔尼诺现象的第二年。也就是说，去年降雨量大、洪涝频发是厄尔尼诺导致的，而今年春天的寒冷周期长，是拉尼娜的作用。

他听着手机扩音器里你一言我一语的对话，对这些专家的解读显然兴趣不大。他们家住在高层，这几年来，发洪水之类的事倒是没遇到过了，只是降雨量大的时候，总是水排不出去，形成了内涝。专家们说这是什么瞬时降雨量导致的，但他总是嗤之以鼻。他小的时候也经常遇到暴雨，每次一下暴雨，门前小河、门后小溪的水就涨起来了，山涧溪水也就丰富了，流淌入山下井中，络绎不绝的人们骑着自行车，车后座挂两个铁架子，一左一右，架子上各放有一个五十公斤的白色塑料桶。人们排着队，从井中打出溪水，装满塑料桶，骑着车回家，倒入家中大水缸。如此往复，直至水缸装满。满满的自豪感。

那时候有河有溪有山还有井。他仿佛对这些回忆很留恋，脚步都放慢了些。他把手揣进了衣服口袋，感觉手心都温暖了许多。衣服袋里还放着一个叠好的购物袋，这让右手的触感稍差了一点。

零上五度。虽然没戴手套，虽然手揣在了口袋里，但他还是觉得有点冷。春天啊，现在都已经是春天了，他自言自语道，真的是要冻死在春天了。同时他又笑了起来，这表明他还有知冷暖的能力。不像街上的那些年轻姑娘们，已经早早露出了光滑的大腿。看着这些风景，他脸上露出了笑容。这些孩子，等年纪大了就知道自个儿膝盖不行喽！当然他也明白，女孩子在这个年纪，和她们说这些，只会引来她们的白眼，更差的，会遭她们轻蔑的骂声。对小姑娘们来说，四季的界限仿佛已经模糊，但对他不是。他深知南方入春的冷，不会被偶尔一次暖流、一天暖阳迷惑。事实上，一直要到五月，冷的体感才会慢慢散去，对于他这个年纪的人，不管什么天气都无法改变真实的体感。这个月份只是虚假的春意，真实的春意会在五月到来。而在这之前，那几天的雨水、潮湿、闷热，永远改变不了季节的颜色。

春天是灰色的，绝不是绿色的，夏天才是绿色的。他自言自语着，来到了十字路口。他想着把几件事统筹到一起，避免绕太多的圈。但他又想起今天散步还没有完成，不妨在采购的同时把规定的步数走完。"这天气，我是不会再出来一趟了！"他大声抱怨，"健康健康，这命是谁的都不知道。"

快走到牛奶店时，他开始犹豫起来，牛奶店提供的是每天的鲜牛奶，比超市那些灭菌奶肯定要好一些，但牛奶店无法满足他的其他需求，他买的不止牛奶，讲究统筹的他在出门的那一刻就在盘算着怎样才能少走几家店，加上拎上两公斤重的牛奶负重购物更是他讨厌的。在他犹豫的时间里，他发现现在还停留在清晨。离七点还差五分钟。"太早了，我还有很多时间，绰绰有余。"他慢悠悠地转了个身，调转方向，打算沿着工人路，朝江堤方向走去。一路上，他几次调气息和步伐，让自己尽可能走得慢一些，边走边察看周围的环境。开了几家新店，门头店招都是网上很热的名字，清一色的饮食店，从奶茶、咖啡到汉堡、日料。他皱了皱眉。在这个城市，很少有人在家做一日三餐——可能他是为数不多的那部分人。他想了想，决定不回家吃早餐了。不，是不回家做早餐了。偶尔任性一次，家里那两个女人会不会因为早餐而打他电话呢？他心里想，很快又否认了自己这一想法。"起来发现没早餐吃，她们会叫外卖，而不是叫我，"他自嘲道，"不过这也都会是九点以后的事情了。"

他拉了拉帽檐，进了一家咖啡店，看着那些一整列一整列的商品名，不知该点哪一种。他靠在了柜台上，眯起眼，看屏幕，看营业员，看周围环境，有些不知所措。店里只有一个营业员，是个高瘦小伙，长相清秀，穿着灰色店员服和墨绿色围裙，大约和他女儿差不多年纪。仿佛是看出了他的窘迫，小伙主动开口。

"您想喝哪款咖啡？美式、拿铁，还是摩卡？"小伙子标准的八颗牙微笑。

"嗯……"他继续眯起了眼，略显僵硬的面部表情出卖了他。

"桂花拿铁吧，我们店里的招牌。"小伙似乎忽略了他装懂的表情，热情地招呼他。

他听话地点了杯桂花拿铁。放在鼻子下闻了闻，果然有桂花的清香。他没有坐下来，因为他不知坐下来后该怎么喝咖啡。

"还需要来块蛋糕吗？"见他仍站在柜台前，小伙又问了一句。

"不，不需要。"他局促地回应着。

"嗯，谢谢你。"他又加了一句。

小伙咧着嘴笑了，递给他一个杯套，示意他套在杯子外面。他笨手笨脚的，最后小伙伸出手来，接过他手里的杯子，帮他套上了。

"谢谢你。"他再次感谢。

"大叔，您第一次喝咖啡吧。"

"嗯"，他想了想说，"我年轻的时候，那些喝咖啡的地方，都是乌烟瘴气的地方。"他原本想加一句"这是我父亲说的"，但话到嘴边又咽了回去。

"都什么年代啦！现在年轻人都靠咖啡续命，你看这条街上，好几家咖啡店呢!原先的那些店哪经得起这几手的反复折腾!年初我们刚来的时候,多冷清啊,现在好一点了。"

"嗯,"他仿佛对小伙的聊天没有心理准备,前后不搭地问了一句,"你多大了?"

"30 岁啦!30 周岁,生日刚过去两周。"小伙没介意,继续擦拭着自己的咖啡机。

"30 岁了,为什么不找一份正经的工作呢?"他一开口,发现自己用词有些过分。

小伙一愣:"您是指这份工作不正经吗?我没觉得啊!但是工作是挺累人的,我们三四个人轮着上班,我这个月是上午 7 点到晚上 7 点,一周休息一天。我每周都买刮刮卡,就盼着哪天中奖了,我就辞职不干了,这活太累了。"说着,小伙还掏出一张刮刮卡给他看。

"500 万吗?"他喝了一口咖啡,口感黏稠,这让他的回答有点心不在焉。

"哪有!您看!"小伙把刮刮卡送到他面前,手指戳着右上角的字说,"40 万!最多 40 万!"

他回过神来,嘴有些僵:"才 40 万啊,够你在家休息一年吗?"

"怎么会?"小伙收回了手,小心翼翼地把刮刮卡放回口袋,抚平了几下,"40 万可以让我在家呆好几年呢。我又不买衣服,吃的也少,没什么开销的。就一个电费一个上网费,有游戏打就好了。大不了,40 万都用完了,我再去找工作赚钱呗!"

他嘟囔了一句，连他自己都没有听清。

喝完杯里的咖啡，咖啡时间结束。他离开了。沿着工人西路走着，他想象着，如果有一座岛屿能连接江堤，或者从江堤一直走，能延伸到岛上去，最好是一座无人岛，他想就这样走过去，哪怕要走上一天一夜也没关系。他想一直走到岛中心去，探索那一片阴暗潮湿的地方，如果再有一座木屋就好了。木屋可以建在茅草深处，就像直接在茅草堆里长出来的一样，扒开一人高的茅草，把它们踩在脚下才能到达木屋门前的台阶。真好，这样的木屋无人居住，这条连接岛与陆地的长堤，也从未有人走过。

他走到了一块指示牌前：潜艇基地。这不是军事基地，这只是一个景区。几年前那一艘退役潜艇到这个小城时，曾引起不小的轰动，但现在仿佛无人问津了。牌子是灰色的铁皮做的，锈迹斑斑。"也许是故意这样的。"他心里想。他朝着牌子上的指示方向向前走去。

江边似乎更冷。他缩了缩脖子，双手插进口袋。路的左右两侧都竖起了高高的广告板，有震耳欲聋的机器作业声。高出广告板的塔吊突兀地矗立着，他看着起重机升举，工人进进出出，叉车从转角开了出来，拖着超长尾巴的货车依照工人的小红旗指示的方向靠左或是靠右行进。

他慢慢走上了长坡，爬上了堤坝，精心选择了一个位置，坐下来，两条腿挂在堤坝外，目光在长长的呈"Z"形或"W"形的空中走廊上游荡。上面空无一人。

堤坝旁建了一个公园。或者说，堤坝上建了一个公园。钢筋混凝土的后现代派风格，铁条搭建的空中走廊和路口的牌子一样的材质，廊身锈迹斑斑，似乎向世人诉说这座城市工业建设的戛然而止、匆忙退出。"在锈铁上行走，是不是很危险？"他把目光收了回来，远远地看向了江面。

今天的江边特别冷，哪怕揣在口袋里，他仍感觉到手冻得厉害，脸和脖子就更不用说了。喝下的咖啡也仿佛凝固在了胃里，一种腻得发慌的难受。风和寒潮似乎对江水没作用，混浊的水色波澜不惊，零星有几条货船在江面缓慢行驶，如果不是大桥做静止参照物，几乎感觉不到它们在移动。这些庞然大物旁若无人地从桥墩之间穿过，顺利无阻，入港，或出港，驶向更远的地方。他看到锃亮的船身，标有一些数字。今天的江水对它们很友好，轻柔地为它们开路，优雅地撒往船体两侧。他突然开始羡慕起船只来。它们可以到所有的岛屿去。不管什么岛，都可以成为船只的避风所，哪怕是无人居住的岛屿。风暴来的时候，人们总会担心船上的人，可又有谁会担心这些船？它们的命运不过是被惊涛骇浪活活摧毁罢了。他这么想着，想为这些船朗诵一首赞美诗，但搜肠刮肚想不出诗句，只能作罢。

"看来是真的老了。"他情绪有些低落，感到身子有些僵硬。他活动了一下手脚，颤巍巍地在堤坝上站了起来，在堤坝上徐徐行走，久久地看着退潮形成的天然滩涂，龟裂的纹理，岩石上密密麻麻蜂窝状的藤壶，让他浑身起鸡皮疙瘩，他看到堤坝旁的房子里走出一个男人，抽着烟，仿佛愉快的样子。而后又走出一个男人，把一些衣裤用晾衣架挂起，统一晾晒在堤坝边。灰蒙蒙的天和泥沙色的江水之间有了一丝鲜亮的色彩。他知道他们是堤坝管理员，日复一日年复一年实行三班轮值制度，不知道为什么，他开始羡慕起这些人，羡慕他们可以在晴朗的天气里坐在堤坝上看着江面过往的船只，也羡慕他们可以在暴风骤雨时窝在值班室看着远处浪涛汹涌击打着桥身和船体，看着不动不摇的桥和摇晃飘零的船。管理堤坝是多么幸福的事情！堤坝是永恒存在着的，相比较人的一生，它可能会加固、翻修、垫高，但它不会消亡。哪怕管理员退休了、死了、消失了，它也还是以这样的面貌存在，没有了堤坝，就没有了这座城市。

他沿着堤坝继续走了下去，脚下开始渐发沉，身上暖了起来，又冷了下去。他看到太阳出现在身后，马上要从桥的那一侧落下去了。月亮隐隐约约地悬挂在大桥的上空，太阳的余晖把月亮浸染成透明的红色，一个透明红色的半圆，薄纱一样，来阵风可能都会将它吹散。从月亮上看地球，会不会也是一个透明红色的圆？那些宇航员可以轻而易举地登陆到月球上，而他却可怜到连 29 海里以外近在咫尺的大陈岛都没去过。是的，明明近在咫尺，他却从来没有乘船去过岛上。

一路走到巨大的白色啤酒罐前时，他看到了一条"躺平"的鲸鱼——肚皮向上，悠闲地躺在啤酒罐下方的圆形池里。他走了过去，看了看鲸鱼，又看了看啤酒罐，分不清谁的体积更大一些。他走到了圆形池的旁边，下了一级台阶，想俯身捧些水，发现自己有些弯不下腰。他干脆在水泥台阶上坐了下来。"这鲸鱼真丑。"他在心里想，"为什么它不是蓝色？我记得鲸鱼应该是蓝色的。它长得可真奇怪。"他瞧不惯这颜色，也觉得自己不应该再逗留下去了。也许鲸鱼的主人就在边上，听到这些话会不高兴的。他可不想惹出是非来。

他撑着膝盖站了起来，发现鞋底湿了，沾了些水，于是慢慢往回走。风吹过来一阵阵江水的气息。他的眼睛一直没有离开过那些船。仿佛他的身子已经在船上，只剩灵魂飘在岸边。这样，他就有可能去往任何一个岛了，他想象着自己坐在船舱里，透过船舱的玻璃往外看，突然出现一道金色的光芒刺伤了他的双眼，让他看不清远处岛礁的模样。他明白那是白天日光残余的力量，这股力量让他突然间清醒过来。他注意到旁边地上堆着一捆厚厚的毯，不是羊毛质地，更多地是腈纶和化学纤维的混合物织成。深褐色，脏。很久没人用过的样子。

江边越来越冷了。他紧了紧外套领子，后悔没有穿上羽绒服。虽然他没看明天的天气预报，但经验告诉他明天依旧会很冷。年轻人们都说"冻死在春天"，证明天气预报并不准，寒流随时随地会来。他有些担忧地看着那头鲸鱼，后者仍然在悠闲地"躺"着。"它的主人一定是个目光短浅的人。"他想，"买了它，又不管不顾，放任它在寒冷中过夜。"他叹了口气，目光短浅的人无法预知明天会发生什么。所以他又走回了圆池边，吃力地把毛毯朝鲸鱼身上拖去。像撒网一样。

一次。又一次。他停了下手，拍去身上的灰，高兴地看着毛毯已经覆盖住鲸的身体，只留着一小段尾毛，时不时扑腾一下，溅起巨大的水花。"有毛毯的庇护，今天晚上是安全啦！"他心里说不出的畅快，又把毛毯的一角拉了拉，心满意足地离开。

他在大桥公园站等 137 路车。候车亭是深粉色的，脏旧后显得尤其破败，整个亭子只靠背面的两块广告牌挡风。这么长时间在外边晃悠，让他冷得直打哆嗦。他把身子贴在广告牌前，尽可能往广告牌靠，这样就能挡着点风。公交车还要 13 分钟才能到。他有些无聊，看起广告牌上对 349 潜艇的介绍，"长 76.6 米，宽 6.7 米。"他一行一行看过去，想象着这样一艘艇，开往不知名的岛，是一种怎么样的体验。是不是一直在黑暗的海中行驶，海洋生物从耳边掠过？他心中产生了一丝雀跃，这种激动感直到公交车靠站发出刹车巨响才消失。

他上了车。把脚伸进前排凳底下。前排的一对母女，穿着海马绒睡衣，化着妆，看起来有些邋遢。女儿对母亲说："别忘记买牛奶了！"

"没忘。"母亲回答得心不在焉，眼睛一直盯着车窗外，一副心事重重的样子。

"这么晚牛奶店要关门了！"女儿又冲着母亲喊了一句。

"关门要到十点。急什么！"母亲收回了盯向车窗外的目光，有些不耐烦。

他想起来他也是要买牛奶的，除了牛奶，还有氯雷他定，还有洗发水。好在这些店晚上都开门，不耽误事情。公交车到站后，他拖着疲惫的身子，走着去了几家店。

直到他走进自家小区，皎洁的月光才被乌云遮盖，完全消退在黑暗中。进家门前，他在门口停留了一小会儿。这个点他可以想象屋内发生的一切。老伴坐在电视机前，看着那些年代感极强的电视剧，一会儿哭一会儿笑，唏嘘着似曾相识的过往经历，遇到饭点，就拆几包零食充饥。女儿在房间里，不开灯，看着手机里那些流量明星上蹿下跳地在综艺节目里跑来跑去。他长舒了一口气，脱去了鞋，进了门。把牛奶放在了餐桌上，氯雷他定放进药盒子，洗发水搁在了卫生间。他太累了，不想做饭，也不想吃饭。他爬上床，将床角的被子拖过来盖在身上，没脱外套和裤子，也没脱袜子。他听到客厅传来电视剧的片尾曲，一个女高音歌手在放声歌唱。但是他太累了，没有听完就睡着了。

大概是到了半夜，他感觉到老伴爬上了床。他惺忪着双眼，问："你们吃晚饭了呢？"

"我吃了薯片，还有花生。小妞不知道吃了什么，我没管，一天天的，除了去卫生间，从来不出房门。懒得管她。"可能是电视剧的影响，老伴的声调很亢奋。

"小妞"是老伴对女儿的昵称。

还没等他反应过来，老伴惊呼道："你怎么外套都没脱就上床了！"

"我太累了，那条毛毯，太沉了，但我成功了。那头鲸，太丑了，为什么它不能是蓝色的？"

"你做梦了。"

"外面天气怎么样？"

"挺冷的。"

"那我是对的。"他嘟囔着，忍着痛翻了个身，背对着老伴。

"天气预报说明天有雨。"老伴说完这一句盖好了被子，也同样背
对着他。

"不用说我也知道。"他回答。

第二天。他又在凌晨四点醒来，扶着床沿慢慢坐起，去了卫生间。

牛奶又没有了。"家里有只不喝水的大老鼠。"他苦笑道，然后想
起，盐还没有买来。他把这两样写在便条上，又多看了两眼，然后按
部就班地敲了敲女儿的门。没有进门喊她，只是敲了敲。接着他又洗
了一堆衣服。在洗衣机工作期间，他把客厅和餐厅的地面拖了拖。晒
完衣服后，他出门了，依旧是那件外套，那顶帽子。出门前他朝卧室
打了声招呼，但卧室里没有回应的声响。

果然下雨了。牛毛般。下得紧，飘落在他肩头。他不想打伞。"反
正有帽子遮挡，衣服面料也是防水的。"他自我安慰着，沿着昨天的
路线向前走。路上空无一人，只有两只黑色的猫，窝在沿街商铺屋檐
下躲雨，绿莹莹的眸子在细雨中没有精神，有些凄惨地叫唤着，夹杂

在手机里放出的新闻播音声中，有一种不和谐的美感。他听一个年轻作家描述过南方的冬天，说"像天山童姥的生死符，打入每个关节，让每一寸肌肤都冰到骨髓里"。他想说，南方的春天也是这样。反正这天气，是越来越让人捉摸不透了。

他看到一辆新能源汽车在前方靠边停下。一个穿着皮毛大衣的年轻女孩从车里出来，跑进肯德基又拎着一个纸袋子快速跑出来回到车上，开车走了。他有点生气，为什么就不能载他一程？但他马上就平衡了。这个牌子的新能源车不能坐，电视和手机里无数次播报过这个牌子新能源车失控的事情。撞死人、司机受伤、车辆报废。手机里分成两派在激烈争论车子的安全性，没有人保持中立，大家都情绪激昂，有甚者带上了"间谍"和"袭击"这些敏感论调。他不再生气，反而庆幸车主没有好心载他。

他在家门口坐上137路车，往大桥公园方向。车子起动后，他发现自己是车上唯一的乘客。车里在放小提琴协奏曲《梁祝》。让他想起了巫漪丽老师弹奏的《梁祝》，这一首曲子，她弹了一辈子。音乐是严肃的。每个年龄阶段弹奏的感悟不同，巫漪丽老师也有很多其他曲目，但这首保留曲目她不断打磨，与自己的人生经历一起赋予作品生命力。他感觉曲子弹奏到每个片段时都很有故事感，两只蝴蝶一起飞舞，左手旋律欢快，右手旋律轻盈。忽然暴风雨来临，紧张紧促的情绪，再到反抗斗争，一种张力。渐渐地，他觉得车身也颠簸起来，仿佛七拼八凑的铁片们马上就要散架。他觉得有意思，想大笑出声，但看到端坐前方的司机，还是用手捂了捂嘴，忍下了笑意。

他来到大桥公园站时，雨已经变小了，天气还是没有转好，依旧很冷。他在站台处，整了整衣服，想到还有七八百米才能到江堤，有些灰心，但很快又打起了精神，离开了站台。他沿路而下，向江堤走去。两侧的工地依旧在灯火通明地进行着机械作业。他在工地的尽头左转，发现皎洁的月光洒满在坑洼不平的路面上，他大吃一惊，抬头看到和昨日一样的透明红色的半圆。那个半圆正挂在江面上，像雾一样轻薄，一阵风就能吹散，又到了昨天的时间了吗？他疑惑着，路真远啊，可是他今天不是坐车来了吗？

他加紧步伐走向巨型啤酒罐，几个白色的大罐子，让人晃眼。

没有管理员。他随心所欲地进入了圆池，看到了扑腾的大尾巴。他掀开了毛毯，毫不费劲，掀到了一边，不管不顾地爬上了鲸背。他趴在鲸鱼的背上，把脸紧紧地贴在鲸背上。有点黏糊糊还有点凉，不过他不排斥。他想让鲸鱼游走，不再被这假意的春天欺骗，但他还存有私心，想跟着鲸去往那座无名岛，但他不知道该怎么让鲸鱼游起来。他拍了拍它，这个大家伙没有反应；他喊了声"喂"，它还是没反应。最后，他生气了，像电视里骑马一样，胯下一夹，喊了声"驾！"鲸的小眼珠转起来了，转眼间就游到了江水中。

他试着从鲸背上坐起来。他感到一点也不冷。江边很冷，可江水里一点都不冷。相反，还有些暖意。江水里比江岸上的一切都好多了，比江岸上那些在寒意里瑟瑟发抖的花要好多了，比江岸上那些骄傲的树要好多了。它们被春天欺骗，却不敢大声表达，忍受着春天的冷，还要装出明媚的样子。想到这些，他困惑不解。为什么昨日的月亮又挂在了今日？难道"昨日"未曾有过吗？他走入一家咖啡店，第一次喝了一杯咖啡，一杯有桂花味的咖啡。难道这一切都没有发生过吗？

月光轻柔地包裹住他，带着他从巨大的桥墩间穿过。他近距离看到水泥桥墩上布满密密麻麻大小不一的黑灰色藤壶，仿佛皮肤从这些藤壶上擦过。他手臂皮肤一紧，一阵发麻。鲸在江面滑过，从江面滑入大海。江与海的分界线上，月亮用一把长尺隔开了黄蓝两色。去无名岛的路途真远啊，就好像去月亮上那么远。海面因为有雨，起了一层白白的雾，让他看不清前方的景象，更别说岛屿了，但他心里很明白，朝着一个方向笔直向前，只要他一直继续向前，他就能找到那座岛。他不再记得，小的时候在暴雨天里，打着赤脚在积水里蹚来蹚去的场景。也不记得他究竟是为了买什么而出门。骑着鲸鱼好轻松啊，浪花在身边卷起一层又一层白色的雪。最重要的是：一点也不冷。他不明白，为什么他这么一个怕冷的人已经不怕冷了。只要登上岛屿，哪怕暴雨泥泞的路，也可以在今后的日子里将其独占。他对这个"独占"是如此的期待，甚至是已经为他的岛取好了名字——用他自己的名字作为岛名。

鲸停了下来，他看到了黄色的土。他觉得自己好像刚刚才从那个巨大啤酒罐下的圆形池中滑出。他很纳闷，刚从那里滑出的时候，这条路是那么漫长，好像遥不可及。原来，是这么近。

一开始，他想让鲸鱼留下来，靠在岛的边上，后来就发觉自己的想法很可笑。鲸鱼留不留又有什么所谓呢？反正他也不想离开这座岛的，他不会厌倦这种生活的。于是他向鲸挥了挥手，就不再管它的去留。他转过身，心里想："如果它是蓝色的，我会留下它的。"又一想，这句话是不是什么时候说过，但想不起来了。

摆脱了鲸鱼，他如释重负。现在他终于可以安安静静地为这座岛屿去庆祝，他终于真真切切地完整拥有这座岛了。这份欢乐是他独有的，正如月光洒落在岛上，这片月光就是他独占的一样。

他踩着泥泞的山路往前走。雨越下越小，越下越小，最后完全停了。岛上的石头被雨淋得湿滑，露出棱角分明的清晰轮廓，月亮在薄纱般的云层里穿梭。他看到了那座在茅草深处的木屋，仿佛是直接在茅草丛中长出来一样。他大步往前，连身上的疼痛感都仿佛消失了一样。住在那里会有怎样的感受呢？他靠近了茅草，他发现这些茅草比他的个头还要高，完全挡住了他的视线。

扒开茅草的瞬间，他听到了一声低鸣。他没有搭理。

又传来了一声低鸣。他忽然想起，低鸣来自海滩。是什么动物会在岛周边徘徊？肯定是大型动物。什么样的大型动物能在岛屿周边徘徊？他想到了那头鲸鱼，那头颜色让他不喜欢的鲸鱼。他这么想着，笑出了声。他折了回来，开始跟着声音传来的方向，向海滩走去，越走越急，几乎要小跑起来了。头顶的月亮也开始发光发亮，变得饱满又光明，偶尔一颗流星从头顶划过，掉到身后的草丛中去了。

他一路狂奔，没有目的地，跑着跑着，鞋子都已经跑掉到不知哪儿了。他赤脚走在海滩上，靠在湿滑的滩石上喘着粗气。他看到了那头鲸鱼，它的尾巴在海里轻轻摆动，仿佛好像在对着他摇曳身姿。笨拙，还带一些可爱。他摊脚坐在了海水中，海水没过了他的胸部，他摸了摸鲸鱼的尾巴，发现它的身体是冰凉冰凉的。他把脸贴在鲸的背上，又用手掌贴上鲸的背，想用体温温暖鲸的身体，但一点都没奏效。他着急地冒火，不停张望，想找点求救的东西。他注意到滩石旁堆着一捆厚厚的毛毯，不是羊毛质地，更多地是腈纶和化学纤维的混合物织成。深褐色，很脏。他在海水中突然站起，边向前扑边用手划水，拉住毛毯拖向鲸鱼，吃力地拖过去。像撒网一样，铺在鲸的身上。一次又一次，直到全部都覆盖住，他用尽了所有的力气，完成了这一动作后，他再也没有更多的力气了，甚至没有力气去看那座木屋了。他蜷伏在鲸鱼的旁边，手心紧紧攥着毛毯的一角。生怕被海风吹走。

管理员在第二天的堤坝上发现了他手心里紧紧攥着毛毯的一角，一条深褐色、很脏的毛毯一角，管理员叫来了警察，警察没办法从他手中搜出毛毯，因为他早已因为死亡时间过长躯体僵硬。警察只能将他和毛毯一起运走，人们注意到他光着脚。鞋不知道哪儿去了。

头顶的月亮也开始发光发亮，变得饱满又光明，
偶尔一颗流星从头顶划过，掉到身后的草丛中去了。

航海者
The navigator

天气晴朗的时候，邻居们都能看到宝富在家门口垒砖。清晨，他将一块块长方体水泥色的泡沫砖按"工"字形垒起，垒成一面宽宽的墙，到下午，又把它们一块块拿下来，在屋门口堆好。大家都怕他。在这个城市郊区的自然村小区里，无论是他的邻居、亲戚，还是租在小区里的外乡人，没有一个人敢靠近这个身材魁梧、头发花白的老汉。白天，他就躲在自己垒的墙后面，不管是谁路过他家门口，他就朝人扔空酒瓶子，或别的什么杂物，到晚上，大家都已入睡时，他就从屋里跑出来，把家家户户房前屋后的杂物装进自己的蛇皮袋里，一路"叮叮当当"作着声响拖回自己屋内。年纪小的孩子不懂事，跑过他门前时，邻居阿婆总会扯着嗓子喊："别去！快回来！"年纪稍长的孩子则会故意跑到他门前，惹恼他扔瓶子，听着碎玻璃声乐得笑痛了肚皮，孩子们可不想知道住在这房子里是什么感觉，他们只想找点乐子。

　　每天傍晚，人们就会看到宝富到房子对面的小吃店买一个面包，还有一小瓶白酒。他走路慢吞吞的，膝盖不能弯曲，蹒跚着走，眼睛直直盯着前边，面无表情。小吃店店主正民，总会以最快速度给他结账——稍慢一点，宝富又粗又哑的大嗓门就会吼得全村人都听到。

宝富已经这样生活了一年零七个月。一年零七个月前，他的女儿春萍跳入村口的那条河，村里人把她捞上来时，早就没了气。警察说，春萍是自杀。邻居们不断安慰他，说春萍脑子有病，活着也是拖累，还是走了好。春萍刚走的日子里，很多村民来到他家，带着伤悲的表情，问一些他根本无法回答的问题，宝富几乎难以承受。他把房门关上，窗帘拉上，连手机卡也拿掉不用了。这样日子一天天过去，两个礼拜下来，他的门前就空无一人了。

春萍的后事很简单。或者说，根本没有后事可办。警察鉴定完，就直接拉火葬场火化了。宝富拿到手的，就只有村长宝庆带回来的一个黑色木盒子。宝庆带了几个村干部，其中一个在用手机拍照，宝庆讲了一些不痒不痛的话——拖着长腔，宝富隔几秒钟就机械地点点头，后来，就变成了不断点头。他交了八百元钱，换回来这个黑色木盒。他很有耐心地听着宝庆再说一句话，再握一次手，直到最后宝庆离开，拍照的人也离开了，门终于关上了。

那天晚上，宝富坐在窗台上，窗外深蓝色的天空中，一缕皎洁的月光照亮了他的脸。他把头靠在窗框上，昏昏欲睡，脸上像流汗一样渗着水珠，滴答、滴答，打湿了窗台。

宝富今年刚满 60 岁，个高肩宽。女儿春萍走后的日子里，他一下子就衰老了。面颊内陷，锁骨凸显，花白的头发和满脸的皱纹。屋内空荡荡的，屋里找出来的衣服套在宝富身上也是空荡荡的。他给自己弄过几顿饭，但不是没放盐，就是弄糊了，当水槽里一堆脏碗中再也找不出相对干净的时，宝富的鼻子里就发出了如感冒似的呼呼响，再也没有停下过。在经历了这件事后，哪怕是曾经当过船员有着健硕体魄的宝富，也垮下来了。

日子又过去了几日，宝富还是坐在窗前，看着窗外的村庄，为了变成城市，很久以前政府就对他们村进行了土地征用，还置了宅基地，家家户户盖起了四层的房子，围墙围了一圈，名字改成了"小区"。但好像，所有人都叫自己是村民，叫宝庆"村长"，叫宝根"书记"，仍然说自己是"某某村"的。也许是因为，那些人一辈子在这里的缘故吧，宝富想。小时候的宝富很瘦小，家里穷，买不起好吃的，也上不起学，小学功课潦草读完，就跟着同村人上船当了船员——他发现自己很快就迷上了海——大海里那么多奇怪的生物可以让他填饱肚子，甲板上吹来的海风和猛烈的太阳让他个子"蹭蹭"往上长，皮肤也变得黝黑粗糙。他太喜欢这种感觉了，一直到三十岁以前，他都按捺不住要出海的心，连禁渔期也时常跑船上呆着。东海上的那些岛，岛再往外的海，让他的心开始荡漾起来，怎么都收不回来。

海上的日子在 30 岁那天终止了，那天，宝富的老婆生下了女儿春萍，生产过程中，老婆大出血，送到医院也没抢救回来，留下了不足月出生的女儿春萍和无措的丈夫。

宝富的老婆是父母跟媒人定的，同村的姑娘，身材娇小，安静孤僻，皮肤黑黝黝的，宝富对她谈不上感觉，一年到头在一起都没几天，连她脸上有没有痣有没有斑都弄不清。但是老婆就这么走了，很轻的方式，没有留下只言片语，宝富一时间懵了。他应该怎么办？在这个穷困潦倒的郊区村庄里独自一人养活女儿？

宝富再也没去过船上，老村长给他家申请了低保，宝富就一心一意在家，跟着他娘把女儿拉扯大。

令人吃惊的是，早产儿春萍，顺顺利利地长大了，完成了九年义务制教育，找了一份零工——帮同村的人做糕点——这个村有着卖糕点的习俗，早些年，全村几乎家家户户都在家做糕点，再装上小推车，沿街叫卖。随着时间的推移，现在这样的人家越来越少了。春萍一星期约忙个三次，每次半天的样子，其余时间都是闲在家，打扫卫生，给父亲做饭洗衣。和母亲一样，她也是安静地出奇。长到二十岁的时候，经村里人介绍，嫁给了同村的强民。

那天夜里，宝富躺在女儿春萍的床上，他真的好累好累，房间里空荡荡的，那种寂静让人手脚都变得软绵绵的。宝富很想去想一些事情，哪怕是伤心到揪扯着心肺肾的往事也好，但他脑子什么都想不起来。

凌晨时分，他不自觉地走到了屋外，路上散落着砖块，大约是村里人家里装修时扔出来的，这几年这种现象很普遍，大家都随意将自家的破烂扔到路上，等着村里的保洁员来清理干净。他陆续听到犬吠，三两只流浪狗不知从哪里跑出来，在路中央停下，和他面对面杵着，完全不怕人。他拾起了几块砖，垒在了家门口，折回去，又捡了几块砖回来，虽然路程很近，但把扔出来的砖都搬回来垒起，却是漫长而乏味的事情。到天亮时，他还只搬了一半。后来他就跌坐在屋门槛上睡觉了，头靠在门框上，梦见了默默流着眼泪的春萍。

宝富永远无法忘记强民家媒人上门的那一天。冬天刚降临到这个城市，早晚都有了寒意。瘦得跟麻秆似的媒人脸上堆满了笑，嘴角的皱纹痕迹非常深，还有那几颗大钢牙，隐约能看到。媒人来的意图很明显，这可能是她有生以来最顺利轻松的一次。

"强民家需要一个本村户口的女人，拆迁时可以多分到一间，而春萍，她需要过上好日子。"宝富安慰自己，他只剩下安慰了。

结婚在村里是桩大事。春萍坐在强民家三楼里屋的床上，正中心，大红色婚纱上，亮片闪闪发光。宝富没有太多机会看到女儿，但那天，他觉得春萍太美了，美得无法形容。

春萍结婚后，宝富突然就进入了独居者的状态。上午在屋子里干点什么，下午在屋子周围干点什么。他会去对面小店买几瓶啤酒，如果小店里还有其他人，他也会在那里呆上十来分钟，听他们讲讲最近发生的事——如果是禁渔期就更好了，船员们都会来小店买些啤酒，讲些船上的事。宝富就会呆在那里，和他们一起喝——直接用瓶子喝——那些船员都三四十岁的样子，身体素质好，喝酒也猛。他们讲着捕捞海洋生物的经历。多少个星期、多少个日子，他们生活在一艘远洋渔船带着潮湿咸味的床铺上，吃的是脱水食物和闻味就要吐的海鲜，睡眠是紊乱的，他们熟悉船上每一个伙伴的体味，了解每一个人的生理或心理特征，数十人齐心协力完成紧张喧闹的拉网冲刺，机械拖拉网离开海面的那一刻轰轰作响、呼呼生风，在远海上想时刻保持平衡并不容易，每个在甲板上的船员都得时刻绷紧脊背……宝富入迷地听着，他觉得自己距离那些日子已经很遥远了，只有在记忆中苦苦追寻，才能拽出一两幕粗盐腌制白蟹的现场感。没有春萍在身边的日子，的确很乏味无聊，宝富觉得自己有些可笑。以前，与春萍在一起的时候，他听女儿反反复复唠唠叨叨重复那些生活琐事，总感到很沮丧，可现在，他愿意沮丧，好过无聊。

他回到自己的屋子，在三楼阳台上喝着啤酒，啃着面包，有时候是方便面，但啤酒永远会有，他喜欢在阳台上看天空，看落日熔血，染红了满天的云。

一天傍晚，他依旧在呆呆地看着天空，云彩变幻得很快，像轮船、像船坞、像船锚，被风吹得愈加清晰的边缘映染着落日的金光。他眼前的这片世界整洁干净，明亮的。他喝完瓶中的最后一口酒，有一种厌倦和悲凉袭来。

楼下传来推门的声音，随后是上楼的声音。

春萍回来了。她走到了阳台，问他是否喝完了。她拿来一个袋子，把空了的酒瓶子都收到袋子里，但没有马上走开，像是有话要说。她比以前更瘦了，也更黑，黝黑的肤色倒让脸上的某些印记看不太清楚了。她手里拎着塑料袋站在那里，低着头看着他，带着一种狂躁的表情，他说不清是哪一种，但他不想去问。太阳已经完全落下了，天色已暗。

"我想搬回来住。"春萍突然开口，声音又低又紧张。

他没有立即回答，酒精让他的大脑不太清醒，春萍看起来又是那么的可怜。

"可以吗？"

宝富有些清醒了，但他仍然不知道该怎么回答，他不清楚是怎么一回事，他也理不清楚。春萍结婚后，从未回过自己家，宝富也从未登门过。"她需要过上好日子。"宝富一直牢牢记住媒人的话。

春萍眼里的光渐渐暗了下来。

接下来的场景是尴尬的——详细的解释，虚伪的道歉，喃喃的安慰——然后就是无话可说。

春萍吞下了一大口空气，袋子里的空瓶子相互撞击，发出了刺耳的声音："没得商量了吗？"

他不情愿地应了一声。

春萍把头埋得更低了。她嘴角扯动着，却没看到眼泪掉下来。

自那以后，他只在路上见过春萍两次，其中一次还是几十米开外的距离。后来她就完全消失了一样。大约是一年半后的一个风很大的夜晚，他站在二楼阳台上，看风把云都吹走。他花了好几分钟才察觉楼下有动静。他下楼，发现春萍披头散发着，看不清脸，双手环抱住自己，上身在发抖。他问春萍出了什么事。

春萍把自身抱得更紧了。一股风从开着的门那吹进来。他眯起了眼睛，从春萍身旁走过，关上了门，又折了回来，他用指关节敲着脑门，表示沮丧。春萍嫁过去这几年，他一直有听到不同的传言——坏的传言总是传播得很快。宝富原以为她不会回答，但她用颤抖的声音说："他们家休了我。"

"他们"指的是谁，宝富很清楚。他想说一些心里话，但张了张嘴，出来的只有一句："那是户好人家。"

春萍抬起头来，直视着他说："他们家休了我。"

宝富在思考。或者说，他的脑袋容不下这句活的信息量。他甚至搞不清楚自己的心情是愤怒、悲伤、疑惑，还是失落。他们是嫌弃春萍吗？瘦、黑、不好看、家里穷？还是春萍像外面说的生不了孩子？是不是真的春萍脑子出毛病了？女儿被休了，自己以后还怎么在村里生活？

春萍重新低下了头，散落的头发把她的脸完全遮住，她努力想让自己稳定下来，但一直没有成功。宝富刚想开口问春萍，春萍突然抬起头来冲着他大喊：

"我有病啊！我脑子有毛病！"

她冲进房间，裹在被子里不停发抖。宝富才想起来，她是不是很冷。

春萍回来住的日子里，变得比以前更安静了，她不再开口说话。

如果有人跟她说话，她也只是张张嘴，只是从口型上判断她回答的是"哦""好"。她开始摆弄自己为数不多的几件随身物品。一条围巾、一件毛衣、一个用了多年的帆布袋子——如果一进房间没看到这些东西，她就马上害怕地躲在角落哭泣。这让宝富原本乏味无聊的日子，突然变得漫长焦虑。直到春萍走后，这几样东西是他第一时间扔掉的。连他自己都不明白为什么那么厌恶这些不起眼的东西。

强民家送来了十万元钱，作为春萍离婚后，宅基地那一份的返还。钱是老村长送来的，他是强民的大伯，老村长来的时候，宝富正在勤奋地收拾房间——扔掉所有春萍的东西——虽然总共也没几样。见到老村长，宝富的努力正式宣告失败，他变得和春萍一样，发不出任何声音，老村长放下一摞钱，拍了拍他的肩膀，想说什么，却啥也没说。

宝富从一个房间走到另一个房间，害怕碰任何东西。他感到浑身充满了一种奇怪的力量，却没有心劲整理房间，哪怕扫扫地，掸掸灰，叠叠被子，洗洗衣服。老村长弄出了点声音，把他从混沌中弄醒。"用不着可怜我。"宝富说。

"如果你不想工作，你还是可以领低保的，但那样不好。"老村长说。

"没有船，我不知道自己能做什么。"

老村长发出一声叹息。这种悲壮的宣言，让他眼里闪出了泪花，他自己也不喜欢那样说话，但不自觉地就脱口而出了。

"拿着钱，好好生活，"老村长说，"好好生活。"他实在想不出更多安慰的话了。

"我想回到船上去。"

老村长的声音变得飘忽不定，像是在讲述一件毫不相关的他人的事："你可以从船上摆脱，也可以从春萍的事中摆脱，你会没事的。"

听得出来，老村长来，是为了完成任务，他并不想陷入宝富的悲伤中去。这让宝富变得烦躁起来。

那天下午，他溜达到村口，希望看到一些熟悉的面孔出现在面前。风大，他把衣服用力裹了裹，身子整个靠在了村口展示"三务公开栏"的柱子上。这些日子一直有检查，公开栏的玻璃被擦得干干净净，能清楚地看到人的影子。几分钟后，他看到村里的几个年轻人从村里走出来，靠近了他，脸上挂着笑，随后又溜到旁边的小卖部里。宝富眯上眼稍稍打了个盹，醒来后下意识地转了转脖子，又继续倚着柱子。

穿着黑衣黑裤黑鞋子的年轻人不知从哪儿钻出来，有些随意而轻蔑地朝他挥了挥手。

"春萍爸，后事了了？"

片刻后，他认出这几个年轻人是经常和村长宝庆儿子玩在一起的。

"我是宝庆侄子，"其中一个年轻人靠近了他，似乎为了提醒他认出他们，然后又马上撇撇嘴，仿佛不认为宝富能清醒地认出他们。

宝富把胳膊肘支在玻璃窗上，懒洋洋地指着这几个人。张张嘴，没声音。

年轻人们嬉皮笑脸着。根本没在意宝富说了什么。他们嘴上叼了支烟，上下嘴唇抖动着，烟灰随意地抖落。

"春萍死了是好事，她不是脑子有问题嘛，被强民家赶出来也是丢尽脸了，在家也是个负担，现在好，一了百了，大家都轻松。"他们说话的神情满不在乎，像是对宝富说，又像是自己几个闲聊。

"我怎么听说是强民外面有了女人，把春萍给弄疯了。"宝庆侄子一副厌恶的表情，故意唱着反调。

另一个年轻人把嘴上的烟头吐到地上，鞋底来回踩着，装腔作势地说："又怎样？强民可是老村长亲侄子，现任书记的堂兄弟，他说春萍疯了就疯了，你们谁敢跟他家作对？"

宝庆侄子用手肘轻轻碰了下宝富，故作心痛地说："我说春萍爸，你咋不找强民家闹呢！要不找政府啊，让他们把强民家都抓起来，他们害死的可是你的亲女儿！"

"今天太阳真厉害。"宝富讷讷地说。他摸了摸头顶，头发都晒到发烫了。

吐烟头的年轻人侧过身对宝庆侄子小声地说："我就说咱们这一出反调戏没效果的，你以为春萍的傻样是遗传谁的？就他们家那傻样，就算真被咱们激将了，也不敢去找强民吧！"

宝庆侄子脸色变得不太好看，他狠狠地把烟蒂扔在地上，正想用脚去踩的时候，听见不远处有人高喊："这边好几条！"

"打了吃肉！"他恶狠狠地放下这句，就带着这些年轻人大摇大摆地走了。

路上，宝富买了瓶红星二锅头。这是他第一次喝白酒，终止了几十年喝啤酒的习惯。

回家后，他握着小瓶子在二楼阳台栏杆上坐了下来，才喝了两小口，就放下了，然后完全忘了喝酒的事。过了一会儿，他从阳台栏杆上跳下，下了楼，走出家门，漫无目的地在村子里逛着。路两旁，草坪早被村民们挖掉，家家门前屋后都种上了菜，一尺多高的芥菜叶子绿油油的，阳光下闪闪发亮。他在一幢风格奢华的房子前停下了脚步。他盯着房子二楼阳台的白色栏杆看了很久，最后才想起，这是强民的家。他随手捡起路边的砖块，用尽全力朝二楼扔去。砖头砸到了栏杆，掉到了地面上，断成了几块，没有人出来，也没有声音。一两分钟后，他仿佛想起了什么，转过身，正准备回家时，发现一只流浪狗正用攻击姿态对准了他。

那天晚上，宝富家里传来了瓷器、铁器、玻璃制品不断碎掉的声音，也许还有其他材质制品，一开始声音清脆又响亮，后来就渐渐变得沉闷小声起来。过了半夜，声音终于停止了。

宝富醒来的时候，发现自己躺在春萍的床上。衣裤整齐，被子未盖，他晃悠悠地起床，走到前门，发现自己家的窗被砸破了。一块石头从窗外飞进来，正静静地躺在屋内。宝富用粗糙的大手摸了摸碎裂的玻璃边缘。把手缩回来时发现手背上划开了一个两三厘米长的血口子，血已经在伤口处凝固，黝黑的手背上的暗红颜色乍看并不明显。

宝富顶着大太阳走出了家门，目的地是对面的小吃店，昨晚到早上都没吃东西，让他感到饿了，小吃店里坐着三五个上了年纪的村民，正在热烈讨论着什么，见到宝富远远走来了，立马停止说话，闷不作声着，宝富进小吃店的时候喊了一声店主人名字。没有人回应。空气中充满了一种紧张气氛，他感觉自己仿佛走进了一个完全陌生的地方。小吃店里的拖把靠在冰柜一角，拖把后面一道肮脏的水印。仿佛是有人拖地进行到一半仓促离开了。

宝富拿了个面包和一瓶二锅头，放到柜台上，店主正民很快给他找了钱，宝富一把抓起零钱，塞进裤子口袋，转身就走。

刚出店门的时候，正民追了上来，拉住他，指着碎窗户，问他出了什么事。

宝富心里一阵惊慌，好半晌，既没有动弹，也没有张口说话。然后，在恐慌之下，一种别样的感觉，一种几乎像喜悦一样的眩晕感涌上心头，他想放声大笑或者大喊，他努力让自己平静下来，不让身子颤抖，但终究没有成功。

他们对视了一会儿。正民回过身子往店内走去。

宝富听到正民重新拿起拖把的声音，也听到正民对进店的村书记宝根说："能不能跟政府报告下，让卫生院医生来瞅瞅，他肯定脑子有问题，这种人要管起来。"

正民的声音又严肃又正经。

宝富没有直接回家，他在家周围转了几圈，直到夕阳西下时分，起了风，才慢慢踱步上楼，坐在二楼阳台上往下看——没有看到一个人。他把瓶中的最后一口酒喝完，把手中的空酒瓶对准停在他家楼下的一辆红色小汽车狠狠砸去。"呼！"声音沉闷又响亮。宝富扭头往屋里走，仿佛是想到向下砸比向上砸容易得多，他再也忍不住地放声大笑起来。嘎嘎的大笑声从屋顶直穿出去，像被鞭子抽打着，形成了一股气浪，穿过道路，穿透村里的每家每户。他的喉咙深处被一股强烈的味道刺了一下，冲鼻的酒精反流让他喘不过气来，但他感到了出奇的轻松和清醒。

然后，他毫无预兆地哭了起来。"想不起春萍的样子了。"他边用粗糙的大手擦着哭红的双眼，边自言自语道。

晚饭时间已经过去了，他再次出了家门。风开始变大了，他扯了扯衣领。骑电动自行车的人和走路的人不是相向超过了他，就是相对而来，速度很快，满世界都是他们的身影，他们都在同一个方位盯着他看，仿佛他像一条肮脏的狗。

他一趟又一趟来回着，把泡沫砖搬了回来，一块一块贴着墙垒起来挡住了窗户上那个破洞。垒完后，他心满意足地坐在二楼阳台上，听到红色轿车主人的咒骂声："嫌十万块少你去找强民闹！闹我干什么！""这种有病的女人，给十万块都太多了！"咒骂声恶毒又尖锐。空气中的安静就这么轻易被打破了，他觉得不可思议。轿车主人终于骂累了，忿忿地开着她那辆被酒瓶子砸出凹痕的红色轿车离开之后，他又在阳台上坐了一个多小时，直至昏昏睡着。

第二天早晨，他听到楼下有玻璃碎片滑过地面的声音，坐着睡了一晚，让他浑身每一处骨头都酸疼。他捶了捶腰，把滑落到地上的外套重新捡起披上，然后踉跄着下了楼。

正在把地上碎片扫到房子一角的是村妇女主任，她是来给宝富家申报失独家庭的。人热情，但喜欢嚷嚷，见宝富下来，她先是讲了些申报要的资料，然后便围绕着"失独"讲开了。她放下手中扫帚，大着嗓门说："我们说句公道话，宝富。这结果不错了，当年强民家是为了批宅基地才娶的春萍，可离婚了，人家也把那一份还给你了呀！你不能跟现在房价涨了后的价格比，凭良心说，已经不错了。你就拿好这些政府补贴，别给政府添乱了。公平？什么才叫公平？"

妇女主任特有的大嗓门喋喋不休地唠叨着。说村长宝庆和书记宝根有矛盾，宝庆想借春萍这事把宝根拉下马，自己当书记，所以才老让自己侄子来挑事。末了，她故意压低了声音对宝富说："你可别犯傻上当，别真去闹强民，不然就被当枪使了。"宝富感觉全身都烧了起来，火辣辣地痛。"他们为什么都要和我说这些？难道我去强民家扔砖头被发现了？"他对自己说。这些人都很奇怪，他们说的话他都觉得非常荒谬，更多的是听不懂。接下来的两个多小时里，他低着头，像个认错的孩子一样，一言不发，但他想："方圆几公里的人都应该听到这声音了。"

对面小吃店有人在高谈阔论着船。说船上来了一些 90 后的大学生，说着那些"船体再切割跟电脑主机重启一样简单"的屁话。大家你一言我一语地评论着这些年轻人的幼稚和冲动。有人突然高声来了一句："在船上混一年，不冲动的也爱冲动了，瞧我这暴脾气！"大伙都发出了爽朗的笑声。这样的对话让宝富也觉得快乐。只要听到有人谈论和大海有关的事他就开心，不管对方是否对大海一窍不通。一小时后，他感到自己的身子在微微抖动——不知是疲劳还是激动。他只能这样站在门边上，一动不动，就怕自己一跨进这扇门，大家就只顾左右，闭而不谈。

　　一张似曾熟悉的脸在眼前晃过，用一种在他听来高得离奇的嗓门喊道："春萍爸，那宅基地一份都涨到四五十万啦，才给你十万，当你是傻子呢！要是强民敢这么坑我，我非放火烧了他们家不可！春萍都白死啦！哎！你干吗拉我……"

　　店主正民在关键时刻把村长宝庆侄子推进了店里，然后用很小的声音对宝富说："你不能再这样下去了……为了你的事，两边的人天天来我这里叫板，都快打起来了，你还是以后别来我这儿了……我还得做生意……让我安生点吧。"

　　宝富像听懂了，又像没听懂，小吃店是他唯一可以去的地方，如果连小吃店也不能去了，他不知道自己还可以去哪儿。正民的话，一时间让宝富不知所措。他一言不发、心神不定地拖着步伐回到了家，他在屋子里走来走去，接着就打开衣柜开始收拾春萍的衣服。把大部分衣服放入一个黑色大垃圾袋里，再放到大号蓝色垃圾桶里——保洁人员刚把村里的垃圾桶全部换新，他把附近蓝色的垃圾桶都拖回了自己家里——这蓝色太好看了，是大海的蓝色——那些小吃店里的常客、那些船员一直喊着叫他把垃圾桶收到家里去，他们都说这个装东西最合适。

他继续收拾春萍的东西，感觉很奇怪，好像他在颤抖。屋子外有人在大声喊叫，随后听到一声沉闷的"轰"。他垒的墙倒了。他坐在床边盯着那些蓝色的新垃圾桶看，他把它们排列成整齐的一排，一共十个。他看到它们像齐头并进的海浪，呈一直线，他决定不再挪动它们的位置。

接下来的一个月里，时常有人来屋门口喊叫，推倒他的墙，转眼又散得无影无踪。他也不生气，起初，他们白天推倒，他半夜再垒回去，接着，他们不推墙了，就只是在门口大声叫骂，他就把家里砸碎了的东西都朝他们扔去；到最后，已经没有人来了，他会习惯性地在清晨把墙垒好，到下午自个儿把墙推倒，等到第二天清晨时，再垒回去。从二楼阳台往下看，这不仅仅是一面墙，更是扬起来的船帆。

小吃店里跑出一群孩子，在太阳底下嬉闹着，看到在阳台上打盹的宝富，用小手作喇叭状大声喊："宝富有毛病！宝富有毛病！"他的心突然怦怦直跳，陷入了恐慌。他舔掉嘴唇上的面包屑，摇摇晃晃着站起来。把手中酒瓶狠狠朝孩子们扔去。随着清脆的玻璃碎裂声，孩子们装作惊恐地散开，又嬉闹着聚起来，比刚才喊得更大声。

那天其余时间里，宝富发现自己不知不觉地在默默重复孩子们的话——宝富有毛病。他想起春萍还在的时候，他们也是这么喊她的。

这是一种什么感觉？现在他知道了，好像是一直被关在自己的躯体里……很安静、很压抑，但仍然在努力寻找出口。

屋子里的空气凝重得令他难以呼吸。他选择呆在阳台上。天色已近傍晚，夕阳在山那边平静地洒落橘红色的光。他远远望着，却恍若看不见一样。他不停地想，他搁浅了，他什么时候才能离开这静止的无风带？

整整一周时间，他都呆在阳台上。备好了充足的酒和面包，不再踏入房间一步。这一天天气晴朗，阳光灿烂，每个物体表面都反射出单调耀眼的光。阳台上一尘不染，空气中弥漫着强烈的漂白剂的味道。在一种近乎恐慌的状态下，他的眼睛里开始有东西在闪烁。他看到栏杆外一个影子，他喊春萍的名字，但她没有应声。他发现她跨过了栏杆，坐在栏杆上，摆弄她的衣角，回忆能唤回过去的一切，包括声音。但他想不起太多。他是个沉默寡言的人，春萍更是不善言辞。他闭上眼睛试图把春萍的影像从脑海里赶走。

是她自己要得病的。

是她自己生不了孩子的。

是她自己被夫家休了让他难堪的。

她刁难了他。搬回来住的那段日子里，她就那么一天到晚躺在床上，日渐衰弱，封闭在自我的世界里，每个晚上把头压在枕头里，一滴滴眼泪顺着面颊滑落。她一直让他难堪，让他不好过，最重要的，是几十年前的那一天，因为她的出生，他永远暂停了自己的海上生活。

他全身开始颤抖，几分钟后又放声大笑，笑声引得对面小吃店店主老婆怒气冲冲地大声骂他。等一会儿店主正民也跑了出来，他有点慌张，感觉变糟了。

正民夫妻二人一步步地逼近了他家屋子，他听到他们在骂什么，但片刻之后又忘了。他想止住自己的笑声，但发现他做不到。

太阳完全落下去了。正民夫妻站在路灯下，仿佛根本不知疲倦。一团团小虫子包围了发光的路灯。他举起酒瓶，踉踉跄跄、醉醺醺、迷迷糊糊，他们在他面前变成了模糊的瞬间。他狠命地摇着头，努力让自己保持平衡，不再跌跌撞撞的。

小吃店里跑出一个瘦小的身影，光洁的脸蛋，长长的头发，皮肤很黑很黑。小身影用一种质问和不耐烦的眼神看着他，接着，毫不犹豫地用力推倒了他的墙。不，推倒了他的帆。

他忽然胃一阵痉挛。

"你为什么要一直让我难堪！"

他大吼着，发狠着把手中的瓶子朝楼下那个瘦小的身影砸去。

一个男声呜咽着。

一个尖锐的女声穿透村子："正民！"

"来人啊！快叫警察来！疯子杀人了！"

人在高处的时候，底下发出的所有声音会因为传播方向不同变得混沌不清。像窃窃私语，像开啤酒瓶盖时的砰砰声，像扭开二锅头瓶盖时的嗞嗞声。

有人在大叫。"宝庆！""宝根！"——那是村长和书记的名字。

从下往上投射出无数束光线——手电筒、手机、汽车……各种光亮。

声音和光亮让他醒来，醒来时酒还没醒，一瞬间他以为自己仍然在二楼阳台上，他强迫自己做了几次深呼吸，过了一会儿，大脑晕眩过后，他发现自己屁股底下垫着的是屋顶瓦。

有人试图爬上屋顶，好像还不止一个。

他很久以前开始变老，现在已经更老了。

他稳了稳身子，但身上的酒劲让他完全难以抗拒眼前的景象。他踏进船里，波浪一浪又一浪袭来，船晃动得厉害，他靠自己的本事站稳双脚，有条不紊地升起了帆。风变大了，帆被吹得鼓鼓的，他望向前方，前方是茫茫一片黑暗。他跑到甲板上，脚下变得踉跄，他开始无法保持身体的平衡，空荡荡的衣服下，一副宽大的骨架摇摇晃晃，向左倾，又向右，来回左右摇摆。风越来越大，裹着大雨和海浪，帆鼓胀得厉害，"嗤"一声，拉开了一道口子，然后生生扯成两段。雨打在脸上，干瘪的皮肤已感觉不到疼。宝富已经没有力气稳住自己，他往外侧俯身，用尽全力伸手，想扯住摇曳的破帆，身子倾斜过去了，但他的手依然什么也没有抓住。他就这么轻飘飘地摔落下来，摔在了那一堆砖上。

宝富，和他的"帆"，终于能直挺挺地躺在一起了。

他就这么轻飘飘地摔落下来，摔在了那一堆砖上。

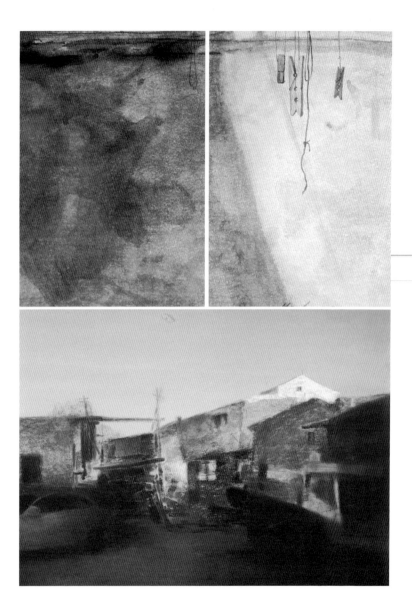

山里的墙

The walls in the mountains

1

汽车引擎起动。当这辆每天早晨 7 点 20 分准时驶入溪水山公园的轿车在停车场停下时,我打开了车门。一阵干燥的风吹来——卷着尘埃,可能还稍有些颗粒——力量并不很强,但也绝非是微风拂面的那种温柔。门禁卡点、保安室,消控室和餐厅在一左一右的前方排列开来,形成了不对称的两条横线。从现在起,到 8 点 30 分为止,我都能保持基本的孤独感。警卫在卡点旁的岗亭,保安室、消控室里的值班人员正盯着大屏幕,餐厅里的厨师和服务员准备好早餐后正在准备午餐的食材——他们都囿于自己的空间,不足 50 平方米的空间。这一切对我来说都没有什么异常。这一天也和平日一样在机械刻板的规律中开始,这种规律是家庭中的每个人都经过日复一日的习惯,并服从于这种习惯所得到的结果,这种结果和纪律性、自我约束性无关,它是一种无奈下的麻木状态。习惯并非不愿意被打破,而是不能,比如我妻子,她会准时在清晨 5 点 30 分醒来。起床后,给儿子做早餐、洗衣服、晒衣服,叫儿子起来洗漱、吃早餐,她回到主卧迅速梳洗完毕,最后将我从不眠的梦里唤醒。接下来,我浑浑噩噩地记得,我结实的臀部让抽水马桶圈温暖了数分钟,起身后在盥洗池前,用手捧了几捧自来水，提醒自己保持清醒状态，最后我们同步完成各自的任务，快步进了电梯，到地下一层，走到车旁，发动汽车——暖车时我总是扭头打量妻子的侧脸，她每晚比我晚睡，早晨又早起一小时且中午从来不休，可从未见过她混乱匆忙无精打采，今天她也同样成为我因睡眠不够浑浊不堪的清晨思维的导向标，我只需要按照指令去执行就可以达到不用思考也能快速完成的境界。当我也自己塞入这辆黑色轿车把双手搭在方向盘上时，那些模糊不清的混沌感便荡然无存，之后送妻子和儿子先后到达目的地后，恢复冷静头脑到达了公司，保有和以往一样愉悦的情绪站在取餐口向餐厅服务员颔首微笑，就在我取到早餐、转身抬眼找位置的刹那，我猛地瞥到一个坐在餐厅里吃早餐的人。

无论是当时还是后来，我都无法解释自己为什么转身后会抬眼——通常我只会转身、低头，朝我每日固定的那个靠窗的餐桌走去，从不抬眼看其他座位——什么原因让我抬眼？恐怕只能解释为人在固有行为模式下出现的偶然不听大脑使唤的无自主意识的动作，这里面绝对不包含那些可笑的多疑、猜测之类的借口，也绝不是愤怒、胆怯或是其他情绪累积后产生的附带多余动作。我保证。那个人坐在和我固定就餐位相反的方向，角落，正用一种含蓄的目光盯着我，或者是取餐口。也许以前我也见过这样相似的目光——复杂中，看起来有些许优越感、些许友好、些许强势——但是无论怎样，在此之前我每次都能保持住自己的冷静和警惕，在目光接触中让我理智的中枢系统充分展示控制力，掌握眼神交流过程的主动权，但现在、当下，我无法将视线从他身上移开，即使是我已经迈开腿，移动到了自己的固定就餐位上。

他以很快的速度完成全部进食过程离开餐厅，很快就消失在通向办公大楼笔直、通畅的小道上。我没能找到"为何关注"的缘由，我也没有去找到底是什么，让我关注且非常关注那道含蓄的目光，是顺从的柔和？还是严厉的警告？或是愚蠢的自大？几乎在同时，我被一阵紧迫的惶恐吞噬，因为我清楚地知道错过八点整的刷卡签到会引起一系列的严重恶果：我的胃将多天不适，而我的脑子也将无法适应签到注册表上显示其中一行在八点之后。我无限怨恼地再次把目光投向他离开的小道，开始茫然无措地收拾餐具，在无人的笔直小道上行走，怀着不安的且倍增不安的心情在心里暗想，这目光是在哪里看到过。时间一秒一秒闪过，以特别快的速度几乎飞了过去，我感到越来越大的压力，担心没有准时签到的恐惧终于让我忘了那道目光。时间这玩意儿虽然愚蠢且谎话连篇，但那一刻它对我还是仁慈的，我终于还是按时打完卡坐到了办公室内。总经理经过我办公室时，探进半个脑袋，没头没脑地对我说，他准备近期调整人事，等调整完，他会到董事会去，也会推荐我当总经理。于是，我感到自己的"卖力程度"加倍了，"责任感"更强了。我更快速地处理了手头上的材料，又主动领了新的任务，放弃午休自愿加班，总经理对我反常的勤奋露出深奥的表情。也许是不理解？

下午5点前，我已经打满8个小时的鸡血，当总经理合上材料对我投来满意的一瞥放我下班时，我宽慰地感觉到：这日复一日机械无趣的"两点一直线"中，我仍然是那个掌握了主动权的男人，没有任何人和事能对我这个来之不易的职位造成威胁。

晚上 6 点我准时到达餐厅开始晚餐，一个让我"嗖"的脊背发凉的人影，站在了我的面前，他正用与早上一样含蓄的目光饶有兴趣地注视着我一筷子一筷子夹起饭菜，一口一口塞入嘴里咀嚼，最后他甚至坐了下来，看着我如何装腔作势、故作冷静、有条不紊地进食，要知道，为这份虚伪的平和我付出了很多，如今我已经可以做到任何情况下泰然处之——这是每天同一时间做同一动作养成的习惯。早晨的感觉并未再次发作，取而代之的是一股令人难以克制的好奇心。人们经常在好奇心里汲取力量，这力量会让人无法自控，愿意像一条嗅觉敏锐的狗一样到处追踪气味。他小心翼翼地报了一个董事的名字，然后向我说明这次人事调整的对象就是他。我不得不承认，这个信息让我实在兴奋，同时如此量大的信息搞得我胃无法消化而痉挛。我在第一眼看到那个人时就已经清楚地感觉到，从他骨子里透出的那种优越感，是对所有制度规矩的蔑视，似乎只有他才能在这按部就班、墨守成规的公司里高昂着头颅前行。

晚上 6 点 30 分，我准时完成就餐，准备穿过小道，去停车场取车。这个男人突然也起身，点燃一支烟，与我并行，似乎时间凑得刚好，但是，我立刻猜到了，根本不是时间凑得刚好，而是他有话跟我说。我们俩迈着悠闲、懒散的步子沿着小道走着，我没有盲目开口，只是以最快的速度从目前来看相当匮乏的记忆数据库里搜寻这么久以来任何有助于这次谈话的资料，防止因信息不对称对我自身的前景产生难以预测的结果，这让这一天的紧张情绪达到了高潮，最终把我推入一个又一个全新的语境：当他告诉我他是某位董事的儿子，我断定他是一个"空心的花架子"，然而他却告诉我他之前在另一家大公司已经做了部门主管，我便兴奋起来，以为这位董事神不知鬼不觉地把儿子安插进来，有其不可告人的目的，但这个猜测也落了空，他用很苦恼的神情告诉我，他在之前那家公司里前景非常好，他父亲和自己压根都不想来，是我们总经理再三挖他过来的。我意识到，我没必要再无端揣测下去了，那样只能浪费自己的宝贵时间，所以我决定，收起我的好奇心，听他絮絮叨叨谈论自己，期待他无意中暴露出一些真实的还没被我掌握的信息。

这个决定被证明是正确的，因为我对他的目的无法判断：他只是漫无目的地闲逛？还是碰巧遇到我？或是已经摸清了我的时刻表？当然，就算摸清我的规律刻意接近我也没什么稀奇的，作为董事的儿子和其他公司的部门主管，他应深知公司主管这个层面的人事调整需要总经理和我们几个副总经理至少半数票通过，如果说投票权重最高的是总经理，那么权重第二的就是我这个第一副总经理了。我含糊不清地应答着，想为他这种殷勤形成合理判断。在我们苦心经营的规矩里，往往会有一些出乎我们预料的笑话，偏偏合理地存在着。我们穿过了小道，来到了停车场。也许是空旷的缘故，我们的脚步开始变得小心翼翼，时而匆促，时而缓慢，径直走向我的那辆黑色轿车。我们站在车边，他又带着自信说了几句，随后非常礼貌地对我握手挥手告别，我闪身钻进了驾驶室，发动了引擎。月亮滑到了溪水山的山顶，夜空下，温柔的月光将溪水山照射成一团墨绿，我打开了前车大灯，扭头看着那人离开的背影，借了点月光，发现他在快步离开，朝着办公大楼的方向。尽管我很谨慎地提醒自己不要再作出错误的判断，但之前经理会议上的信息——总经理明确表示本次人事调整对象必须在公司服务 3 年以上——还必须是三周年。官方的信息和他现在的说辞，不得不让人心底偷偷作出了许多猜测。我预感到这绝对不是简单乏味的开始，不管他是否令人厌恶、令人反感，现在我表露出任何情绪都是毫无意义的，哪怕他的举止很优雅、潇洒，对我来说也不重要，但是他透露的一些信息，确实有某种值得人期待、了解的信息，还可能会产生某种戏剧性结局。我扭过脸，仿佛嗅到了某种机密的气味，像一枚小针，刺激着我的兴奋神经。

秋天的夜晚，单薄的衬衣让我感受到一些凉意。妻子和儿子坐上了车后，我迫不及待地和妻子分享了这个秘密，在讲述中，这个不知释放了哪种信号的消息让我产生了一种久违的感觉，一种马上要得知某种八卦的兴奋刺激，那种卷入幕后挖掘了背后秘密的激动感无可救药地袭击了我，这种欲望深深地潜伏在我的体内，我决定，要把这种欲望挖出来，把这种好奇心追到底。出于习惯，无所事事地看热闹能为我刻板无趣的生活带来色彩。我身旁这个人老珠黄的妇女——我的妻子，在我快速讲了一大段准备换口气的空当，小声地说："看来，你准备对这场虚伪有趣的游戏坐壁上观了。"我把车开回地下车库，熄火，从心底里洋溢出一种满足的喜悦，看着妻子和儿子走在我前面，相互开着善意的玩笑，我对自己今天得来的信息表示满意。虽然我把来龙去脉讲了个大概，但仍有一些事情我搞不清。比方说，既然总经理对工作经历进行了限定，那么，他又是哪来的自信，对我大言不惭？

走在前面的妻子，仿佛突然想起了什么，扭头对我说："他会告诉你，难道不会告诉别人？你们溪水山没有不透风的墙。"儿子追着问他母亲什么叫"不透风的墙"，我走上前去，对儿子也是对妻子说："放心，溪水山里的墙特别坚固。"妻子说的这个问题——尽管目前没有什么事情发生所以也没有特殊的意义——但的确困扰了我一阵，难道这个消息总经理不知道么……

2

日子又过去几天。今年秋天似乎冷得特别快，街上的人都穿上了外套。我的生活和以往一样毫无差别，每天清晨匆匆忙忙赶往公司，晚上又随着熙熙攘攘的车流回到家。偶然在工作中听到一些人事要调整的传言，但因总经理迟迟没有通知开会，传言也就仅仅成了传言。副总经理中有一位高大结实且年长倔强的，与我分享了这次提拔主管的年轻人姓名，与我同姓"程"，名好记，且我有些印象。年长者敦厚可靠的面庞，让我毫不犹豫地断定，一场好戏开始了，这是我等待已久的热闹景象。另外我还相信：这个规律的世界每一次在涉及自身利益时所展现出来的力量，将会把任何的爱、友情、善良、包容吞没，所有的"正常现象"将无限扩张，直至变成"不正常现象"，最后回流到看热闹的人群中，点燃、焚烧、灰烬。这一点我毫不怀疑，因为在日复一日地将自己汇入这20层上上下下的人流中时，我学会了皱起鼻子贪婪地嗅察从他们体内散发出的那些利己气味，力量通常都隐伏于阴影下，只偶尔会流露在聪明人的脸上，暗示着某种生机勃发、难以抗拒的光芒。一股突然产生的怀疑用低语告诉我，董事儿子就这么放弃了吗？我被一股洪流席卷，决定把握住这个近在咫尺的目标，如同一只在黑暗中不惜命追逐光亮的飞蛾，围观已满足不了内心喷发的欲望源泉。

接下来的几天，这种分享打探消息的快乐兴奋，随着办公室主任通知下午开会戛然结束。这个通知带有些怨气，这个微驼着背、浑身辐射出谄媚的小个男人抱怨总经理只告诉了时间地点，以至于他在通知的时候无一例外地遭到了所有副总经理的严厉批评。我用善意的话语缓解了他的沮丧，因为聪明如我能猜到会议内容，也不会愚蠢到因这种小事批评人，相反，当大家都批评他的时候，就是我收买他的最好的时机。这个通知传达后，整个上午时间，像突然蒸发了的水汽，那些飞来飞去的传言消失得无影无踪。可以理解，一部分人把力量转入地下，在黎明前的黑夜里聚储能量在深潭之中，更多的一部分，和我一样，只是看热闹取乐。

这种相对的平和坚持了一上午。午餐时刻，我依旧按时到餐厅，在我固定位置坐下，一口一口从容地开始进食。根据董事儿子对我作息习惯的了解，我敢肯定，他绝不会放过中午就餐这个黄金时间的。果然不出我的所料，他在我对面坐下，仿佛为了尽量不引起他人对他的注意，他并没有立即开口而是小口开始进餐。我用余光打量了他，茫然若失的挫败感笼罩着他，几乎将他压得喘不过气来，我们都曾有过这样的焦虑，因此我完全可以理解他现在这种冒着风险要和我对话的心情。我冲他露出了一个礼节性的笑容，不管他理解不理解，我的进餐时间到了，无论是哪种情况都无法拖延我的时刻表。董事儿子终于开口了，他口齿不清地表达自己几乎要放弃的意思，我提醒他在之前的对话中我就表达过"凡事都要想到最差的可能"，但他的沮丧感依然存在，我收拾好碗筷，在喧闹中清楚地听到他的叹气声……突然，他喉咙像有口痰一样"嗯咕"一声，发出痰咽下去的声音，我知道机会来了，一个可以让情况变得更复杂情节更曲折结果更精彩的机会来了，自从我见到他的第一眼起，就一直期待着这个令人振奋的时刻。当我起身的时候，我弯下腰，几乎把脸贴在了他的头发上，心脏险些从嗓子眼里跳出来，我怂恿他说："中午是最后时机，把你父亲搬出来，即可翻盘，至于我对你的支持，是永远的。"说完，我慢慢抬起头，直起身子，离开了餐厅。

总经理的办公室是一间宽敞的房间，窗户有一扇，大而透亮，站在窗边向外看去，能看到不远处溪水山，一幅萧索的晚秋景象，办公室没有做繁杂的吊顶，LED 灯带洒下冷清的白光，门旁是茶水柜，上面摆了一把水壶，和两个热水瓶，柜子里面还摆有一些客人用的茶叶和一次性纸杯，办公桌大而笨重，桌上除了有几盆水培绿色植物外，还有一套简单的茶具，笔筒和其他用品一样，都是青花瓷系列中国风，办公室内摆设非常简单，没有午休床，没有沙发，也没有地毯，墙是雪白的，连窗帘都是青灰单色的，这里给人的感觉只有空旷。离开会正式开始还有十分种，我站在总经理的办公室里，他背对着我，斜靠在窗边，这让我可以从容、毫无风险地仔细观察办公室里的一切，包括他。过了整整六十秒，他还是在看窗外的景，我看不到他的脸，看不到他的表情，也不知道他正在看什么。他没有脱掉外套，看起来全身绷紧，一副临战的状态。这时，他突然挪动身子，站到写字台前，装作喝了口水（其实只是动了动杯子），随后重新又回到了窗边，我判断：他这突然而来的焦躁举动，缘于中午董事儿子不请自来的谈话，现在的总经理，正在发愁在如何不得罪董事的前提下，按照之前设定的调整计划进行。我想，总经理果然不是聪明人。这想法竟然让我忘掉了起码的谨慎。当他问我是否知道该推荐谁时，我张大嘴巴摆头的表情有些夸张（事后才回忆起来）。总经理又回到办公桌旁，聚精会神地琢磨他手里的杯子，然后，停顿了两三秒钟的样子，装作不在意地把程姓年轻人名字报给我，再继续摆弄着他的杯子，慢慢地，我恍然大悟：他之所以没有像以往一样公开候选人的名字，是他不愿意得罪董事——那对他下一步进入董事会没有任何好处——但他仍然要完成既定的人事调整，所以他需要我，来传播这个消息。

　　我离开总经理办公室——会议即将开始，我快要迟到了——花了数十秒快速通过寂静的走廊，进入会议室——其他副总经理都已经在会议室落位等待。我走到茶水柜前，首先和一个正在换茶叶的副总经理低声交谈了几秒，然后又转到了另一个副总经理身边，这一组不断重复的动作里，我没有一个短语的顺序是颠倒的，高度紧张的注意力让我变成了机械的传声筒，我被一个突如其来的念头主宰着，异常亢奋：总经理只告诉了我一个人，足以证明他对我的信任，我不在乎谁都提拔，只是程姓年轻人的提拔能让董事难堪，继而让总经理树立了敌人，董事儿子不会轻易作罢，董事岂会袖手旁观？这种想象中的热闹场景让我激动不已，加重了提及"总经理交待的"这几个字的发音，这种表达方式他们是否能理解根本就无所谓，前面我已经多次提到了，我是个聪明的人，我正用正确的方式，让所有人明白在总经理的引导下，最终在推荐表上写下正确的名字，只要结果够热闹，过程怎样还有谁会计较呢。就在这时，总经理推门进来，他看了一眼手表，然后走到位置上坐下，宣布开始推荐，每个人都开始往一张纸上写着什么，包括我。所不同的是，我揣着一股更加兴奋的心情写下了拟提拔候选人的名字，又在推荐人这里，郑重签下自己的大名，随后立刻交给了工作人员，屏住呼吸，生怕喘息间看漏了什么景象，当总经理接过工作人员的统计表时，我的呼吸几乎停止了。这张表是那么强烈地吸引了我的注意力，而我和总经理又坐得那么近，于是我低下头，慢慢把脸侧过去，眼皮悄悄抬起，这些动作是机械的，不由自主的，如果说起先我只是出于兴趣想把浑水中的沉淀物都搅上来，那么现在可能连我自己都没有意识到没有办法把控住自己。

会议时间掐得分秒不差，统计表交到总经理手里便已经到了五点，总经理说了几句不痛不痒的话，便匆匆离开，我愣了好一会儿，去餐厅的路上，一直晃神。其实我根本就没有食欲，但强迫症逼得我在这个时间段吃晚餐，同时也是为了做给别人看，规定时间内就餐完毕后，我缓步走向停车场，并在自己的车边站住了。不远处的溪水山仿佛让我着了魔，我目不转睛地盯着那些粗壮的树根足足有十几分钟，仍然没有彻底明白或理解。

到下午投票前，我都是这个令人激动的冒险中的一个重要角色——至少是个聪明的角色，直到我偷窥到统计表——第一个是我推荐的，写了程姓年轻人，后面几个副总经理，推荐的都是董事儿子。我几次三番地重复性抬眼，得到的结果都是一模一样，我对上车的妻子说，我百思不得其解。这是真话。妻子的目光始终没有从我脸上移开，连我眨眼时也不肯放过，被盯得心里发毛的我最后不得不发问，而妻子只一句话，便让这无尽的夜变得苦涩。

你被坑了。

3

这件事变成了鱼刺，鲠得我一晚上失眠焦虑。我不仅要考虑眼下的首要解决方案，更要考虑长远。根据目前的情况来看，现状非常糟糕，我还没有搞清楚到底是哪个环节出了问题，是总经理只对我一个人撒谎？还是董事儿子绝地反击拉拢了所有副总经理？还是所有副职都已经不听总经理的话了？又或是这拉票的背后，根本就是总经理的授意？这一件事，从一开始就没有像常规那样走，只是当时我没有意识到，也许，即便意识到了我也忽略了，但事情发展到这一步，我不能仍然是那个被动等消息的中转站了，我之前采用的方式不对，我采用了一种消极无欲的方式，但明显地，总经理在告诉了我他和我的将来后，立马向我显示了他对权力至高无上的把控力，他用这种方式告诉所有人"一切都在我的控制中"。这个想法在半个多小时后发生了动摇。这个念头是随机的，但这整个过程还是需要依附诸多外界因素的，后来我又产生了另一个念头，即总经理已对大局完全失去了控制，没有任何人会遵从他的指令办事了。我在深夜里把这两种想法颠过来倒过去的想，完全沉浸到了自我满足的侦探欲望中。

卧室窗帘缝隙有白光透入的时候，我终于醒悟了：这个故事完全有可能是另一种情况，那个整天无所事事的总经理其实一直有更高的水准，在消耗了一些时间琢磨后，我把自己的思维置入了一个相对封闭独立的，对最后的判断能起到决定性作用的空间里。同时我还发现：当一个人完全失眠时，他的身体会在凌晨时段达到虚弱的顶峰，手指和脚指头发凉，但躯干还保持温热，重力感在这种相对的温凉反差中并不那么明显，此时大脑反而会出奇地冷静，把我从现有的重压之下解脱出来。我眼前的画面清晰了，每一个环节、每一个音节都构成了一个信息代码，无法自己主宰。这些代码垒成了世界上最坚固的墙，任何物件都无法穿越、击破。本该严格按程序来的推荐，如今只是个象征性的集会。总经理不愿意得罪权势，但又不能在下属面前丢掉权威，他从背后唆使董事儿子去拉票，既不得罪董事，又能考察一下谁听他的话。

凌晨是个好东西，当我需要集中精力去思考时，这个时间段所产生的专注度就像在我空洞的脑袋里钉了一根楔子。我像一条狗一样到处嗅阴谋的气味。妻子照常在早晨的五点三十分起床，她已经习惯不会在这种状态下打扰我，集中精力要求我必须彻底排除外界的干扰，如果由于我一时的走神而漏记下某个对我来说十分重要的信息密码的话，都可能对我马上到来的前途造成不可弥补的损失。早晨7点20分，我的黑色轿车准时驶入溪水山公园停车场，我从停车场散步到餐厅就餐，这天早晨和以往的早晨并没有什么不同，孤独感并没有什么不好，它保护着我无法被伤害，我用自己敏锐的听力试图捕捉那些哪怕模糊的信息代码，但一天下来，都没有成功。晚上6点，我第一次打破了自己的规律，没有去餐厅吃晚餐，而是约了董事儿子，开诚布公地把总经理如何教我推荐程姓年轻人如何让我通知到每个副总经理的过程全盘托出，最后，我有些底气不足地急于向他证明我的心，我说："我对你的支持，是永远的。"然后静静地等待他的反应，这时我突然察觉到，这个之前谦谦有礼的家伙，居然现在背对着我倚在窗边朝外看，这个不知天高地厚的小子，居然敢在我办公室里如此放肆，我想了一下，暗自发誓：我非找个机会收拾他不可，等有机会。他终于转过身，厚着脸皮对我说："其实昨晚总经理已经打电话给我了，他告诉我，虽然票数第一的不是我，但他会推荐我，同时，关于年资的问题，董事会那边，他会去说服他们，让我安心工作等好消息。"隔着办公桌，他在我对面坐下，显然他自以为我什么都没察觉，但我又能察觉什么呢？这些自以为是的家伙不遗余力地将我高贵的尊严踩在了脚下，踩成了尘沙，这些人的生活有多么可悲！除了欺骗，还是欺骗。

我将身子仰靠到椅背上，整条脊柱像发炎了似的，贯穿式的痛感，反正晚餐时间已经被打断，索性过一个无规律的夜晚。董事儿子走后，我随后离开了办公室，来到电梯，然后下楼，一步一步不紧不慢地来到停车场。我已经不年轻了，尽管谈不上老，但反应已迟钝很多，记忆力也不如前了，我清楚地知道，假如有人说了一段毫无关联或稍有意味的话，等待我的命运很有可能就此改变，我的手自然地垂摆下，眼望前方，不远处溪水山里仿佛闪着黄色和蓝色的光，光线很弱。我开始悲哀起来，身子开始僵硬，目光变得和那些人一样僵滞、鬼祟。这一切是开始还是结束，也许只有那个掌控的人说了才算。

忘了说，下午下班前，办公室主任通知明天上午开经理会议，宣布人事调整结果。这个猥琐的男人是笑着说的，躲在门后的他探进来一个脑袋，苍白的脸上挂着邪恶的表情。我突然好奇地想知道，总经理在推荐表上写了谁的名字。

我讨厌狗

I hate dogs

下班已一个多小时。看看窗外，天似乎正在暗下来。陈燮踱到窗边，把窗关好，又回到办公桌前坐下。他摸出烟，默默点上。

桌面传来持续的轻微振动。他弹了弹烟灰，瞄一眼手机屏幕，突然反应过来，摁灭烟，扯一扯衬衫下摆，正准备接起电话，手机却停止了振动。随即，响起了叩门声。

才磕两记，来人便不耐烦地推门进来，一个高瘦的男人。看到他来了，陈燮忙站起来，顺手递上一支烟："老大，来一支？"

"得了吧，"来人摆摆手说，"知道我不抽烟。"

陈燮露出得意的笑容。"找我什么事？"他说，"又是打电话又是敲门，这么急？"

来人也不客气，一屁股坐上了陈燮的桌子，右腿盘在桌面上，左腿挂在桌沿晃荡，样子有点滑稽。"听着，伙计，"他说，"那事不太顺啊。"

陈燮马上明白了"那事"是哪件事，虽说已年近五十，可他记性并不差。两周前的某个上午，他和这个坐在自己办公桌上的男人，以及另外一个此时已经在餐馆里点菜的男人，作为业主公司代表，守在一块大屏幕前，翘首等待开标结果。那天，他们盯着屏幕整整坐了六个小时，从早上八点，一直到下午两点才吃上中饭。

"走吧，"陈燮拿起桌上的两个手机，"胖子约我到'回头笑'吃饭，我们一起过去，边吃边说。"回头笑是附近他们经常光顾的小餐馆。

对方看了陈燮一眼，从桌上跳下来，跟着他走出了大楼。

刷过门禁卡，他们出了大门口，穿过马路，插进对面夹在两幢房子间的无名小巷。天还没全黑。巷子里新刷的白墙下，青苔隐约可见，有污水从墙脚流出来，在地面上漫流，巷子里又黑又臭。陈燮不在意黑臭的污水，而后面那人，则小心翼翼地避着走。巷子很窄，只容一个人通过，他白皙的脸色更显苍白。

很快就到餐馆了，胖子这家伙显然没有等人的意思，他已经开了一瓶啤酒，正夹着菜，嘴巴"呱滋呱滋"嚼着。当然，他似乎并不在意临时多了一个人。

"娃娃找我说招标的事，我想，咱们不如边吃边说，反正也不是什么大事。"陈燮拉开凳子坐下，他从桌边的箱子里拎出一瓶啤酒，"砰"一声打开，递给了娃娃，然后又开了一瓶，自己喝。

娃娃皱了皱眉头，对他的话似乎不太认同。也许不认同这个称谓，也许不认同"不是什么大事"的说法，或者是不认同抄近路走黑臭的小巷。不过，不太高兴的表情也只是一闪而过。

"来吧，感受一下小市民的晚餐。简陋，但味道还不错。"胖子变了变双腿的姿势，向外叉开更大角度，他端起杯子，闭上眼，脖子一仰，"咕噜"灌了下去。

娃娃露出了微笑，小餐馆里只有他们一桌人，这个他很满意。

"死胖子你喝了多少？这冲天的酒气，我闻出了……至少两瓶红酒的味。"

"嘻嘻，那是昨晚的，"胖子说，"昨晚还真是两瓶红酒，你这狗鼻子。"

娃娃刚想提出抗议，喝了酒的陈燮抢在他前面："都是昨晚的酒了，还牛皮什么！"

"我没有牛皮啊，我牛皮了吗？"胖子鼻腔里喷出一股浊重的气。

陈燮懒得再挤对胖子，转而问娃娃："你说那件事怎么了？"

"哪件事？"胖子插嘴。

"你问这么多！"陈燮歪了一眼胖子，"听着就是了。"

"行行行，你们两个都是领导，我都得罪不起，我听着就是了。"胖子一副偃旗息鼓的表情，重又埋头吃菜喝酒。

娃娃微微一笑，他依次把两根筷子搁在碗上，看着陈燮说："联名要求复议的几家公司倒也没有再说什么了。"

"这不是好事么！"胖子嘴里塞着一大块肉，含糊不清地嘟嚷了一句。

"你知道自己为什么这么胖吗？"陈燮瞪了他一眼。

"为什么？"

"就知道吃，别的什么都不知道，难怪这么胖！"

"谁说的？我正在减肥的！"胖子依旧含糊不清地嘟囔着。

"减肥？你要是能减下来，我请客，大餐吃一个月！"陈燮一边拨弄衬衣领子，一边不容置疑地说。

娃娃把杯子往桌上蹾了蹾，弄出了点声响。两个人反应过来，示意他继续说。

"招标嘛也算是顺利完成了，合同也签了，但是现在碰到了大问题，中标单位做不了。"

陈燮的上眼睑垂了下来。这场招标本与他无关。同为部门主管，他和娃娃的工作职责也算有所交集。他负责完成废渣处置，娃娃负责招投标。这次废渣处置工程招投标，招标流程、方案编制、条件设置、标底设定、竞标情况等各个细节，他一无所知，完全没有参与其中的必要，是娃娃的极力邀请让整个事情发生了变化。想到自己在"招标监督"一栏上签下了名字，想到那枯燥的六小时，他的屁股就开始隐隐作痛。

"我说，这次招标结果的确有些让人意外啊。"陈燮若有所思地说。

"哇靠，才意外啊，是难以想象！Z公司居然没有中标，全市最大最有实力的废渣处理公司，竞标价也最低。900万，比D公司整整少了90万啊！结果呢？报价最高的D公司中了，简直无法想象！"

胖子连珠炮般发表意见，边说边挥舞两只油腻的肥手。

"呆子。"陈燮这么想着，暗暗观察娃娃的表情。后者慢悠悠转动着他无名指上的婚戒，默然不语。那是一颗窄窄的亚光婚戒，上面没有刻字也没有花纹。一点都不起眼。

时间陷入了沉默。只有胖子依旧制造着令人尴尬的咀嚼声。

"吃吃吃，就你能吃！"陈燮首先打破沉默，笑着又拿胖子开刀。

"咋呢？我才吃三两米饭，"胖子说，"食堂那阿姨太抠，给我舀了那块最小的大排。"

娃娃也笑了，用手拍拍胖子的肩膀，对陈燮挤了挤眼："就是因为标的额很大，所以才思考再三，采用了报价和资质评审相结合的方式。"

"那也是，"陈燮也拣了块刚上的羊排，他指关节粗大，指甲修剪得很干净，"以最低价中标，容易造成恶意竞价，最后可能无法保证处置质量，加上资质评审就靠谱多了。我们这个全市医化龙头企业，三废处理要是出了什么问题，怕是兜不住的。"陈燮边啃着羊排边斟酌着措辞。他抬眼看了看娃娃，后者露出一丝不易察觉的满意神色。

胖子举起了酒杯，挨个儿碰杯。他说："可这专家也神了啊，上午十点到下午两点，议了四个小时，最后最高报价公司中标，总共也才九家公司，有这么难弄嘛。"

塑料帘子时而被吹开。风从外面进来。陈燮耸耸肩，缩了一下脖子，装作毫不在乎："这换作我是Z公司，恐怕也难以理解。论资质、论处置能力，Z公司毫无疑问是一枝独秀的。"

他们离开小餐馆，沿着小路拐上大街。
时间还不算晚，街道两侧霓虹灯闪烁，来往行人并不多。

说完，他用眼角余光瞥了一眼娃娃。娃娃正忙着从盘子里搛菜，送到嘴里。似乎感受到了陈燮的余光，他举起酒杯："来，敬你们，吃饱了，谢谢招待。"

娃娃拨开塑料帘子，站到了屋外。

"一起走。"陈燮也紧跟着出来，后面是胖子。

"我走一段回家，有点风，正好散散酒气。"娃娃上下打量了一下陈燮。

"我们也走回家，"陈燮应道，扭头对胖子使了个眼色，"你说得对，晚上有风，正好。"

他们离开小餐馆，沿着小路拐上大街。时间还不算晚，街道两侧霓虹灯闪烁，来往行人并不多。陈燮和娃娃走在前头，胖子落在后面，由北向南走着。风不知从哪里吹来，没什么感觉。人行道上到处停着七倒八歪的小黄车小蓝车，自行车肆无忌惮地逆行。汽车道越拓越宽，平坦，空荡，人和非机动车全都被赶到铺着方砖的人行道上。陈燮他们和胖子之间的距离忽远忽近，有时候能听见胖子大口大口的喘气声，有时候什么动静也没有。娃娃走得急，于是陈燮加快了自己的步伐，能感到心跳骤然加速。

转过一个拐弯，在新世界百货那里，娃娃放缓了步子，胖子也赶了上来。陈燮感到脸颊有些发烫，不知道是酒的缘故，还是走得太快。

"过了晚饭的点，就没人了。"娃娃若有所思。

"是啊，这年头，谁还到商场买衣服呢？"胖子大口大口喘着气，双手叉腰，话音都有些含糊了。

娃娃点点头。

他们继续往前走，行进异常缓慢。每个人都想说点什么，但又都找不到合适的由头。

"亚莉好像这周都请假了？"陈燮先开口。

娃娃不作声。

还是胖子应声道："听说请了一周病假。"

"是吗？"陈燮看着娃娃。

"什么？"娃娃也看着陈燮。

片刻沉默，娃娃补充道："不好意思，刚才没注意你们说话。"

"哦，没注意。"陈燮喃喃重复着。

卖烧烤的小摊开始多了起来，都是些车摊子，小推车上架着铁皮做的挡风片，里面是长方形的炭火烤架，小贩们麻利地摆上了串串。烤架上，带着麻辣香味的浓重油烟飘了出来，往正前方散去，在灯光下形成一缕一缕浅青灰的雾霭。

"他问你呢，亚莉是不是病了？"胖子冲娃娃喊了起来。

"什么？"娃娃的眼神从不确定的远处收了回来，扭转头，平静地盯着胖子。

"得了吧，别装作不知道。在公司，如果你都不知道亚莉的事，别人更不可能知道。"胖子本想说得更直白一些，想起陈燮交待过不能扯娃娃和亚莉之间的事，半个字也不行，所以话到嘴边又咽了回去。

"你刚才说，Z公司为首的联合复议没事了？"一直在旁边察言观色的陈燮插了一句。

"基本没什么问题，反正我们是交给招标代理公司操作的，走的是正规流程，用的也是市里统一的平台，不怕他们提请复议。"

"说的也是。"陈燮说，"招标还能有什么问题？"

"复议的事情，让招标代理去应对吧，不然，付他们代理费，是白白浪费的吗？"说完这一句，另外两人一时接不上话，气氛又归于沉默。

陈燮踢开脚边一粒石子，循着路旁的光亮抬起头，一座精美的建筑立在眼前，明亮的大落地窗，由内而外透着暖色的灯光，照在公园前的鹅卵石小道上。

陈燮朝后面打了个招呼。胖子咧着嘴，笑着小跑进"驿站"，陈燮和娃娃等在公园入口。

城市化进程最大的好处是基础设施翻天覆地的改善。黑夜里，小树林变成了一团团黑魆魆的影子，谁也想不到，藏在影子里的"驿站"，是一座公共厕所，竟散发着居家温暖的光。

"既然招标代理全权处理了，你之前还担心什么？专家不是你请的，来的是谁，打多少分，你压根儿不知道。"陈燮说。

"我烦的是别的事。"娃娃说。他一直盯着天上的云，夜幕中，一团团缓慢移动的云。

"亚莉得了什么病？"陈燮嘴上这么问着，心里想的却是公司里沸沸扬扬的绯闻，说是亚莉怀了娃娃的孩子，去打胎了。

"什么病？我也不知道。女同志的病假，不好随便问吧。我担心的事，说说也无妨，复议的事情，虽然我有把握，但毕竟有十五天的程序要走，"娃娃顿了顿，"公司的废渣等不了这么多天。"

陈燮愣了一下：什么叫'公司的废渣等不了'？"

"胖子说的，"娃娃反问道，"难道不是吗？"

"胖子话太多了。"陈燮说。

娃娃突然笑了。

胖子从"驿站"出来，一副满足的样子，双手交替拍打着肚皮。他们继续朝前走。对面走来一个高中生模样的姑娘，牵着两条金毛犬，一大一小，体形巨大的金毛犬几乎擦着他们的裤脚，流着哈喇子。胖子吓得打了个激灵，下意识地往道路外侧闪躲。遛狗的姑娘忙大声喊："别怕，金毛犬最温顺，不会咬人的！"但温顺的金毛犬却没有让开的意思，偏偏挡在胖子面前，一动不动。

"我讨厌狗。"可以看出，胖子白衬衫下的肥肉在轻微抖动。

"现在遛狗时间好像有了规定，早上七点到晚上七点好像不准遛狗。"娃娃说。

"规矩嘛，有好有坏。"陈燮应了一句。

他们俩一唱一和聊着，都看不出有上前帮忙解围的意思。

胖子又恼又怕，大气都不敢出，也不敢挪步。姑娘使劲拉开狗，走出老远，胖子才还魂，又过了许久才渐渐稳住身子停止颤抖。

过了公园，他们决定抄近路回家。鑫泰写字楼的背面和花园小区侧边间夹着一条无名路，这里没有路灯，无人保洁，垃圾成堆，是个被人遗忘和丢弃了的角落。

灯光下，脚下的路隐约可寻。三个黑影进入小路，形迹模糊。

"胖子，废渣十五天也等不了吗？"黑暗中，陈燮发问，声音低沉。

"别说十五天，五天也等不了，"胖子着急上火的声音清晰响亮，"复议要十五天，可我们哪等得起，再说了，谁知道复议后会不会有什么变卦？"

"不可能有问题。"这次换作娃娃的低沉嗓音。

也许是黑暗消除了人际界限，也许是酒精的作用上来了，胖子变得有点怪腔怪调，话也开始多了起来："开标前就有人打电话给我了，说外面都在传中标企业早已内定，招标是走过场的。"

"这胖子倒说出了我的心里话。"陈燮这么想着，但他没吭声。

"招标无法做假。"娃娃的脚步声停了，他在暗夜的小路中站定，声音中有一丝察觉不到的变化。

"得了吧，"胖子说，"我虽然胖，却也不是傻子，咱们公司的招标，对外吹吹牛皮也算了，咱们自己，谁还不知谁啊，不过是你走了个程序，审计不查你罢了。"

"够了。"娃娃说。

"复议期间产生的废渣怎么处理，你们不会又玩那一套吧？零单签字报销，走特殊渠道。呵呵，今年这样玩不转的，至少我财务这块没法做。现在的审计可不是吃素的。"

"够了！"这回轮到陈燮发话了。

黑暗中传来铁皮罐子"隆隆隆"滚动的声音。"哐当！"撞到某处又反弹回来。胖子踢到易拉罐了。三个人都停住了。"刚才那条狗真吓了我一跳，说是不会咬人，但那么大一条，也够吓人的了。"

"看着讨厌就应该直接打死。真被咬了不值当，"陈燮说，"我们的命还是很值钱的。"

"你的命值钱，对吧？"黑暗中，胖子口无遮拦得简直有点放肆了，"如果不招标，估计这废渣处置的开销，又是天文数字了。"

娃娃也踢到了那个罐子，或者是另一个，滚出没多远，他又狠狠地补了一脚。

"别玩了。"陈燮说。

"不会有另外的费用产生了，"娃娃的声音有些过于响亮，"我确信复议没问题，我今天把 D 公司叫来谈了，让他们提前介入处理，合同晚半个月签。"

"复议是没问题，但你有没有想过，问题的症结不在于复议，在于公司。"陈燮被娃娃的语调带着，也有些激动。

突然沉默。

"我讨厌那条狗。"胖子老调重弹。

"闭嘴。"陈燮转过身来，面对着胖子。

"行，不说狗了，行吧？"胖子语气中有些不爽，也有些无奈，"我知道，你们瞧不起我，胖子傻呗！其实我不傻。你以为我不知道全市唯一同时拥有处置能力和处置场地的公司就是Z公司吗？你们有没有想过，只要Z公司没中标，不管哪家公司中标，Z公司就可以拒绝废渣进场，废渣没地方倾倒，照样是没处理。你们有想过这结果吗？"

"开标前那晚，Z公司打电话给我了，"娃娃说，"我受到了威胁，威胁的内容和你刚才说的一样。但是，越是这样，我就越不信邪。"

陈燮的脑子在飞快运转，为什么威胁内容和胖子刚才的话一样？为什么娃娃就不让Z公司中标？仿佛明白了什么，但又什么都不明白，他现在不断想起的就是自己在招标监督人一栏里签下了大名。而他，本不该去的。

娃娃转身继续往前走，陈燮也转身跟着。落在后面的胖子"嘿嘿"发笑。

"我讨厌你这笑声。"娃娃忍不住说。

"你也别讨厌我，"胖子继续"嘿嘿"笑着说，"你们俩也别装着自己有多聪明，局内人看不清，公司里斗来斗去一年了，我算是看明白了。招标，娃娃捞好处；不招标，陈燮……啊！"

胖子发出了一声尖叫。

陈燮感觉到娃娃停了下来，并转身用力地踢了胖子一脚，他甚至听到了皮鞋撞击小腿骨的声音。

胖子痛苦地哼了起来，听声音是蹲下去抱自己的腿。胖子骂娘，趁娃娃停着没反应过来，陈燮超过了他，走在了最前面。"有点热。"陈燮想着，把扎在裤腰里的衬衫下摆拽了出来。

胖子发出了牙齿磕碰的声音，在黑暗无人的小路上，这种"咯咯"声毛骨悚然。

"了不起了是吧？"胖子咬牙切齿嚣出去了，"告诉你们，大家都知道亚莉去打胎了！你们手段够狠啊！她真傻！"

陈燮感到一团无名火突然涌上心头，他准确地冲到胖子面前，一把揪住他的领子，把他推向墙面，死死顶住，胖子的头似乎撞到了墙上的空调架，发出"咚"的一声闷响。胖子拼命想挣开陈燮铁钳似的手，但他空有皮囊却没有力气。陈燮牢牢钳住胖子，使劲来回摇晃，直至胖子无力挣扎。

"我说过，"陈燮恶狠狠地说，"不——要——提——亚——莉。"

"知道了。"胖子的回答有气无力。

"没有下一次。"

"知道了。"

"再敢多嘴，我保证你会很惨。"

"知道了，不会了。"

陈燮松开手，转过身，任凭身后庞大的身躯瘫倒在地。

前面有光亮，很微弱，小路快到尽头了。陈燮看到了一个人影杵在半明半暗的路口，又高又瘦。

"走吧。"

"嗯，"高瘦的影子应道，"那里，刚才，不是你的错，他自找的。"

陈燮迎着娃娃的身影走去："是么？"

"当然。"

陈燮赶上来，发现娃娃的衬衫下摆也扯了出来，衣袖也卷到了手肘。

微弱的反光中，陈燮看到一张和自己的表情相似的脸。陈燮跨了一大步，与娃娃并肩。

陈燮说："绝对没错。"

长岐西路

Changqi West Road

我经常会做一种套娃式的梦，或者一种剥洋葱式的梦，一个梦境被一层又一层地包裹，剥开一层后，见到的是另一层梦境。在双流机场，听到我的言论，陈老师说，这不是套娃式，也不是洋葱式，这是上一个梦，掉到下一个梦，是十八层地狱般层层往下掉的模式。听到这话，对面的罗老师笑了，他说，这不是套娃式，也不是洋葱式，更不是地狱式，这是你们睡太多的缘故，像我这样基本上不睡的人，根本不会有什么梦。

　　罗老师，你为什么都不睡？

　　因为睡着，和死了没啥两样。

　　当一个听众，听了一种观点后，他会觉得自己内心的知识充实了许多，但当他听了无数种观点，他会觉得无所适从。

　　而我，是个奇葩。

不管谁和我说话，我都无法听清他们在讲什么。他们，或别的什么人，他们的叙述在我眼里，都是腌过的肉，在油锅炸出噼里啪啦的声音。每次一想到这，就仿佛闻到了一股香味，好闻的肉香。

我不记得故事怎么开始，也不记得之前谈了什么，总之，罗老师说："我给你讲个故事吧。"然后就开始了他的讲述。

我把家从海州搬到江州。来江州一年后，我仍然不熟悉这个城市。也许是我仍然思念海州，也许是江州一直在大拆大建，东边开山，西边修路，南边拆房，北边建屋，从未停止过。不，这不是重点。我上了年纪，痛风时常折磨我，我吃很多止痛片，国产的、进口的，还有一些非正规渠道"代购"的。这让我的记性变得不太好。但这也不是重点。

有一天夜里，疼痛消失了。我睡了很长时间，从晚上一直到白天。你知道，我是一个珍惜时间的人，我从不愿把时间浪费在睡眠上，对我来说睡着和死了无异。但那天我真的睡去了，身体轻盈，周围安静，其间我的眼前一度看到，窗外黑乎乎的，有风吹过的声音。我看到了，但我还睡着，我和我的身体，被某些不为科学家所知的力量合为一体了。这好像也没什么奇怪的。

天亮的时候，妻子告诉我，长岐西路通公交车了，今天是第一趟。我告诉她我身体上的变化，她看起来并不感兴趣，可能还有些尴尬。长岐西路是我们小区西边的一条路，也是这个城市最西边的路。马路很宽，又长，南北走向，平时没几辆车，更没什么行人，但不可否认的是，我喜欢这种空旷感。长岐西路上的站台又高又亮，只停靠一路公交车，这路车沿着这个城市的最外围东南西北绕上一圈，才会停到这一站。也就是说，这里是起点，也是终点，要是没赶上趟，下一班车得一小时后才来。

我到站台的时候，一辆车刚走。不知道为什么，没赶上车的我却松了一口气。也许我就不是为了坐公交车而来。新修建的气派站台，与楼密人稀的新区冷漠气质非常符合，站在站台上，我有一股轻松自在感，开心高兴之余，也感受到一股神秘的力量，把站台和我相连的力量。

有风吹过站台，风里夹杂着空旷马路上卷起的尘土，让我迷了眼。

站台上出现了一对母女，她们的出现，让我又记起另一段时光。记起了我以前生活中遇到的一件奇怪的事。那是很久以前的一件事，还是在海州的时候，和另一对母女有关。

母亲开始和女儿谈及在校的注意事项，但很快就被打断了。

"每天都说好几遍，"女儿不耐烦地说，"和男生保持距离，不要早恋。"

"妈也是为了你好，"母亲回答，"女孩子和男孩子不一样，我这么操心，还不是想你听话一点，可世事不如人愿。"

女儿听了这话，乖巧地笑了。从外表上看，女儿是温柔和蔼的，应该也不太发脾气，属于就算被人过分挑衅，也只会在一边独自哭泣

站台上出现了一对母女，她们的出现，让我又记起另一段时光。

的样子。可母亲却和女儿大相径庭——固执任性又咄咄逼人。她们聊的几乎都是些小事,时间也过得很快。不过,女儿似乎时不时地会揣测母亲的心情,这让一旁的我感到无来由的不安。我隐约察觉到女儿可能想和母亲坦白什么,又或者是倾诉前的试探与铺垫。这个女儿又把话题转向绘画等无聊的小事,这让我头皮发紧。

对于江州人来说,我是一个外地人。我不了解江州,也不会说江州方言,除了少数几个词。对我而言,江州只是地图上标注的一个地方。可是,对于江州人来说,海州也不是同样吗?每个人,对家乡,不都是有着同样的情感吗?到了我这个年纪,头发花白,早起菜场买菜,晚上小区散步,都能遇到熟悉的人聊天说笑,与普通老人无异。

在空旷的车站遇到一对母女,唤醒了我的许多记忆,一辆汽车驶过,风卷着灰尘扑面而来,把我的思绪拉到了远方。最近,我发现自己时常沉浸在过去中。尤其是见到这对母女后,我的回忆在反复翻腾。

一年前海州洋村车站,空旷,几乎没有人。一对母女,正如我前面说的那样,女儿安静,母亲强势。母亲在絮絮叨叨叙说着生活的艰辛,丈夫因为癌症离开了她,为了女儿的学费,她不得已要去打工,她到现在还不能适应打工的生活,也无法融入他们之中,可她的煎熬还不得不继续下去。在母亲絮絮叨叨的时间里,女儿待在一侧安静听着,沉默不语,眼睛盯着脚下,那是一条蜿蜒的山路,通向俯瞰着城市的青黛色的群山。女儿应该像她父亲吧,眉眼间总洋溢着温柔,带给人平静踏实感。

事隔一年，有很多东西我肯定忘记了，但仍有场景历历在目。我想不起它们在时间中的准确位置，但我清楚地记得，女儿时不时揣摩母亲的情绪，小心翼翼地赔笑，也清楚地记得，母女二人接下来的那场对话。

从洋村通向外面只有这一条蜿蜒的山路，每天早上，我都会在这里等待公交车把我载进城区。这对母女有时比我早几分钟，有时比我略晚。从她的自言自语中我获取了一些信息。譬如说，她曾经是一家公司的人事主管，产后当了全职妈妈，丈夫去世后，为养家糊口，只得打工。母亲消瘦，而且因为年纪渐大有些驼背，但微抬的下巴和坚毅的嘴角仍能看出她倔强固执的性格。那个特别的早晨，她们比我早到了车站，母亲的表情，冷漠呆滞，相反，女儿脸上有着愤怒。

"我从来没有见过这么恶心卑鄙的男人，居然会做出这么丧尽天良的事！"

母亲没有答话。

女儿脸涨得通红："这叫人该怎么活！"

母亲把头撇到一边，轻声嘟囔了一句："那也是没办法的事情，谁叫她自己不洁身自好的。"

"妈！"女儿气愤极了，大声地说，"她被人灌醉了！她喝醉了才会被人、被人……"

母亲听到女儿语塞，这才把头转了过来，不耐烦地说："半斤八两你懂吗？哪家有教养的女孩会跟男的喝酒，还喝成这样？本来也肯定就不是什么好学生。"

听到这儿，我深深地呼吸了一口清晨的空气。在那些夏日的清晨，天空总是淡蓝色，还没有完全天亮。山路两侧的树高大茂密，鸟叽叽喳喳叫个不停。它们不会像城里的鸟，公交车来了就立马消失不见。

母女俩在谈论这两天网上热炒的一个故事。这个故事，勾起了我所有的关心。

女儿露出古怪的神色："你能不能三观正一点，明明女孩才是受害者，你为什么会帮那个行凶者说话？"

母亲也用奇怪的神情注视着女儿，然后继续用不屑的口气说："首先，能答应和男人去酒吧的女孩，就不是什么正经人家教出来的，你自己先让别人觉得有机可乘，事后还有什么资格怪别人强暴你呢？"

我尴尬了片刻，为这个母亲毫无修饰地说出那个令人羞耻的词。我装作在看脚下的山路，但我听见那个母亲仍然在絮絮叨叨地说："你看看评论区里，十个人九个说她不好，还有人认为她就是为了出名，博人眼球在网上发帖子讲自己的事。毕竟，现在不顾一切想出名的人太多了。"

我偷偷抬头，看到女儿脸上惊讶的表情，仿佛看到了一面镜子，这让我羞愧难当，我想让自己的目光转向更远的地方，但似乎是没有成功。

"你说这个女孩是你们学校的？"母亲瘦小、微驼的身形坚定有力，"你们学校什么时候是这样的校风了？这样的学生还不开除？天啊，她不会是你们班的吧！同你是好友吗？你可千万不能和这样的人扯在一起，她父母都是怎么教孩子的，这样的孩子早该扔出家里去了！全家的脸都给丢尽了！"

我不记得女儿是否找到措辞去否认，我怀疑是没有，但我记得，公交车驶入这个站台时，引起了些许震动，风吹向四面八方，惊起了山路两侧高大茂密的树里的鸟儿。一同被震到的，是女儿单薄的身躯。女儿缓缓地垂下眼睑，嘴抿得更紧了。像那个夏天里其他清晨一样，女儿上了车，母亲往回走，瘦弱的身影很快消失在远处。

这样过了几天，也可能就只有一天——时间对我来说是模糊的。在城区回家的公交车上，我听到两个中年妇女在交谈。一个高中女生，被闺蜜男友骗出去喝酒，男人趁她喝醉把她带到宾馆强行发生了关系，女生醒后，在网上发长文希望网友帮她，但无一例外都是骂她，连她母亲也骂她。女生今天在学校跳楼了。"早知道这结果，她妈肯定不会骂她了，有什么比活着更好？"一个说。"唉，也是可怜，听说爸爸生病死了，就妈妈养育，家里条件也不好。"另一个说。

我就这样坐在车里，看着窗外掠过的灯光，身子绵软无力地随着车子震动而甩动着。

车门打开的瞬间，有股风钻进来，我的身子起了一阵寒战，仿佛是怕被人认出来，我裹紧了衣服。

我睁开了眼。我在床上躺着。妻子说，长岐西路通车了，今天是第一趟。我和妻子谈起了那个女生，那是个清晨，在洋村的站台，等车的时候发生的事。

"应该就是那个女生吧。"我对妻子说。

"听说在 ICU 病房，没挨过第三天，还是死了。"

"是网暴让她走向了死亡。不是我们。"我说，尽量让声音听上去平淡。

"是吗？"妻子的身子在颤抖，"听说在学校的天台跳下来，全身骨头都碎掉了，脑袋都凹进去了，白色的脑浆流出来，人家说如果不是她母亲坚持让医生抢救，医生会当场宣布死亡。"

我哭不出来："我感到毛骨悚然，听到你说全身骨头都碎了。"

妻子的眼睛悲伤而空洞："是啊。这个母亲觉得她女儿没死，必须抢救。"

窗外已变成傍晚的光景。一切都凉爽起来，天空映衬着玻璃窗户一片绯红，零星有几只夏虫在窗外飞舞。

我似乎还躺在床上？记不清了。

"你知道吗？"妻子说，"网上都说是网暴害死了她。"

"那我们应该庆幸？"

妻子笑了。这个笑容中是什么样的神情，我忘了，但我能清楚地记得她笑了。"庆幸吗？庆幸我们儿子？还是我们自己？庆幸我们置身事外了吗？虽然儿子搬到了江州，我每天仍然会担心，怕他一个人在这里会出什么事。"

"所以我们搬过来了。"

"可是，就算在同一个城市，仍然几乎见不到他……也许是他不愿意见我们。我们好像和他在另一个世界，我们的世界，只有买菜、散步。哦，还有看电视。"

散步。是的，散步。我们很享受傍晚的散步，可以相互陪伴，对我们而言是一种放松。有那么一个傍晚，我们在绿道上停留了比预期更长的时间，走回家时，天色已经很暗。看着家中锅里留着的米饭和菜，我强忍着辛酸又苦涩的心情，拍了拍妻子的肩。

妻子注意到我在看她。她去洗了手，返回客厅后，突然冲着我笑了。过了几秒钟，我也笑了。

"我以后会把米饭的量控制好的。"妻子说。

我突然放声大笑："你啊，就是太操心。儿子要真的回来，大不了叫外卖嘛。这年头，吃饭还用得着愁嘛。"

妻子也笑出声来。然后去把锅中的剩饭菜给倒了。

那天晚上很暖和，我站起身来，打开了窗。妻子过来和我站在一起。我凝视着外面的黑暗陷入了沉思。窗外的树丛里，虫子们正发出夜间的鸣叫。

"一天过去了。"妻子说。

我嗯了一声。

"时间过得真慢啊。"妻子眯眼皱着眉头。

"别人都只感叹时间太快了呢！"我笑了，妻子眼角的笑纹也更深了。

"老罗，你有没有想过，如果不来江州，日子会怎么样？"

"能怎么样呢？"

"可能很孤独。"

"现在不也是吗？"

妻子叹了口气。

那天晚上我们聊了很多。我无法将那晚所有聊的内容都回想起来，但我记得最后变成了争吵。虽然第二天没有继续争吵下去，但一种近乎冷战的状态在我们之间持续了好几个星期，犹藏身于日常事物的表面下，给我们所有的相处都涂上了一抹令人不快的色彩，对此我们都不太习惯，很长时间里，我们都没有再谈起，那件事情发生以后，我们该如何和儿子相处的问题。

有一天夜里，我的脚趾又开始疼了起来。我企图用睡意去遮盖住疼痛，但显然这是个愚蠢的点子。我起来了，发现妻子没有睡在床上，而是坐在阳台上，往自己手上贴东西。我走近看，是创可贴。我抑制住想追问的冲动，等着妻子自己说。沉默到后来，妻子尴尬地开口："我捡碎片的时候不小心弄伤了。"

"是碗的碎片。"

"我砸了一个碗。"

妻子一连说了三句。

我很吃惊。我不记得当时自己说了什么，妻子局促地笑着回应我。

"是我一时没忍住脾气。"妻子低下头，把那只受伤的手紧紧攥在另一只手里。

我一定说了什么莫名其妙的话。妻子先是低头不作声，后来突然大声地说："你是对的。我是在生自己的气。我们为什么要来这样的城市，土豆没有海州的好吃，青菜不如海州的甜，连馒头都是海州的有嚼劲！天，我这是在说什么！我很生气，可我不能离开儿子，我天天都在想着他，我甚至在想，当初我如果能够多陪伴他，他是不是就不会做出那样的事情！我变得这么没用、这么无能。我太生气了，所以我就扔了一个碗。"妻子说着说着，自嘲式地笑了。

我当时没有回话。我想不出更合适的话安慰妻子。事实上，我的想法与她没什么差异，我也在气我自己。我们一直在回避这件事情，仿佛那个女孩的死亡是故事的完结，我们在另起一段后可以继续微笑着生活。天空很黑，没有一颗星星。妻子盯着我，她的表情慢慢变得可怕、狰狞。那双眼睛，让我想起了站台上那位母亲的眼，瞪视中，几近疯狂的眼神。她的身体在一阵阵颤动，下巴在发抖，牙齿都露了出来。我害怕极了，发出了尖叫，但喉咙像被堵住了一样，发不出声。我挣扎着想逃跑，但手脚都像被束缚了一样，让我无法动弹，只得眼睁睁地看着她扑了过来。

"后来，风吹醒了我。醒来的时候我发现自己躺在客厅的地板上，浑身是汗。这个诡异的事件是梦，还是天太黑呢？这几年来，我都没有想起那个母亲、那个女儿。我无法去评判那个女儿，也无法怪罪那些对女孩口诛笔伐的人。有些事情并不只是'对与错'那么简单，那些事情都不受人们控制，一味去批判谁又有什么意义。"故事讲完了，罗老师打开了书，继续看。他这一辈子大部分时间都在看书，可以说，书是他唯一的爱人。

故事很精彩，但我总觉得，这个故事里，似乎有什么没有讲明白，但又似乎全讲明白了。想到这里，我突然想起来，罗老师没有妻子，他从来没有结过婚，没有妻子，更没有儿子。难道这个故事从头到尾都只是罗老师编的一个谎言、一个笑话？

"你看起来很累。"罗老师注意到我的神情。

"是啊，这几天都没怎么睡。"我笑了笑，突然身上觉得钻心地疼，我大叫一声。

我醒过来了，好像。在双流机场的候机大厅里坐着，按摩椅不知什么时候停了，两个像小拳头一样的按摩器停留在我背部中间的穴位处。对面罗老师还在不停地说着，只是倾听对象是陈老师而非我，他不喜欢看书，一看书就会昏昏欲睡，他和妻子结婚几十年了，儿子也是我的同事。我不知道该如何向他们启口我刚才遭遇的事件，这个故事太真实了，真实到让人看不出哪里是梦境的成分。但当我把故事再如放电影般在脑海里一帧一帧反复浏览时，又总感觉很多细节对不上，只是我说不出哪些细节对不上、这些细节怎么对不上。

我继续眯上了双眼，试图不去想那些诡异的场面。候机大厅空调效果真好，一阵凉风吹进我的脖子。我的身体开始下坠，掉入了无底深渊，我拼命慌张挣扎，但毫无用处。

"这是梦，是梦。"我告诉自己。我开始喘不上气，却丝毫没有抵抗之力。黑暗像一团浓雾朝我袭来，吞没了我的身体。我要死了。

一张狰狞的脸朝我飞过来，露出了牙齿。她在笑。我大叫一声，身体像触电一样狂乱抖动。

我睁开了眼。

我在家里的床上。

风从窗外吹入，窗开着。

有一丝凉意。

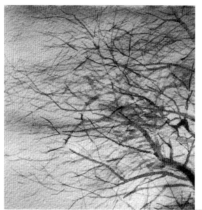

买故事的人

People who buy stories

陶明灿坐在自家屋前的矮墙上，双腿垂挂下来，有规律地晃荡着。

1

办公室的门开了又关上。

一个陌生人走了进来，个高，年纪不大。他站到了我面前，有些手足无措地盯着我看，一双手，垂放在身侧，不断地握起、松开。

为了消除他的不安，我从椅子上站了起来，平视这个年轻人。透过他的眼睛，探寻他眼底深处的那一抹真实。他的微表情出卖了他紧张的心理。当我用微抬的下巴示意他坐下时，我注意到有那么一瞬间他是懵的，连垂着的双手都不知该安放在哪里。

说实话，到目前为止，我都很满意。于是我重新坐了下来，并刻意调整了坐姿，挺直了背。

"说吧，从头说起。"

2

陶明灿坐在自家屋前的矮墙上，双腿垂挂下来，有规律地晃荡着。儿童节已过去两周时间，天气越来越闷热，他觉得浑身都开始不舒服起来。口干舌燥、眼皮发沉，偶有人从墙边走过，脚步声让他厌烦地翻了下眼皮，又迅速耷拉下来。

明灿家隔壁住着的是我三叔一家，他们是村里仅剩的两户了。开发商早惦记上了这块地。明灿家是坡顶老屋，房子年久失修，外墙面都剥落得厉害，几处已可见黄砖裸露，想必屋内也好不到哪儿去。明灿有一个姐姐，但据说成年后就没有和他们住一起，现在这个破房子里住的是明灿一家子和他父母。我三叔家是新房子，正是拆掉了明灿家那样的房子后盖起来的。三叔无儿无女，老婆又走得早，基本上宅在屋里不出门，对邻居来说，三叔是一个毫无存在感可言的人。可以想象，这个村子，仿佛就只留了明灿一家。

整个下午明灿都坐在了墙头上，无所事事。有时候会打个盹，但脑袋一失去支撑就让他清醒了些。正在他摇头晃脑的时候，一个声音从屋子里飘了出来。

屋里有人喊明灿吃饭，他跳下了矮墙，进了屋，空气里弥漫着一股饭菜的腻味，明灿狠狠吸了两口。和往常一样，明灿娘挑了些菜放到白米饭上，一手带着碗，一手握着楼梯扶手，一步一步上楼，端去给明灿爹吃。她走得很慢，仿佛膝盖受了伤无法弯曲，全靠握着扶手的右手使劲，把身子一级一级台阶拖上去。

明灿面无表情地在妻子对面坐了下来，一手拿碗，一手拿筷子，埋头扒拉起来。他吃得很快，不一会儿就一碗见底。明灿放下了碗筷，双手放在桌上，打了个响嗝。妻子看着他，努了努嘴。明灿顺着她努嘴的方向，手摸到左边嘴角，有几颗米粒，用手指把米粒带进了嘴里，才嚼了两下，就听到楼上传来了碗砸到地上的声响，明灿这才心满意足地砸巴砸巴嘴，摸了摸肚皮，后来看到妻子皱起了眉，一副忍住不说的样子，他咧开了嘴，感觉心情又好了一点。一贯如此。如果能尝到点柜子里的酒，心情就能更好了。

妻子开始收拾桌上碗筷时，明灿看到母亲身子倚着楼梯扶手，慢慢地把两条腿挪了下来。明灿开始有些不高兴了，他起身就快步走出了房子，他站在屋外，深呼吸一口，狠狠地拧自己的大腿，感受到自己给自己带来的疼痛。

这个办法是姐姐教的。姐姐和明灿说过，当你讨厌一个人的时候，当你控制不住要去伤害别人的时候，你就弄疼你自己。疼痛会阻止你成为一个坏人。挺管用，明灿心里的那股冲动，过去了。他又晃到了矮墙旁，爬上了墙，坐了上去，两条腿垂挂晃荡着，深深呼吸着外面的空气。今天阳光很好，天上看不见云，也没有风。如果不是这么热，他应该不会控制不住自己，明灿想。

明灿的心情稍微平复了一些。他脑海里留着姐姐教他的办法，但回忆不起姐姐的样貌了。姐姐离开的时候，他才十多岁，一切那么突然，又好像是一步一步走到这个结局的。这让明灿有些茫然若失，也让他清楚地意识到自己有多么孤独。妻子很少和他说话，那些家常的话题，父亲、母亲、孩子……都会让他感到烦躁不安。他心里明白，他和家人不对头，和其他人也不对头，但他不清楚，是什么不对头。只是内心深处经常会涌上一股强烈的不安，让他瞬间紧张起来，并会快快不乐。明灿在努力压制这种不安和紧张，但内心又渴望冲破自己的压制。

明灿闭上了双眼，双手在身侧，支撑住身体。他能感觉到，金色的阳光被分为一束一束，从正前方，照在自己的脸上，金光闪闪。他感到暖意，心情也开始渐渐变好。如果不是矮墙，而是绿篱有多好，他想。那种高高的绿篱，可以把院子围起来，阳光就只能穿透缝隙挤进来，他就可以躺在院子里，任凭细碎的光线在脸上投下斑驳的残影。"那应该需要很多钱，"他想，"有很多很多钱的人，才能在院子里种上绿篱，有很多很多钱的人……应该是像村长那样的人吧。"想到这里，他心口突然难受起来，慌忙从墙上跳了下来，弯下身子，双手插腰，大口大口喘着粗气，直到呼吸渐渐平稳。再过两个月，明灿就47岁了，隐约可见的白发和无处隐藏的细纹，都在讲述着这样一个事实，一个中年汉子，在走向衰老。

云层不知道从哪里翻滚过来，天空陡然变暗。明灿不是个会查天气预报的人，但他知道这个季节是多雷阵雨的季节。明灿娘是个迷信的人，她总说雷和闪电是要劈死那些作恶的人。明灿遗传了她的迷信，对雷电非常恐惧，但同时又憎恨这种恐惧，因为一到雷雨天，母亲就会神神叨叨，念念有词，父亲则会异常暴怒，摔东西打母亲，也打明灿。雷声越大，父亲打得越狠。所以，听到第一个闷雷时，明灿吓得就往屋内跑。

10分钟后，明灿又从屋里出来。他想起来，父亲因为糖尿病下半身溃烂，已截去了双腿，无法离床一步。"他不能再打我了。"明灿开心起来。一道闪电划破天空，随即又是一声惊雷。明灿的四肢忍不住发抖。天空中出现了父亲的幻影，仿佛凭空出现的恶魔。

"你不能再打我了！"明灿冲着幻影大喊。他的话消失在风中。但不知怎的，父亲的幻影开始笑了起来，冲着明灿笑。明灿当然注意到了父亲的笑容，他停下了脚步。他想起了多年前那个炎热的夏日下午，自己徒手抓住了父亲挥过来的棍子。父亲像怪物一样咆哮，却已经无力对付他的反抗。看到父亲恼羞成怒又无能为力，他内心突然欣喜若狂。他知道他在高兴什么。看到父亲时，也清楚自己想干什么。这个可怕的念头让他突然变得紧张，他似乎还想说一些，但此时下起了瓢泼大雨。

明灿最终还是进了屋，试图把刚才脑海里形成的清晰念头抹去，但没完全成功。高大魁梧的身躯里，一些因子开始活跃，他干脆任由它们横冲直撞。反正他的生活已经失序，各种因素结合起来，毁灭了又怎么样。

3

昨天的那场雷阵雨之后，明灿的父亲死了。"这两者间毫无关联，"明灿对自己说，"这只是个巧合，一个该死的巧合，一个糟糕的巧合。"

瓢泼大雨下来的时候，明灿进了屋。进屋后的第一件事他便是去冲了个温水澡。非常舒适，以至于他大脑完全放空。这一晚明灿睡得相当好，他已经记不清自己多久没睡得这么好了，就好像他记不清自己多久没洗这么舒服的温水澡了一样。醒来的时候，身上还留有昨天沐浴露的清香。他下了楼，妻子已经在慢吞吞地喝着粥，偶尔夹一口小菜。明灿在她对面坐了下来，无视油腻的餐桌，自顾自地端起碗，边喝粥，边看母亲一步一步地移到了楼上。他就着馒头和小菜，喝了一碗粥，几乎是一口气吃完的，然后搁下了碗和筷子。

餐桌上一片安静，妻子又开始努嘴，或者是撇嘴。她已经把这种鄙夷和不耐烦完全地融到了举手投足中。明灿对妻子的表情视而不见，他现在无心去理会这些，他在等着一个声音。

明灿已经记不得自己是从哪天起开始期待这个声音的。认真算起来，也许可以追溯到父亲因糖尿病双下肢溃烂不得不去医院，当医生说父亲肯定会被截肢时。"只能在床上一辈子了。"从医院回家的时候，明灿在心里吹起了口哨，一遍又一遍重复着医生的话。他想，回去一定要好好喝上一口享受一下，今天可是重大日子。但明灿没有高兴太久，很快地，父亲被送了回来，这像一记重拳打在明灿的肚子上。当他开门，看到门外轮椅上的父亲时，他深吸一口气，忍不住恐慌。他知道，随着时间的流逝，哪怕他只能躺在床上过人生余下的时间，但自己都会越来越没安全感，越来越受伤。这是源自骨子里的恐惧。明灿看了看父亲身后的母亲。明灿娘紧皱的眉头里，闪过那些大喊大叫、痛哭流涕、苦苦哀求的片断。她抿紧了嘴唇，身子还在微微颤抖，可她前面的那个男人，还是在一刻不停咒骂着。

从那天起，便有了第一次碗掉到地上的声音。声音有些刺耳，明灿妻子皱了皱眉头，又撇了撇嘴，却没说什么。这一声却在明灿脑海里挥之不去。他无法控制地贪恋上这个场景。一个刺耳的声音，母亲木然的表情，都让他内心像被点燃了一团野火一样刺激，恍若梦中的完美快感，如同一剂毒药，令他欲罢不能。"我像等待另一只靴子落下的人，每天等待。"明灿露出了傻呵呵的笑容。

然而今天，这一声没有响起。过了几秒、十几秒、几十秒也没有响。几分钟后，明灿看到母亲从楼上下来，艰难地挪着步子，比以往走的都要慢。"这个女人在干什么！"明灿怒火中烧。他的脑袋热了起来，就像动画片里那样，不断地向上冒水蒸气。"我想杀了他（她）。"明灿有些咬牙切齿地说。闻言，对面妻子手一松，碗底撞击到了木桌，发出轻微的沉闷声音。

明灿意识到自己发出了声响。"这是气话。"他对妻子补充了一句。

明灿妻子挑了挑眉，依旧没有说话。

明灿娘终于挪到了一楼，她缓步过来，把碗筷放在桌上，双手搓来搓去，看上去心不在焉。上下一趟楼，她仿佛老了十来岁，5分钟后，她神情木然开口道。

"他死了。"

4

天气晴好。阳光从窗外投入，透过窗栅栏，投射到屋内的桌椅上，形成斑驳的碎光。明灿用手指按压着太阳穴，感觉天旋地转、头痛欲裂。他不得不使劲吞咽口水，以免吐出来。

"你在说什么？"明灿妻子反应过来，压低了嗓音问明灿娘。后者却紧闭双唇，对她的问话置之不理，许久，眼里冒了些泪花，哽咽着说："45年了，结束了。"明灿妻子脸色苍白，喉咙里发出许多哽咽的单音字，却说不出话来。

　　明灿站起身，踉踉跄跄地走出了屋子，几乎看不见眼前的东西。也许他哭了，也许他笑着，但他浑然不觉。这个家失去了父亲，是会变得安稳平静，还是会更加多焦躁动荡？明灿不知道该如何度过接下来的几小时、几天，甚至是余生。他坐在矮墙上，两条腿垂挂着，听着风吹过路面的声音，感觉着风吹进了自己的心里，形成一股不好的低气压。他有点害怕，想控制住这一念想，但暴风雨一旦形成，灾难无法避免。明灿狠狠地扭自己的大腿，想用疼痛让自己的脑子清醒。但这次没有成功。他的思绪到了那个大雨的晚上，空气中弥漫着一股烂橘子的恶臭味。时不时有冷风吹进来，却找不到哪儿漏风。他无视了哭泣的母亲、伤心的姐姐，努力挺直了背部——尽管他看不到，却也知道那里已是伤痕累累。喝醉的父亲四仰八叉躺在地上。他假装没看见父亲，背过身去。但接着他改变了主意。对他们家来说，这样的灾难已成了家常便饭。他痛苦，却也愤怒，甚至憎恨。恨父亲，也恨母亲，更恨自己。他走出门去，蹲在院子的角落、矮墙的墙根下，任凭雨水冲刷在脸上。当他还是个孩子的时候，这个地方对父亲来说就意味着一切，一直如此。但今天，他觉得一切都不太对劲。

　　他为父亲感到难过。如果不可悲，那就是可笑了。妻子走了出来，塞给明灿一个玻璃杯，里面是白色而晶莹的液体。"喝点。"妻子说。明灿抬头看了看妻子，但她一点表情也没有，低头看看酒，又抬头看看天，仿佛这是稀松平常的一天，什么也没发生。

明灿点点头。心里一阵刺痛。这只是一个嗜酒的男人，一个家暴的丈夫，一个狂躁的父亲。他为什么要在乎他呢？那个男人的生与死对他来说算不了什么，他不会放在心上。那这杯酒又是什么意思呢？

妻子慢悠悠地往回走，那背影看起来那么高不可攀，不知为何，这让明灿很恼火。她搞这一套是什么意思？明灿一口气喝完了杯中的酒，现在的他只想逃避现实，抹去那些生活记忆。毕竟，没有人生来就擅长应对灾难。明灿冲着妻子的背影大声喊："我知道你看不起我！我知道你从头到尾都看不起我！"喊完，他号啕大哭。也许是酒精的作用，他说了很多话。他说自己要杀了那个男人，他又说要杀了自己。他望着妻子的背影发呆。紧接着，扯自己的头发，扇自己的耳光，想象父亲揍自己的场景。想象父亲揪着自己的衣领，踹自己的腰、胸，然后踢自己的头。明灿想让妻子瞧见，自己快死了。可妻子连转个身的欲望都没有，自顾自走进屋子，关上了门。明灿这次是真的生气了。他心中升起了一股怒火，虽然也在努力压制，但根本不起作用。这样的时刻感觉似曾相识，它们似乎一次又一次重演。愤愤不平、倍感失望、疲惫不堪。疼痛已经无法阻止他。他怒气冲冲地闯入屋内。

妻子摇着头说："我都不知道你在说什么。"

厨房方向飘出一股浓烈的空气清新剂味道，刺激着明灿脑门突突跳。骗谁呢？妻子视自己为垃圾，不管他做什么，妻子都看不起他。这让明灿感受到一种廉价的刺激。

妻子拿了一杯酒出来。明灿没好气地说："难道我像个酒鬼吗？"

妻子没说话，只把酒往明灿面前推。不得不说，这个动作让明灿心里的气打消了一大半，因为眼前的小东西，他的自尊心被丢在了一边。他举起了酒杯，喝了一大口。妻子的刺激让酒变得更加浓烈。明灿喜欢酒喝到肚子里火辣辣的感觉，也喜欢房间逐渐开始摇晃到最后完全消失的感觉。他需要忘记。而面前的小东西可以帮助他。

又一杯酒见了底。明灿向妻子举起了空杯子，示意她再来一杯，明灿喜欢喝酒，这遗传了他的父亲。但妻子没有任何反应。明灿突然呼吸加快起来。他把杯子贴到自己的脸颊和脖子上，希望冰冷的玻璃杯能让血液中的热降下来，但是没用，他又想到自己掐自己的大腿内侧，也没能成功。他开始心烦意乱，知道自己的身体开始出问题了。他闭上眼睛，感觉屋子在旋转。妻子好像离开了，很长一段时间，感觉不到屋内还有他人存在。

"还有什么可失去的吗？"他在心里问自己，然后摇了头，"管他呢！"去他的对与错。明灿努力站起身，头直发晕，他控制着自己的身体，冲出屋外，在院子角落寻了一件趁手的家伙，大步跑回，上了二楼，打开父亲的房门。

黑暗荒凉的空间。依稀可见一个侧身蜷缩着的躯体，脸贴着肩膀。没有腿。屋内充满了饭菜的酸臭味，混合着床垫被褥发霉的味道。明灿喝醉了，但他知道自己在做什么。事实上，他现在完全清醒——比任何时候都清醒。他不怪酒，父亲每一次犯了错，哪怕是不可饶恕的错，都拿酒当借口。而母亲的借口，每一次都是姐姐。

明灿开了灯，摇晃着朝里走去，没几步就被自己的脚步绊了一小下。血液迅速燃烧，一股怒气传遍了全身。床上的人轮廓模糊——或者是酒后产生的重影。他开始不耐烦了，抄起手中的物件，钩住那具身躯，粗鲁地拖了出去，拖下楼，扔在了院子里。过了半分钟，又从院子里拖到了院子外。

5

明灿在半明半暗中醒来。感觉到天旋地转，喉咙里有呕吐物直往上涌。他的皮肤黏黏糊糊的，双腿发颤，全身疼痛。左眼后方剧烈地跳动，感觉就像扎了冰刀子。

"我昨晚做了什么？感觉肌肉酸痛。"明灿有点想不起来，但有那么一刹那，闪过一个画面。他觉得自己一定醉得不省人事，才会产生幻觉。他深呼吸一口，"我得先洗个澡，再去想想，发生了什么。"他这么告诉自己。现在，他感觉身体像被胶带捆绑住了，舌头麻木得说不出话来。也许热水能让他清醒，他想。卫生间的窗户透着光亮——今天又是一个好天气。他打开灯，光线刺眼，于是又把灯关掉。他把淋浴开到最大，任热水如瀑布般喷洒在身上。但再大的水流也不能让他记起昨晚的行径，越是去想，越无法呼吸。疼得他流下了眼泪。

从卫生间里出来时，他脑袋里还在不断嗡嗡作响。明灿娘和明灿妻子坐在餐桌旁，看到他出来，都放下了碗筷，一动不动地注视着他。

明灿在他们注观下坦然入座。他看到桌子上仅剩两个煮鸡蛋，没有他的粥，也没有他的馒头。如果不是脑子里还在发声，他肯定会砸了妻子的碗。看到妻子的眼神，那面无表情的神情直视前方，一股寒意涌上心头。明灿娘坐在桌子的另一侧，低着头，嘴巴不停地动，这让明灿心烦。他收紧了下颌，绷紧了下巴，眼神阴郁，双手不自觉地握起了拳头。明灿娘偷偷抬头瞄了明灿一眼，正对上儿子凶狠的目光，赶紧低下头去，嘴里开始细碎细碎地念，请求菩萨宽恕她这个罪人，她神情痛苦，且不自然。

明灿生出了厌恶感。他心中的怒火已压抑不住，握成拳头的手轻微地颤抖。妻子像个没事人一样，目不转睛地盯着明灿，用冷漠的语气说："你用了她的耙子，把那个人扒出了屋外。"她用手指了指楼上，又指了指外面，"你不该用她的耙子，佛说，这样她就成了同罪的人。"明灿的目光随着她手指指的方向，最后落在了母亲身上，他开始疯狂起来，情绪随着母亲摇晃的身体摇摆不定。母亲开始更大声地念着，摇晃得也更厉害。明灿感到脑袋又疼起来了。

他受够了。受够了这叨叨声。这些高频的音节像无数小针扎向他的脑袋，在感到孤立无助的时候，他突然哆嗦了一下。起风了，明灿能感觉到。乌云随即滚滚而来。周边的空气变得冰冷危险。不安的情绪充斥着整个房间。不一会儿，风更大了，树被刮得东倒西歪。暴风雨转瞬就到了眼前。这是一个不祥的信号，明灿想让自己分散注意力，他不断警告自己"这不是真的"，但显然没有任何作用。四周变得越发阴冷潮湿、幽闭恐怖。

突然，一声惊雷响彻在上空。

暴风雨来了。

6

四周一片寂静。

眼前的场景逐渐清晰起来。七倒八歪的桌椅，满地狼藉，明灿娘蜷缩着身子，躲在角落里，披头散发，眼神呆滞。明灿妻子站得远，上上下下没看出受伤的样子——即使远，明灿也看到了她流露出的同情。那种不屑和鄙夷的同情。

妻子的神情让明灿明白过来发生了什么。他顿时恨不得插上翅膀飞走。但他不能。他尽最大能力让自己冷静下来，表现得好像一切正常。

"你说耙子让我想起了那个破烂仓库。"明灿从心底里升腾起恐惧，他一直觉得自己有点不舒服，觉得很难受，但没想到已经严重到这种程度。妻子的日常假笑，给了他虚假的安全感。但事实上，明灿从来没有安全感。

"你已经烧了她的仓库。"妻子不紧不慢地开口说。明灿眯起了眼，仔细打量着妻子——他从来没有仔细看过这个女人。她身材矮胖，面庞上的皱纹印证了她的年纪。明灿开始再次恼怒起来，不知道是妻子的平静，还是母亲眼里噙满的泪水。

"烧了有什么用？"明灿眼中燃起了小火苗，"她又建了！她！"他的手指戳向母亲，"我说过，我恨仓库！"

妻子同情地点了点头。这让明灿的怒火上了一个等级。他烦躁地把双手手指深插入头发中，把头埋在了手里。他能真切地感受到手心在不断出汗，打湿了头发和脸，情绪在疯狂与沮丧之间反复。妻子从他视线里消失。她离开了，不见了身影。明灿精神高度紧张，他不想这么待在屋里，他渴望被安慰。

明灿开了大门，走出屋子。

天气很好。没有风、没有雨，更没有雷电。阳光还算热烈，这让明灿有一瞬间的失神。那些残留在脑海里的电闪雷鸣狂风暴雨，竟让他想不起是什么时间什么地点，之后他又做了什么。"我就说不走出房门我会发疯的！"他自言自语着，拖着后脚跟，走到了矮墙旁。然后，爬了上去，安安静静地坐下，垂下双腿，接受着阳光的洗礼。

几分钟后，像是接收到了什么信号，他猛地清醒，睁开眼，向斜前方看去。

仿佛还留有水渍。浓烈的潮气和酸腐味在明灿的脑子里无法抹去，他的心情开始激动起来，急忙把眼神投向了别处。目光所及，一间破旧的铁皮屋，摇摇晃晃的。明灿心里一紧，马上把脸别开。他太熟悉那里面了，一个嗡嗡作响的灯泡，所有物品破旧不堪，地面污渍斑斑，房间里除了尿臊味就是樟脑丸味，还有一股浓浓的潮湿气味，除了被人丢弃的廉价物品外，一些生活在阴暗潮湿处见不得人的小动物也会时常跑出来相互撕咬着。如果遇到风雨来，四周的铁皮和顶上的棚子就成了摆设，那个仓库——姑且能称为仓库，就会完全暴露在风雨中。

一声雷响后，广阔的天空被撕开一个大口子，可怕的紫色云层低垂在空中，把周边路灯的灯光反射到明灿身上，他打了个哆嗦，幽闭恐怖的感觉压得他喘不过气来。

十几分钟后，风雨明显加强了，豆大的雨点被狂风裹挟着砸在铁皮上，噼里啪啦地响。明灿伸长了脖颈往铁皮屋里面看去，一个七八岁左右的男孩，赤裸着上身，蜷缩着跪在地上，颤抖得厉害。明灿的心里涌起了一阵寒意和恐惧。他看到那些小动物们都在暗处，荧绿色的眼睛紧盯着男孩的身子——上面布满了瘀青——它们伺机而动，就等着男孩倒下那一个时机。明灿想朝着男孩挥手大吼，但最终克制住了自己。

男孩的嘴唇渐渐发白，眼看着支撑不住。明灿的心脏也随着这一场景停止了跳动。风大雨急，瓢泼大雨仍在倾注，树木在狂风的撕扯下哗啦直响。地狱般的画面让明灿四肢发软，全身不断出冷汗。

一阵眩晕感袭来。

7

妻子断断续续的声音传到明灿耳朵里。"不是很好……我知道了……还是别come了。"发现明灿睁开了眼，她幽灵般地飘到门口，保持了一定的距离，并直盯盯地看着他。"情况很糟糕。"她仍然面无表情。

"走开！"明灿决然地摇头。

明灿妻子皱了皱眉头，欲言又止。

明灿想向旁边挪了挪身子，这才发现浑身上下都不是自己能控制的了，他顿时脸色苍白、神情惊恐。

"你的身体出了问题。"妻子努了努嘴，可以看出她在努力控制自己的情绪，不知是控制喜悦还是悲伤。

明灿瞪大了眼睛："你说什么？"

"你从矮墙上摔了下来，暂时不能动了，但这还不是最严重的。"妻子说到这里，稍微停了一下，仿佛在思考怎么说。

为了听得清楚，明灿伸长了脖子，妻子又皱起了眉头，她尽量克制着不把鄙夷表现得那么明显。

明灿惊慌起来。

"没事吧！"妻子不咸不淡地问了一句，眼神却落在了远处。

"你走开。"

"你以为我想在这里吗？"妻子第一次提高了音量，"你妈被你打断了两根肋骨，还躺在床上。我让儿子也别回来了，免得回来见了害怕。"

明灿不情愿地把握紧的拳头松开。

妻子见状，也息事宁人，不再怼下去。

"你从来没有正视过我！你一直看不起我！"明灿的眼里含着深深的敌意。

"你放心，讲清楚，我就走。"

明灿盯着妻子的脸。紧紧盯着。想看出子丑寅卯来。但他失败了。他叹了口气，细微不可察地点了点头。

"谢谢你听我说。"妻子的话里听不出好坏。

"我不相信你。"

妻子退了一步,倚靠在衣柜旁。房间里只开了床头灯,橘色的灯光。

明灿放在身侧的双手,又握起了拳头,对妻子的拖拉不满,怒视着她。

妻子被明灿强烈的敌意吓了一跳。她不明白自己做了什么,明灿怎么就不明白自己的处境呢?

"我不知道你想告诉我什么,"明灿说,"但我知道我的身体没事。"

"唉,其实你现在很危险了。"

"这太荒唐了!你在撒谎!"明灿的嗓音大了起来。

"你昏迷了一天一夜,我也去请了医生。"

"什么?"明灿惊讶的,不是"医生"两个字,而是"昏迷了一天一夜"这句话。

妻子轻笑了一声:"骨折什么的都是轻的了。医生发现你身体里各部位都开始烂了。医生也不知道这是什么毛病,没办法治了。"

明灿沉默了。仅一会儿,他大笑起来:"你疯了吗?我各部位都开始烂了?要不就是你在胡编乱造,要不就是你脑子里有问题。"

妻子从鼻孔里"哼"了一声:"我有必要骗你?反正你也没几天日子了。"

明灿惊恐地看着她。屋子里陷入了沉默。床头灯突然遇到了些故障,灯光忽明忽暗地跳了两下。妻子叹了口气,站直了身子:"我累了,你爱信不信。"

"我想喝一杯。"明灿舔了舔干涩的嘴唇。妻子又叹了一口气,转过身,轻手轻脚地离开了房间。顺手还带上了门。

床头灯再次忽明忽暗地跳了跳,"吱吱"两声,灭了。房间里陷入了黑暗。

明灿的眼前浮现出那个男孩的身影,他赤裸着身体,顶着狂风暴雨,跌跌撞撞地冲进了无边的黑暗里。周围是寂静的,仿佛陷入一片无声的世界。明灿缓缓闭上了眼睛,好像风息雨止就发生在一瞬间,一切都归于平静。

8

"说完了?"我开口问,语音中有一丝自己都未觉察的颤抖。

"嗯。"男孩全然没有了讲故事时的抑扬顿挫,有的只是小心翼翼。

"这故事是你编的?"我一眨不眨地盯着男孩,生怕漏过任何一个微表情。

男孩抬起头来,对上我的眼神。可以看出,他略微涨红了脸。"我没有!"他眼睛圆睁,嘴巴拼命嚅动着,"我是认真的!这是一个真实的故事!"

"可是整个故事都在人家家中发生,你或者你三叔,又是怎么看到的呢?"我移开了视线,装作不在意地问。

男孩突然冲到我的面前。他直视着我的眼睛,目光清澈,神情平静,看不出撒谎的迹象。"我可以向你保证这是一个真实的故事。"他说。

"我当然知道！"我在心里呐喊。心底涌上来一阵淡淡的悲伤情绪，突然就不想争辩下去了。

"钱在信封里，别忘了你该做什么。"

男孩咧开嘴笑了。他拿起了那个厚厚的信封，朝我扬了扬："放心，这个故事的所有权现在专属您了，我不会再往外说一个字，关于这个故事。"

我抬了抬下巴，示意他可以离开了。男孩走到门口，突然像想到了什么似的，转过身对我说："我还有其他故事，如果需要，你知道在网上怎么找我。"我露出了一个职业假笑。

男孩走后，我打开手机，收到一条信息。

"妈，舅妈还在守着，已经两天了。"

我略作思考，换了件素净颜色的衣服，走了出去，走到了一处坡顶老屋前。房子年久失修，外墙面都剥落的厉害，几处已可见黄砖裸露。房前空地由一堵矮墙围了起来。大门敞开。里面传出阵阵佛音。

一个女人跪在屋内，披麻戴孝，她身材矮胖，面庞上的皱纹印证了她的年纪。她没有流一滴眼泪，但空洞的眼神和苍白的肤色都显示出她疲惫不堪、惊魂未定的状态。

看到她，我涌起了巨大的伤悲和负罪感。我上前扶起了她，轻声说："去歇着吧。"

听到这话，她神色未明，张了张口。看口型，好像是在说："谢谢。"

卑微的盒子
The humble box

我已经够老了，老到拿不了刀。

我已经够老了，老到拿不了刀，杀不了人。

但我还是想杀掉一个人，准确地说，我只是想杀人。数量不是我追求的目标，一个就够，几个也行。

我记不清我到底有多老了，也许 35 岁，也许 40 岁，也许更老。我只知道我的内心已非常苍老，千疮百孔的那种，我没有工作，有的只是漫无目的的行走和日复一日的写诗。在这种类似"等死"的状态里，我想杀死一个人。

"杀人"是一个动作，但"杀死人"，却是一种状态。我曾经无数次地想，当我把人杀死后，后续会怎么样？

每个问题都有无数答案，每个答案又能催生无数问题。想着想着就会让我发困，昏昏欲睡。但我明白我不能睡着，留给我的时间太少了，大脑在经过了无数次的激烈斗争后，我突然想到。

我杀了他，并且不能让人查出是我杀的。

接触过我的人都说，我非池中之物，总有一天会离开这个小岛。现在我才明白，他们说的是对的，在这个岛上，我是多么特别，谁都无法掩盖我的美貌和才华。我的容貌在二十多岁以后就没有变化，我有一双摄人心魄的眼、略微上扬的嘴角和欧米伽下巴——当然，这座小岛上的人不懂什么是"欧米伽下巴"，我就会不厌其烦地向他们解释，这是性感的象征，也叫"苹果下巴"或"美人沟下巴"，在国外，这也叫"天使的指痕"。当我提到"性感"两字的时候，这些人都会不由自主地低下头，或者眼神瞟向其他地方。我鄙夷这种神情，那些装作圣洁的人们其实一肚子坏水，但他们总会装模作样地说："天啊，你怎么能说出这样的词？"或更有甚者，他们会当面赞同你的描述，背过身去却评论说"这是一个骚里骚气的女人"。我会在我的诗歌里把这些隐晦地写出来。我对他们的不屑，我对生活的不屑，我对这座岛的不屑。

夏天的时候，这里是全世界最热的，衣服会全部贴在身上，汗液甚至不用滴下来，脚底会感觉有水蒸气在升腾，偶尔，我是指极偶尔有一股海风吹过，不但没能吹干毛孔里渗出的汗水，反而刺激了更多的汗液争先恐后地跑出来。动一动身体某个部位，衣服就开始和皮肤拉扯，前胸后背会留下拉扯后奇怪的纹路。可冬天的时候，这里又异常寒冷。海风裹着潮湿的水汽，如冰针刺入皮肤，准确无误地扎入骨与骨之间的连接处，让人酸疼发麻无力，动作僵硬缓慢，甚至你写字的时候，横竖撇捺都会变形，关紧门窗，空调高风30℃，脚趾依旧冻到没有知觉。说到这里，你们就可以感觉到，这是一个糟糕的岛。

不，恰恰相反，这是一座迷人的岛屿。岛上有一片不大的沙滩，一小片棕榈树林，碧绿的海水，湛蓝的天空，鳞次栉比的石头屋。夕阳西照时，光线打在石屋的侧面，若那时你正拾阶而上，会看到梦幻般的场景——橘色包裹的西西里岛。

话题扯远了。我应该把注意力集中回来。应该纠正一下，我用"他"，并不一定就说明，我想杀死的人是个男人，也许，是个女人，又或许，不只是一个人，而是一群人。我现在脑子有点乱，我也不知道该怎么表述。

但我很清楚地知道，我要除掉的这个人或是这些人，一定是虚伪卑劣且面目可憎的，他隐瞒了事实的真相，把弱女子推到了风口浪尖上。他一天不死，我便寝食难安，恨不得把锋利的竹签扎进他的指甲盖里，用小榔头敲碎他的膝盖骨。可是我什么都不能做，只能想象一下那些解气的凌虐方式。

二十二岁的时候，我回到了岛上。我离开了十年，却未能摆脱岛的引力和母亲的眼泪。我回到岛上，却发现脚下的泥土都是陌生的。十年里，我记住的只有海风中的腥鲜气味，家家户户门前屋后空地上丢置的绿纱幔似的渔网、圆柱形的网箱。十年里，我记住的都是年少时的面庞，那些面孔经过岁月的摧残和海风的洗礼，已经变得截然不同。粗糙的皮肤，深刻的抬头纹，耷拉的眼角，下垂的两颊，凹陷的苹果肌，明显的颈纹。看到这些面孔我会生出一丝恐惧，仿佛他们已经看到时间的终点。

十年过去，有了更宽的环岛公路，所有土路已经全部变成了水泥路面，和泥土一同消失不见的，是我表姨的儿子。母亲告诉我，他在一场应酬中去世。是因为超负荷工作还是过量饮酒不得而知，是脑溢血还是心脏病突发也无从知晓。听说家属拒绝尸检。可即便是这样，表姨仍然得到了一大笔的抚恤金——这些钱刚刚达到让她安静的金额。拿到钱后她就离开了这座岛，再也没有回来。他的墓前，放着几个风干的水果，打扫得也还算干净。除了他年迈的父母，应该没有人会来看他了。不知道为什么，看着他的墓碑，我有种想哭的冲动。没有人知道，我曾经暗恋过他。他长得又高又帅还斯文，虽然大了我很多岁，但他直到四十多才结的婚，对方还是个又黑又瘦一点都不起眼的农村姑娘。可即使我喜欢过他，我仍然认为他死后留个坟墓是个错误可笑的决定。就算儿孙满堂的家族最多也不会超过三代来给你扫墓，何况他这样的情况？如果是我，我就会要求挫骨扬灰，再让家人站在灯塔那边，把我的骨灰撒入大海就好，这样简单，还能避免成为无主孤坟。有个脱口秀演员说她的家乡是宇宙的尽头，在我看来，我所生活的这个狭小、孤独的岛，才是真正的尽头。

我在街上走着，仿佛不是在我从小生活的地方，而是在宇宙尽头的某一个岛屿一样。这个岛已经完全变了样，沿着环岛公路两侧建起了许多紧紧相邻的房子，大多数都建得非常奇怪，倒不是因为它们的外形，而是他们会在外墙或内墙上刷上很多用奇怪字体写的奇怪文字，他们也许认为这样很新潮，紧跟上大城市的脚步。但事实上，我刚从大城市的大学毕业，我知道大城市不是这样的，这种奇怪的造型只存在于大城市的胡同里，必不会成为主流，城市的历史或文化仍然是存在于城市骨子里最根本的气质，是自然流淌和散发出来的，而不是刷个颜色、贴几个立体字上去就能代表的——何况过几个月还会掉个一撇一捺，"我在××等你"也许就会变成"找土××寺尔"。我在心里发出了鄙夷的笑。在这样的街道上行走，我看不到回忆中的石板路，那种有裂缝的石板，不齐整的边缘上零星冒出的青苔，雨季的时候，石板和石板的拼接处异常湿滑。原本代表顽强生命的青绿色不见了，如今只剩下水泥浇筑的路面。在明晃晃的太阳曝晒下，我只能联想到死亡。

我进入了一家单位工作。是这座岛的管理单位。从今天起，我成了岛屿的管理者之一。在刚开始的时候，我的工作职责是收发报纸、文件。我坐在收发室里，面前一台电脑，背后是一个巨大的书报柜，你们可能没见过，那种黄色的大柜子，像书柜一样分成一小格一小格，每一格都有透明玻璃柜门。柜门上贴着小标签，上面写着每个部门的名称。每天早上，我把当日报纸分好、折好，分别塞入每个部门的小柜子里。然后便陆续会有人来到我的房间，拿走属于他们的报纸。一开始的时候，因为不熟悉，他们只会默默取走报纸，或者顶多对我微微点头，算是打过招呼。后来慢慢地，他们中一些活跃外向的，尤其是年龄相仿的，也会和我聊上几句，向我介绍整个岛的情况、单位的情况，以及一些八卦和小道消息。也因为工作较为轻松，我又拾起了大学时代的诗歌创作，把自己对这座岛的回忆和重回岛屿的新鲜感，写成了诗歌。我向全国各地的诗歌刊物自由投稿，并且偶有几首变成了铅字，豆腐干大小，印在了不大不小的刊物上。这得感谢父母从小培养了我对生活的观察能力，激发了我对诗歌的热爱，不然我绝不可能无病呻吟出这三两行。

在我做收发工作的这段时间里，整个单位都知道我在刊物上发表了作品。有些是加了好友，他们在朋友圈看到的，有些是在收发室看到刊物才知道的，渐渐地，大家都知道了，不知道是谁开始喊的"美女诗人"，后来，每个人见面都不再喊我名字，只叫我"美女诗人"，再后来，他们连我的名字都不再记得，只记得我的称号。

那段时间里我结婚了，有了第一个孩子，是个儿子。我的对象是我从小玩到大的邻居——在这座小岛上，只有一块地方是居民区，我们都是邻居。有了父母的支持，我们装修了新房，书房是我最喜欢的地方，我投入最高的物件就是书房这把椅子，花去了我大几万元钱。而我的丈夫最贵的物件，就是他小书房的电脑，打网络游戏的时候速度特别快，在一座海岛上，要实现这一点，费用不仅仅是成倍叠加的问题。我们俩不指责对方的花费，毕竟每个人都有自己的爱好，只要不突破承受能力的底线就可以。每天晚上我坐在我那张富有弹性并可以灵活进退旋转的真皮扶手椅上——设计据说来自北欧的一位著名设计师，完全符合人体工学，让人在感官艺术享受中同时得到身体的舒适感——这当然只是销售的说辞，对我来说，只要久坐颈椎不疼就满足我对椅子的所有需求了，至于为什么需求不高，却买了最贵的椅子，完全是因为我想在丈夫的支出中寻找平衡点。可能因为这两件奢侈品，我们开始了每晚相敬如宾的生活。儿子交给婆婆带，我们在食堂吃过饭以后回家，他玩他的网络游戏，我看我的书——更多的时候是追剧。如果某一天我们没有进行这项常规性的任务，就只能证明我们在值班。岛上没有其他的娱乐活动，没有 KTV，也没有电影院。从这个意义上来说，金钱在岛上不具备太多价值。

自从大家知道我是个诗人以后，拿报纸时来和我聊天或借拿报纸和我聊天的人越来越多。大部分都是八卦的消息，说某天中午敲开某个男领导的办公室门，结果发现一个女同志躲在办公室门后面，他们大概也没想到下午上班前会有人提前拜访，那个男领导还一脸不高兴，骂骂咧咧的。诸如此类的故事很多，有时候说得高兴了，绘声绘色，添油加醋，眉飞色舞，口沫横飞。他们讲完了故事，都会神秘兮兮地告诫我，作为单位最年轻的新人，又是个女同志，还是个漂亮的女同志，你一定要懂得，这地方，水太深，比海水还深。我每每听到这句话，就会汗毛立起，如坐针毡。感觉他们在暗示什么，但从他们的表情上又看不出来什么。

每到了这种时刻，我就想把自己藏在诗歌里。笔下模糊的记忆和欲望都可以化为文字，让我在现实世界里得以逃脱。然而，我也清楚地知道，我在这座岛上，就是个孤魂野鬼，我的灵魂带不走我的身体，但它可以自由地去任何想去的地方，礁石底下、沙滩远处、灯塔之尖……忧伤落下的时候，你会不由自主地出现在那些地方，黑夜里，分不清什么更让你恐惧，是海浪还是人心。

咖啡馆里，灯光温暖又明亮。这是岛上唯一一家咖啡馆，夏天的白天，屋里通常会有很多人。每个人都喝着一杯咖啡，高谈阔论。顺便说一下，这座岛是旅游胜地，春夏秋冬岛上都会有很多游客，到了冬季，经常会停航，这座孤岛就像个诡异的盒子，在大海上漂浮。这时候，一杯热咖啡能让你全身暖和，头脑清晰，思维活跃。我喜欢咖啡，也喜欢冬天的咖啡店，它仿佛只为我一个人开放，这让我有一种优越感。这个冬天的某一天里，我认识了 L 先生。

从外表来看，L 先生是一个坚毅、成熟又礼貌的中年男子。他对我很客气，也很尊敬，话里话外都是对我写的诗歌的崇拜，一个年长自己这么多的男子认真表达出对诗歌的爱好、对我的欣赏，这难免会让我重新审视自己，魅力点在哪里，符合了多少人的期望值。毫无疑问，我是高兴的，尤其是，他还是有一些身份和地位的，我几乎每个晚上都会在咖啡馆遇见他。他习惯把双手握成拳头放在双膝上，整个说话的过程，他会显得略微紧张但不算不合时宜，当我开始谈及创作时，我的语调会不由自主地升高，我的语速会加快，而他会用深沉的目光专注地注视着我，注视着我的眼睛，并根据我的语气语速语调，有节奏地点头。在我停下前一个话题时，会时不时穿插类似"你丈夫那件大衣很好看，对，就是前两天穿的那件，你一般都会买什么牌子的衣服"之类的话语。提及我的丈夫，我心里有一丝不快。前几日我在他的手机里发现了一大堆奇怪的短信，一些带有些暧昧气息的爱侣间的聊天，当我质问他时，他回复我说那只是游戏伙伴，在游戏中他们是夫妻，所以才会有那些亲昵的称呼。我心里总觉得不是滋味，但我没有和 L 先生说，我还没有熟到把他当成自己人，我的防备心还是很强的。

我不懂网络世界的情感，也不明白连对方是年轻年长、漂亮丑陋、高瘦矮胖、长发短发，甚至是男是女都搞不清楚的情况下，他们是如何能喊出"老公"或"老婆"昵称的。但我懂现实生活中的感情。我写诗，也读过大量的文学作品，又敏感。所以，当 L 先生用尽各种理由、想尽一切办法到我办公室来——我已经不再在收发室，因为我在诗歌方面小有名气，我到了更好的岗位，不再只是收发报纸文件——连"拿报纸"这样的理由都没有后，L 先生仍然能把一切都做得恰到好处，肯定不会是因为我能让他有前途。我那时陷入了创作的瓶颈，一方面是在纠结要不要把诗歌创作作为自己的职业，另一方面是认为大量的八股文占用了我的脑子。后来也有一些良师益友开导我说，诗歌是赚不了钱养不活人的，不管你有多么高的文学天赋和艺术造诣，想用诗歌赚大钱就趁早打消念头；再说如果你把诗歌当爱好，会让人惊艳，但如果你把它当专业，就会让你变得平庸。他们的话让我懂得，在这座小岛上，如果我执着地去追求诗歌梦想，总有一天我会因为才华和努力得不到回报而对生活产生厌恶、憎恨或绝望。毕竟，我从来不愿意因为诗歌而穷困潦倒、心灰意冷，我从没有想过要放弃它。

当我从这些事情里回过神来时，我看到了L先生眼中隐约闪现的欲望，我们都没有点破这件事。也许当时我不觉得这个问题严重到需要去点破或制止，因为我知道自己一定是个美人，哪怕我已婚并且有了孩子，但我还是那个身材高挑、容貌姣好的女子，加上我有诗歌的天赋，这让我在这座岛上显得非常出众，有人倾慕我是正常的。我用了一些暗示的话，期望他能够理解并明白。但他没能如我所愿，到此为止，甚至把我暗示的话语以他独特的角度去解读，他不但没有压抑自己的情感，反而更加露骨地敞开心扉去表白。他大胆的行为影响了我正常的工作，但办公室是公共场所，我不能禁止他进入，也不能制止他坐下来，更无法限制他的言论。我看着他在我的办公室时坐时站，偶尔在我的办公桌前停下，有意无意地触碰我的身体，说着没头没脑如"雨天比晴天更浪漫"或是"生儿子应该穷养，生女儿可以富养"又或者是"我最近在减肥，你看我是不是瘦了很多"之类的话时，他眼中的爱意如一团火喷射而出，这种眼神让我从不安变成了害怕。

我被迫向领导请了假，以身体为由，暂时离开了办公室。在我离开办公室的这段时间里，这位L先生依旧我行我素，每天半夜发送大量不堪入目的信息给我，极尽描述他的生理欲望伴侣无法满足，言词扭曲而又污秽。每天早晨当我醒来打开手机时，就会有一堆一堆这样的信息弹出来。我沉默了，看向了窗户。窗外一丝光线从未遮严实的窗帘缝隙渗入，凛冽得让我打了个寒战。我走到窗户前，发现一个人影在我住的这幢楼下徘徊。瞬间，如一盆冰水从头浇透，全身血液结冰，内心慌乱，胆战心惊。明知道隔着窗户，他根本看不到楼上的我，但我却觉得他就在我正对面，仿佛就在我眼前。

"你这个臭不要脸的女人！"他发来了信息，"现在我老婆要和我离婚！你这个狐狸精！"他的背影看起来比之前瘦了很多，焦躁激动的身形全然看不出之前的坚毅、成熟和礼貌的样子。我拽着窗帘的手开始发抖，似乎是因为自己无力去对抗，我用另一只手抓住了这只发抖的手，却发现它抖得更厉害了。我靠着窗户坐下来，把背部紧紧贴紧了墙角，在这个房子的最阴暗处，恐惧在心底滋生。房子里虽然不是乌漆抹黑，但却冰冷异常——我很害怕，那种无助感让我抱紧了自己却忍不住哭出声来。但我又无人诉说，我的丈夫此时还在梦乡——他每晚都在虚拟的世界与那位美人携手共进退到凌晨，无暇顾及我的心惊肉跳，可能连我已经在家休息了一段时间都没有发现，更别说我的下巴尖了，脸更瘦长了，眼角出现了几条皱纹，眉心"川"字纹更明显了——经常苦恼皱眉的原因——还有一些白发。

在外求学十年后，这座岛屿的一切对我来说都是陌生的，这是他的岛，他们的岛，不是我的。人们都说叶落归根，但我不知道我的根在哪里。仿佛哪里都没有归属感。我双手扶着墙壁站了起来，哆哆嗦嗦地再次看向窗外——他还没有离开这里，可我的丈夫马上要醒来，我无法预知当他们两个碰面会有什么样的后果。那一刻，我想让他死。我想，只要L先生死了，这个事情就全部结束了，世界会像从前一样美好。

闲话在这座岛上迅速蔓延。不知道是因为 L 先生还是他妻子的愤怒，抑或是因为我的反常。在我以为风平浪静雨过天晴后返岗的第二天，我发现我左手无名指上的钻戒不翼而飞，这让我大吃一惊，先不说这是结婚戒指，意义重大，更是因为它实在价值不菲。我想不起来戒指会放在哪里，因为我从来没有摘下过它，连吃饭睡觉洗澡都不摘，唯一能想到的就是它被偷了，可是它是什么时候被偷的呢？我努力回想今天从床上醒来后一直到办公室的所有细节，只能想出来在刚到办公室时因早餐肉包里的汁水太满沾到了手上，我只得把戒指摘下，擦拭干净，并到洗手间洗净双手，回来后，就一时忘了戴上，也没注意那时戒指是否还在。幸亏我们这儿是一个旅游岛，不但在游客游览的区域设置了很多摄像头，办公区域也有。办公区域安摄像头主要是为了防止游客来投诉时发生不必要的意外。感谢摄像头，它清晰地告诉了我，是同办公室同事的小孩子拿走了戒指。这是一个七岁的小姑娘，瘦长的脸上搭配着一张大嘴，嘴唇偏厚，牙齿有点外突，她躲在她母亲的背后，眼睛一转不转地看着我，眼泪在眼眶里打了几个圈后滴落在地面上。对这样的画面我实在感动不起来，因为我在这个小姑娘眼里看到了一股恶意，加上她略微上扬的嘴角，让我实在很难相信她是个善良的孩子。

"这样吧，"她的母亲，也就是我的同事终于开口了，"戒指我扔掉了，垃圾打包扔在外面的大垃圾桶里。小孩子说捡到的，我以为是玩具戒指，谁看得出来真假。"她大饼一样的脸上，一副满不在乎的表情。我微微一颤。原本我还想说明我的戒指是放在桌上而不是遗失或丢弃在哪个角落的，但我看到那个孩子就什么也不想说了。正如我不了解同事的孩子一样，我也不了解我的同事。我以为她是温柔文静的，她的孩子是害羞无邪的，但当我听到同事一波又一波毫无羞耻的言论时，我明白我之前的结论是错误的。眼下，我决定自己去翻垃圾桶，而不是继续在这里做无谓的口舌之争。在我离开这间办公室的时候，我听到了她最恶毒的言语攻击。

"像你这样勾引别人老公的女人，怎么还不被开除？你那些和男人的情爱，都是你诗歌的素材吗？"

走出办公室大门时，有一阵风吹来。我打了个寒战。这个世界除了让我悲伤、无力，现在它还让我冻得哆嗦。在今天以前，即便是遭遇了可怕的人和事，我仍然幼稚而天真地认为，我还有诗歌，它可以分担我无处倾诉的痛苦和悲伤，每次落笔成诗时，我就像披上红斗篷的唐·吉诃德，跳上拥有银色马鞍的棕色骏马，隐入窄小街巷，斗篷一角在薄雾中若隐若现。在十四行诗里，我肆意潇洒，乐观地去接受所有的不美好。诗歌与快乐。是的，那是我与生活和解的纽带。如果说一开始诗歌之于我只是无病呻吟，那么后来，我已经彻底地爱上了它。它充满了爱的火焰，让我无时无刻不陶醉沉迷。如果说我生活中的阳光、激情与力量都来自于诗歌，那么今天，毁灭、打击并给予我无尽黑暗的，也归之于诗歌。冰冷的走廊尽头，我徒手翻着垃圾，明知道不会有结果，明知道是同事的谎言，却一遍又一遍机械重复着翻找的动作，只希望自己能同戒指一起消失。时间过去了几个小时，我心里的怒火逐渐熄灭，只有一个念头在我脑子里升起。我要让这对母女坠入深渊，永远不能再出现在世人面前。还有 L 先生，这一切都是拜他所赐。

我蹲在垃圾桶前，两腿已酸麻到站不起来。我不敢回头，不敢起身，不敢做任何动作。单位里隔音效果不好，我笃定所有人都听到那句恶毒的话了。我能感觉到，每扇办公室的门后面，都有好几双眼睛在注视着我。这些目光变成了熊熊烈火，烤得我异常尴尬和羞愧。我要屈服于这些侮辱吗？

"从她的言语中，我们可以分析几点。一，孩子不是捡到的戒指，是偷的，或者说好听点，是拿的；二，孩子会去偷，是无意的还是故意的？我相信是后者，因为我妻子桌上没有能吸引孩子的物件，如果这孩子习惯到别人桌上去翻东西，那证明她的家教太差了；三，这个母亲说已经把垃圾扔了，这里有几个疑点，一般都是早晚去把办公室里的垃圾扔到外面大垃圾桶，大中午的扔什么？另外，垃圾桶又不满，为啥要专程去扔一趟？再说，桌上那么多垃圾没有扔，就把戒指扔了？四，也是最重要的一点，我妻子翻遍了垃圾桶，没有找到戒指。戒指这玩意儿虽小，但毕竟是几万块钱的钻戒，在垃圾堆里，还是能找到的。所以，我认为，戒指被这个女人藏起来了。我只想你们告诉她，别人的钻戒，不合她的尺寸，也卖不出好价钱。"丈夫坚持着去派出所报了案，做完了笔录。

我像只流浪的野猫，失魂落魄地跟着丈夫回到了家。他坐在床上，我站在窗边。他露出神秘的微笑："对待坏人，不能宽容，更不能就此作罢。"我看着他，目不转睛地。结婚几年，他早已褪去了年轻时的青涩，也从一个瘦高男孩变成了肥胖大叔。我的眼里充满了哀伤，我知道这个故事很难启口，虽然，我并没有什么错。我不指望他能感同身受，也不指望他可以分担这些，我在窗口站着，让落日血红的余晖包裹住了我的身体，直到血红色逐渐变成了浅红色，再变成了橘黄色，最后渐渐消失不见。屋内没有开灯，将暗未暗，他的面部表情已开始模糊不清。一个人永远无法彻底明白，自己究竟想表达什么。我脑子里突然冒出这句话，我非常激动，拉上了窗帘，对着黑暗中的他声嘶力竭地喊："我糟糕透了，倒霉透了！为什么是我？"我听到了他的一声轻笑，是善意的。

"你和他有什么吗？"丈夫轻声问。

不等我回答，他又说："我觉得你们不可能有什么。"丈夫的声调听起来质朴又认真。我盯着他的轮廓，默不作声却早已泪流满面，我的脑袋里乱成了一锅粥，这么多天的压抑和郁闷都随着泪水尽情地流出。如果没有这件事，我能想象我和丈夫就是一对普通的夫妻，生活在一座四季如画的岛上，过着平静的生活，而现在，我却几乎变成了每日战战兢兢的绝望女人。

"这件事我不会放在心上，因为我根本不相信。L也不会和他妻子离婚的，因为他妻子非常有钱，他得依靠她。听说他的老丈人已经教训了他。这件事情应该会到此为止了。但是，"他的语气转为严肃，"这件事情，你也要吸取教训。"

大脑还来不及思考我就脱口而出："我有什么错呢？我为什么还要吸取教训？"

丈夫的语气略有些不耐烦："你应该反思一下，你的言行举止有无不当，引起他的误会。不要激动。我不是说你们之间有什么，我是为你好。女人和男人毕竟不同，这个社会对女人是苛刻的。男人，最多传三两个月就过去了，他甚至可能还会成为别人羡慕的对象。但女人不同，只要一次，女人就会被钉在耻辱柱上，沾上永远的污点。"

我本想反驳他："一棵树被伐木工人砍掉，是因为树长得太好看了吗？如果遇到变态这么倒霉的事都各领五十大板，那不是会让坏人变本加厉吗？难道一个女孩被非礼甚至强暴，是女孩裙子太短的原因？这些都是什么样的人能说出的借口和诽谤！"然而我最终没有把这些话说出口。我胸口堵着一口闷气，这些字化成了急躁暴动的字符，我吞咽着口水，艰难地把它们全部咽到肚子里。我知道我的丈夫，他说的是对的。即便这个真相会很残酷，也是不争的事实。

这天晚上，我明白了婚姻的好处。如果我是一个单身女孩，这个事情已经可以毁掉我人生的后半程。但婚姻也是赌博，在今天晚上丈夫发表他的观点之前，我都无法确认他是会帮助我，还是会与我争吵、冷战、分手、离婚。

"听着，下次再有这样的事情，你先告诉我。我来处理。这种事情不会成为我们婚姻的绊脚石，至少我不会让它成为。从明天起，在任何地方，我都会和你一起出现。岛上就这么两千号人，我不相信这个事情能怎么样。"不知道为什么，我在丈夫的语气中觉出了些许居高临下的味道，房子里的气氛也因为他的这段话而变得死气沉沉。我想明白了，在我丈夫的眼里，我不会失去这段婚姻，是因为他需要。他需要完好的婚姻维持他对外的形象，保证他今后的前途。同时，他用这件事情敲打了我，我有把柄被他抓着，已经没有资格去质疑或指责他的那段网络婚姻。或是，爱情。好吧，他一举多得。

事情没有像想象中那么糟糕——也许只是我看起来没有那么糟糕——毕竟谁都不会在当事人面前说那些风言风语，我的丈夫如约出现在我工作和生活的各个地方。尤其是食堂。在岛上，由于没有太丰富的餐饮业态——甚至没有外卖——食堂就餐的人会出奇地多。除了那几个不在岛上的和想节食的女人，其他人都会准时准点地出现在食堂，这让我同时也看到了 L 先生和他的妻子。他们面对面坐着，L 先生时不时给她夹菜，一脸讨好的笑容。他妻子长发披肩，这个年纪还穿着淡粉色的小洋装，胸前别了一个可爱的兔子造型胸针。她寡淡的脸上挂着冰霜。

"在看什么？"丈夫装作无意地问我。

"哦，"我老实回答，"他的妻子，这个年纪还打扮成大学生的样子。"

"吃你自己的饭，管人家干什么。"丈夫夹了一口菜到我碗里，力气有些大。我的碗弄出了点声响。幸好食堂人多嘈杂，也没人注意到。我赶紧低下了头，并摆弄了一下碗。

"这么关心，难道你们之间真有故事？"丈夫的语气有些嘲讽。不知道为什么，我的脸居然红了。丈夫装作没看到，自顾自地说："听说他们是大学同学，男的苦追女的一年才追到，还是从另外一个男的手里抢过来的。"丈夫从鼻孔里哼了一声，声音很轻，但我听见了。但我无法反驳，我已经失去了和他平等对话的资格了。

春天来了。清晨开始由寒冷变得凉爽。对于这座岛屿来说，春天最大的特色，就是没有特色。这是一座石头岛，岛上的小山全是礁石堆砌而成，石头和石头拼接的缝隙中长着几棵顽强的小草。岛上的房屋也都是石头房，只有大石头堆砌的房子，才能抵御台风天的风雨袭击，才能抵挡海水海风对物体表面的侵蚀。细草水泥和岩石的弧度构成了这座岛屿的画风。总之，岛屿的冬天已经过去，我的心也开始变得温暖。如果爱情可以让人发狂，那么利益会让人清醒。更何况，L先生和我之间本来就没有爱情，他在这整个过程中，非但没有变呆变傻变盲目，反而变得更加聪明、更加狡猾，更加会耍弄诡计——一个男人，如果会在这个过程中使用阴谋手段的话，那他根本就不爱这个女人。至于他的发狂，最多只能理解为他可能从来没有遇到过征服不了的对象，另外就是因为他发的那些色情短信，包括他嘲讽指责他的枕边人在性生活上的麻木呆板，以及他对这些的幻想，全被他的妻子一字不落地看了之后，他恼羞成怒迁怒于我。呵！这种人品的男人，可想而知他会在人前尤其是他的妻子面前如何把脏水泼在我身上了。

值班的夜里，望着照在岛上最高处亭子上的月光，我回想起这段时间的种种，想起岛上的人们多多少少隐藏起来的别扭，我感到孤独又不幸。事不关己的人们，都会觉得，过去了还提什么，再放不下，是不是你们之间真有什么。这让我这只惊弓之鸟无处宣泄也不敢宣泄自己的情绪。值班室里又暗又郁闷，仿佛还是外头的空气更暖和些。待在这样阴暗的屋子里，月光是不可能洒在窗上的，即使可能，也只会让这个屋子看起来更像牢笼。丈夫来了电话——他早几日已经离开了这座岛，回了陆上，儿子经常感冒，一感冒就肺炎，婆婆来了电话，因为我要值班，他便回去看一下。

"室间隔缺损。是先天性心脏病的一种，常见的心脏畸形。目前医生说缺口不大，这种小缺口有自行闭合的可能，如果不能，也要等到孩子大一些了再做手术。这段时间，注意保暖，别让孩子再感冒生病就行。我在想，岛上没有幼儿园，小学也是一到六年级合着上的，初中以后就没有了。医疗条件也差。干脆就让我爸妈带着，孩子不回岛了。我这边呢，也开始启动调动手续，正好孩子这情况，我们有理由申请回陆上。虽然岛上人少，升职快，但总要有舍有得嘛。"丈夫啰唆着跟我说了一大堆。

因为岛上还没有开通 5G 信号，我们很少用视频通话，基本上都是语音。不知道是因为丈夫讲得太专业，还是他怕我担心讲了太多与孩子病情无关的琐事，听完这一段，我竟然一点也不担心。为了让自己表现得像个称职的母亲，我问丈夫："我要不要请假回去照顾孩子一段时间？"丈夫略一思索便答："不用，你马上是升职的关键期，外面消息传得很多了，这几个人选里你工龄最久，资历最老，能力也最强，一定要把握住这次机会，不能白辛苦这么多年。"我轻轻地"哦"了一下，就听见婆婆说："拼死拼活有用吗？一个女人想这么多干吗？在家带好孩子就行了！怀孕头晕缺氧也不请假，我看我孙子的病就是怀孕没调理好落下的！"

过了几秒钟，又听见我丈夫说："妈，电话还没挂。"

电话被挂断了。一股不安的情绪从心底升起，我的眼中盈满了泪水。所幸，没有任何人会看到。我隐约感到害怕，当我望着儿子的照片，一个常被人夸聪慧和漂亮的妈妈，却对儿子、对家庭束手无策。我感觉内心有一颗邪恶的种子在生根，马上要破土而出，这颗种子，最终会酝酿出各种灾难。

我查了一下什么是室间隔缺损，网上说，打一个比喻来说，我们的心脏有四个腔室，两个心房两个心室。那楼下的两个房间，也就是左心室和右心室，隔开它们的就是室间隔了。室间隔缺损，也就是隔开这两个心室的间隔出现了缺损，这种缺损，可以是小缺损，也可以是大缺损。有些小缺损甚至可以自行闭合，如果缺损太大，则要通过手术治疗。

这个解释很神奇，神奇之处在于，说了和没说一样。也就是说，无论你急和不急，你现在都做不了什么。我叹了口气。我很理解，现代人已经被逼着去学会说这些话了，那些所谓的"责任"，让人不敢大胆说出自己心里真正的想法。退出搜索查询软件，我打开了短信垃圾箱——L先生的微信我已经拉黑并删除，我看不见他发的任何消息，但联系人拉黑后，电话和短信会变成骚扰信息进入到垃圾箱，需要我定期手动清理。

也许是看类似于"去死吧××"的信息看得太多，我的内心已经慢慢变得像钢铁一样坚硬。有时候还会微笑，那种嘲讽式的微笑。这个男人是怎么做到和妻子共进晚餐体贴夹菜、同床共枕（甚至共赴云雨）后，在妻子睡着的时间里，把虚伪的外衣脱下，然后给我发这种变态的信息？他笃定我不敢去报警，所以他选择这样一个有教养有才气，已婚却仍然让人怦然心动的女人，作为他变态欲望的宣泄口，把他在他妻子面前不敢说的话、受的窝囊气，在我这里发泄。我哑然失笑。有一刹那，我想把这些信息全部保存下来，在他爬到职业生涯最高处时，全部发回给他，成为悬在他头顶的利剑，让他惶惶不可终日。最后他是否会发疯？我真有些好奇。但我还是删掉了。每删一条，就冷笑一下。我是个好人，我想。直到我看到了最近的那条。

"我始终认为你非池中之物，你是那么优秀。与你的光芒相比，我是那么卑微。"

"我优秀，所以就要被你伤害吗？我不会告诉别人，就能成为你发泄的目标吗？"我咬住了下嘴唇，毫不犹豫地删掉了最后的信息。

不知道这条信息会是这个事件的中止符，还是终止符。

天气还没有完全暖起来的时候，游客们就来了。那些女孩，那些年轻的女孩，她们早就迫不及待地穿上清凉的纱裙，露着前胸后背手臂腿，她们在岩石旁拍照，在灯塔前拍照，在石屋边拍照，她们对着岛上的居民、海鲜、烧烤一顿猛拍，她们把自己和岛上唯一的那间咖啡馆拍在一起。然后，花半天时间，把照片修成我们网上经常看到的那样，发在各种社交媒体上，每隔几分钟就去看有几个人点赞、几个人评论。看到这些照片，我的脑子里就会浮现一种荒唐而奇怪的想法。我们所处的这个世界，应该是有平行世界存在的。她们的岛，不是我的岛。我们处在一个坐标，在地理位置上是重叠的，但在维度上，是两样的。我可以看见她们，她们也可以看见我，但，触碰不到。阳光很快晒暖了我的身体，我可以感觉到身体在发烫，我的脖子，我的脸，我的头发。就在我暖意洋洋的时候，远在首都的同学给我来了电话。

"你还好吗？"她欲言又止。

这让我明白，这不是一句问候语。我的大脑开始高速运转。我知道我要面对一个困境，而能让我的同学二十年没见却打来电话，证明这一困境是让人悲伤又绝望的。我突然警觉起来，想到L先生，以及和他有关的人，还有岛上那些认识我的人，那些传入我耳中的不堪的只言片语。

"你可能不知道，"考虑到我的这位同学不知道我之前发生的事件，我尝试着告诉她，"这件事情已经结束了，那个诽谤我的男人已经不再做这样变态的事情了。"

"不，你不知道！"她急急忙忙打断了我，"你的微信是你的手机号吗？"

我应了一声，心里有了一种不好的预感。

她挂断电话，发起了好友申请。我通过后，她发过来一段视频，是某个社交平台的，还发了一句话。

"你不要急，冷静一下，深呼吸。"

不知道为什么，我的脑海中闪现了某种东西，手不听使唤地抖动起来。我鼓起勇气，点了三次，才点中了那个播放键。

视频是多张照片的播放版本。视频中说我们这座岛是独立封闭存在的世外桃源，由于交通不便，夫妻分居两地，经常会出现男女之间解决生理需求的荒唐事。接着出现了一张照片，一间值班室的照片。我很清楚这不是我们的宿舍，我们没有这么好的条件，我们的值班室很小，潮湿阴暗，最重要的是我们是高低床、上下铺，根本没有照片上的大床。照片的文字说明是——"这对男女，利用值班打掩护，做疯狂且令人不齿的事。"我心里开始发慌了，我不知道是怎么回事，但我就是镇定不下来。看到最后一张照片，我什么都明白了。那张照片，是我。是我在单位公示栏上的照片。

看完视频，我沉默不语。我非常清楚，此时如果我说话，我会比魔鬼更愤怒。

过了几秒钟，同学又发来一个视频。视频是关联前一个的，网友又人肉搜索出当事另一方，也就是那个男人的照片。是我的上级。同样是工作照，不同于网友隐匿了我的名字，他们把他的名字、职务全部公布于众。我望着眼前的屏幕，我知道自己在生气。我气得浑身发抖，更可恶的是，我虽然生气，却不能回答，这让我更加生气。

同学发来信息说："你没事吧。"

一刹那，泪水夺眶而出，我看着面前的屏幕，打了两个字："没事。"

第三个视频发过来了，是我们一家三口的全家福照片。

我的丈夫和我的儿子都没有打马赛克，就这样毫无保留地出现在全世界面前。

我的大脑一片空白，什么情绪都不再涌现，胃里开始泛酸、作呕。我挣扎着站起来，左右摇晃着走出单位，飞快地往家里跑去。一路上，很多游客迎面朝我走来，三三两两，仿佛都在对我指指点点，他们前往的方向，也正是我单位所在的方向。我加快了速度，拼尽全力往前跑，跑到筋疲力尽，跑到心脏都快跳出来了。

我跑回了家，打开了那扇常闭的窗户。面对着外面的大海，我把身子探了出去。我发现如果从这里跳下，我不能直接掉入海中，我会先掉到岩石上，那会是粉身碎骨的疼，就算掉到海里，海平面也会像水泥板那样坚硬。我的脑中乱成一团，心中无比愤恨，但我除了落下伤心的眼泪，什么都做不了。我甚至不知道对方是谁，他想做什么。我放下了死亡的念头，胸口的心跳声慢慢平复，眼泪也逐渐止住。魔鬼的种子在发芽。我要反击。

丈夫来了电话。"听着,"他说:"有人在陷害你。这是一场巨大的阴谋。你知道是谁吗?"

"我不知道。"我有些慌乱地摇头。但随即我想起来丈夫看不到我的行为表情。

"差劲!"他指责道,"你怎么这么没用!敌人都发起总攻了,你却一点感觉都没有?"

我有些狼狈,但我知道不能反驳,这个时候,我唯一的依靠,就是丈夫,我不能再倔强了。

"是这次你最大的竞争对手吗?"丈夫问。

"是的。"我点点头,又摇摇头,"应该不是。"

"你听着,"丈夫把语气放缓下来,"不管是不是她,你都要一口咬定,是她做的,不管谁向你打听情况,你都要斩钉截铁地说,因为有利益冲突,她陷害你。"

"从明天起,你先不用去上班了,你们的照片,我托人去取掉。最近岛上游客多起来了,要防止好事之徒节外生枝。"

"回来吧。"在最后挂断电话的时刻,丈夫自言自语道,"希望就是她做的。不是她,老子也要拖她下水,谁都别想好。"

丈夫挂了电话。我无力地掉在了床上,满身疲惫。小小的空间里,气氛诡异而紧张。网上截取的宿舍图片,上墙的工作照,朋友圈的照片……一切都说明,敌人蓄谋已久,且就在身边。

会是谁？L先生？他的妻子？他妻子的家人？×女士？她的丈夫？好像都有可能，但又都想不通。我想到了更多的人，但我还没有勇气说出他们的名字。我只是在想，我是什么时候，又为什么得罪了这些人，让他或他们一定要用这种办法，置我于比死更难堪的境地？这种诽谤造成的伤害，比任何手段都恐怖。他让你活着，却比死更难受，让你接下来活着的每一天，都抬不起头来。

我终于离开了这座岛，搬进了码头边的一座高楼，没有再工作。丈夫说自己到派出所报了案，然后每天跟我报告办案进度。大部分消息都是坏的。比如警察说那个 IP 地址在省外，号码也是省外的，几乎不可能去查证；比如转发量已超过 10 万，不可能把这十几万人都抓来；比如说公安局已经发布警情通报，无法再去公布这是谣言，也无法再追究更多。当然，也有"好消息"，比如说，那枚戒指，我那个同事同意赔偿两万元，虽然只有我买入价格的三分之一。之所以是好消息，是因为丈夫在描述这个事情的时候，我可以感觉到他是开心的、高兴的。之所以加了个引号，是因为我丝毫不觉得开心、高兴。我的丈夫在几周后就开始不再提这件事情，仿佛只是一个他人的故事。然而他不知道的是，我每周都去派出所，每周都是同一位女民警接待我，每周我都无法控制住自己的情绪，把接待室里的东西都砸了。而那位女民警，只会重复着一句话："我们理解你，也同情你。但事已至此，你只能自己想开点。"

每一次，当我从派出所出来时，我觉得天是昏暗的，也是灰色的。他们都理解我、同情我，但我没法理解他们，也没法理解这个世界，我和他们、和这个世界都无法达成和解。但对于世界来说，我已经低到尘埃里，谁又能看得到？

忘了说，我住在 16 楼。这个高度向外看去，海面上的情况非常清楚。大大小小的船只逐渐驶近，又逐渐驶远。而那座小岛，则像一个四四方方的小盒子，在天气晴好的日子，在海面起起伏伏。忽左忽右，漂浮不定。雾气来的时候，则隐入铅灰气的浓雾中不见。

乌鸦在码头上空飞过，飘然飞落在电线杆上。这让我想起来我想杀掉一个人。至少是一个人。这是我的目标。杀掉这个人以后，我将无法继续在这个城市生活，我莫名地感觉到，我想要杀掉的这个人，很可能马上会出现在我的眼前。

这幢楼的性质让我嗅到了杀机，这幢楼有 18 层高，每幢中每二层同样方位的房间，内外装修都是一模一样的——这是我串门时无意中发现的。我在 1605 房间，也就是说，从二层开始，每一层"05"号房，都和我的房间一模一样。更令人欣喜的是，在我楼上的楼上，也就是 1805 房间，不知道是谁的，主人从不锁门。可即便是有这么便利的条件，要成为一个杀人凶手也很难。我要先具备强大的心理素质，让罪恶感完全消退，这样才能应对接下来可能会有的警察的问询，我得镇定，得说服自己根本不曾杀过人。如果可以不杀人，我也不想，但我别无选择。我不能任由别人一次又一次地伤害我。你看他们外表看起来多善良多清白多无辜。呵，只有傻子才会真的善良清白无辜。

我用1805房间的座机打电话给L先生，捏着鼻子对他说，他曾经发给S女士的信息都在我手里，如果他不想身败名裂的话，务必于今晚9点到某某大厦电梯坐到18层，出电梯右转，走到第五间，1805房间，带上10万元现金。

挂完电话以后，我非常自信。L先生现在位高权重，他妻子的公司蒸蒸日上，儿子学业有成，10万元对他完全不算什么。我有无数次想杀死他的冲动。

无论他是不是那个罪大恶极的人，他的所作所为都为那个人提供了方法，可以伤害我的方法。也正是因为我这么多年的隐忍，让他平安无事、平步青云。所以，恐慌的他，今晚一定会来。

今晚，绳子、煤气、放火、食物中毒都将用不到，我只需要用1805房间的那块太湖石，将他砸到稀烂变形。然后，躲进卫生间一宿（那里没有监控），第二天，藏在清洁工阿姨的大垃圾桶里，任由她把我运出去。

时间一分一秒地过去。

1805房间。没有开灯，黑漆漆的。我藏身于门后，身旁放着那块大石头，眼睛直盯盯地看着门把手，手指不断地在大腿上敲打，精神异常紧张兴奋。

19点50分。没有动静。

19点55分。没有动静。

20 点 00 分。依旧没有动静。

20 点 10 分。焦躁不安的我给 L 先生发了信息。

你到了吗？

到了。

好。电梯上 18 楼，出电梯右转，第五间，1805 房。

我就在 1805 房。

我一惊，四下张望。周围黑漆漆的。我有些恼怒。他在骗我。于是我威胁道，你敢骗我，我现在就把这些信息公布出去，大不了，拉你做垫背一起死。

过了几秒钟。沉默。他发来信息。你在搞什么？不是和你谈妥了吗？信息你当着我面删了，钱我也给你了啊。

紧接着，他发过来一张照片。照片里，是我。我坐在椅子上，跷着二郎腿，笑得很从容。

这怎么可能？我大惊失色，脑子里一个念头一闪而过。我快速离开房间，穿过走廊，以最快的速度跑进了电梯，按下了数字键"16"。

电梯门缓缓闭合。电梯内的灯忽明忽暗地挣扎了几下，闪过"找土""寺尔"的字眼，最终陷入了黑暗。在这个封闭的盒子下降时，我瞥见了许多个和我一样卑微的灵魂。

好了。接下来，剩下的时间都是我的了。

1毫升
One milliliter

丽娜坐到陈勉面前的时候，已经上气不接下气。此时外面40多度的高温，毒辣的太阳在屋外张狂地展示力量，聒噪的蝉在树上心烦地不停叫闹。而丽娜，则左右手交替着抹去额头上的汗，手掌做扇形扇着风，口干舌燥，面颊微红。

"听到你说的，我马上就跑来了，好了，现在能告诉我，究竟什么可以让我变美？"丽娜变换了坐姿，她宽、圆、平的大脸，凑近了陈勉，随即她意识到自己也许不那么美，马上拉开了距离，有些不好意思地低下头来。

坐在她对面的瘦而矮小的男子看起来比丽娜大几岁，约40岁的样子，精干坚毅的外表、白嫩的皮肤让人很容易相信他的确是整日待在这不大的空间里不见太阳的高级知识分子。"就算是有所怀疑？"

丽娜皱起眉头："怀疑也正常吧。"

陈勉摇摇头："抱歉，我不能告诉你，这是商业机密。"

丽娜噘起了嘴，表明她对这个集店主和美容师于一体的狡黠男人的反感："不要拿这个糊弄我，我和你不是很熟。有多少报道都提醒人们不要相信美容机构呢。"

"我们是在工商部门和卫生部门都已经注册认证了的专业性机构。"

"每一家美容机构都这么说。"丽娜摇了摇头，同时用手背擦掉额头上的汗水，"你这么做，让我有点为难。我不知道自己应该去正面报道还是反面报道这家机构了。"

"万记者，你误会我了。我这家机构完全合法。我有正规的执照文件、专业的医护人员，有规范的仪器设备、特殊渠道的进口药品，还有科学的治疗方案，我能确保每一个人都能按我的方案治疗完成后变美。我说的'1毫升神奇药水'更像是个噱头。我们告诉患者有这个，但说真的，其实从来没有这个药水。"

"没有人不会变美？"丽娜的嗓音无法完全表达她强烈的怀疑，于是她用力摇头随后转过身去，站了起来，背对着陈勉，希望用这种方式能稍微吓唬一下对方，万一套出点实话也好。

"我原话不是这样的。我指的是，放弃、怀疑我的患者，她们同时也放弃了变美的权利。"陈勉上下打量起丽娜，同时用手轻轻拍了拍之前丽娜坐过的椅子，示意丽娜坐回来，"虽然你现在还算年轻，但39周岁来我这里治疗的你是最明智的，每年药水用量不多，效果却很明显。"陈勉低头看了看丽娜之前填好的个人信息表，那时候他们是在微信上交流的。"如果你现在已经50周岁，剂量用的会很多，而且效果不明显。现在的做法，会延缓你的衰老，用不用药水的同样两个人，10年后，对比的效果会让你吃惊到下巴掉地上。"

"那如果，我完全按照你的治疗方案，却仍然没有变美，我是不是就可以用那个神奇的1毫升药水？"

陈勉略有些无可奈何地点头："好吧，前提是你完全信任我们，但却完全没有效果。"

"你应该明白我的担忧，我的职业，加上你们美容机构的不光彩既往史，再加上这么多顾客相信你的1毫升给你打的预付款，我不得不表示怀疑你有卷款而逃的可能。"

"那样子的话，万记者，除非你在这里还有别的事情，否则你需要离开了，因为我还有很多患者等着签合同呢。首次治疗5000元就可以完成，治疗费免收，以后的治疗根据你要变美的部位收费，没有任何一种变美的方案比这种更优惠的了。"陈勉的乌黑眼珠子转啊转，"我们不是美容院，我们可是正规的医疗机构。"

"你不过是骗来了一张外包装，但本质还是骗。"丽娜不在乎自己刻薄的语言是否伤害了对方，像陈勉这样精明的商人哪会这么容易被伤害到呢？但是，如果自己真想变美，让王天超满意，她需要相信这一次的冲动之举。王天超觉得她不美，至少是不够美。王天超自己也没怎么帅，但他的评价对于丽娜来说，却是致命的，王天超认为世界上没有丑女人，只有懒女人，还含沙射影地说她给女儿树立了坏榜样，不能以为女儿已上初中就可以安心当黄脸婆。丽娜感受到了压力，她明白自己必须做点什么，那个朋友圈里很火的美容机构就在这里。

丽娜再次确认："当我按照方案治疗完成后，3 个月，只需要 3 个月，我就能变美，肯定能？"

陈勉点了点头。

"假如我 3 个月后没有变美，是说我自己的主观概念中，还未变美，你们会考虑使用那 1 毫升吗？"

"你不会需要那 1 毫升的。你现在唯一应该考虑的问题，就是什么时候付款，什么时候开始。"

"支付宝、微信随时可以付款，现在已经没有人会用现金支付 5000 元了。"丽娜掏出手机，慢腾腾地扫了扫立在陈勉桌子上的二维码。在这过程中，她脑子里一直抹不去的，是陈勉在微信朋友圈里说的那个永远保底的 1 毫升，当然她为自己有可能改变近来的人生方向感到兴奋。

丽娜低头盯着自己眼前盘子里的牛排。T 骨，八分熟，黑胡椒酱，是她最喜欢的，但今天她却不怎么动刀叉。坐她对面的表妹晶娜却无视她的心情，自顾自大口嚼着自己那份。差不多吃完了，她才抬头看丽娜："金鱼眼，你今天不对啊，都没怎么见你吃。"

丽娜没有理会这个绰号，从小到大，别人眼大都被称为"水汪汪的大眼睛""大眼美女"，唯有她，被呼为"金鱼眼"，还不就是脸大而平，鼻梁塌额头陷，外加太阳穴不够饱满吗？

"我明天要去试试陈勉的那个治疗了，尽管我也有所怀疑，但他的美容机构还是正规的。"

"他们也许是正规的，但我觉得价钱有些太高了。"

"这是我第一次跨进美容机构大门。我知道美容机构不可信，但也许真的，这次可信。不过，我每次去他那里的时候，总是忍不住去想，他说的最后关头去使用的那1毫升是什么。你这方面懂得多，你知道是什么吗？"

晶娜摇摇头："大概是某种噱头吧，比如说写在一张纸上的古老谚语，或者是1毫升水？或者其实就什么也没有。我觉得，只是拿来让你们绝对放心、信任的一种精神催化剂更合适。但是人的骨骼是先天形成的，不开刀让你变美，我还真不相信。"

"陈勉很明确地说到这一点，绝不做手术，绝不会在我脸上动刀，但他提到一种医疗程序，可是鬼知道是什么程序。但陈勉保证说，绝对不是手术。"

"其实我感觉你第一次的治疗还不错，你脸上的小雀斑和晒斑都已经没有了，皮肤无斑应该是第一步的目标。为什么还要担心那些不可能呢？照这样子下去，你用不到那1毫升，所以你不需要知道那是啥。"

丽娜摇了摇头："假如我不是在美容院而是在公立医院接受治疗，我就不会担心了，唉，为什么要变美只能去美容院呢？"

"美容院有那么糟糕？"

"你根本想不到有多糟。美容院就是个坑，里面的大小骗子们像社交网站一样发布虚假信息，百分之七十都是非法治疗。乐观估计，半数的治疗都是没有必要的。我没有理由对这家机构保持乐观。我恐怕也是因为想保住我婚姻而蒙蔽了内心。"

丽娜提到婚姻后，晶娜眉头紧蹙。在丽娜的亲朋好友之中，了解的人都知道，丽娜自从嫁给王天超后，事业一落千丈，服侍丈夫带女儿，完全没有了自己的生活，跟传说中的黄脸婆一个样儿。对于王天超，晶娜忍住了没说话。她只是担心丽娜急于变美的心情，被美容院利用。

丽娜叹了口气，喝了口柠檬水："王天超对我脸上的斑点没了也没发现。"

"他真的说过你是女儿的坏榜样？"

"我在家跟做保姆一样，每天从早忙到晚，根本没有时间顾自己，但他真的这样说了。往好了说，这真是一种激励。"

晶娜摇了摇头，说道："你为什么要忍受那种屁话？你是个好妻子、好母亲，我们都喜欢你。他要真的爱上那些年轻女孩子了，他迟早会后悔。你不需要被逼着做一些你不愿做的事情。"

"你的口吻听上去像我妈。放心，王天超没有爱上年轻女人，我也应该改变自己了。"

晶娜到了此刻完全没了好心情，直视着自己的表姐："金鱼眼，我们都知道王天超脾气不好，但你有必要这么低声下气、委曲求全吗？你是他妻子，又不是他的奴隶。当然我很愿意你变美，但我觉得你变美，王天超也不会对你好的。"

"那我也要这么做。"

正面照、左侧90度照、右侧90度照、左侧45度照、右侧45度照。完成存档。

第二次完成了斑点祛除。丽娜已经完全适应了。先是脸朝上平躺，纱布蒙上双眼。脸上涂满厚厚的凝胶，清清凉凉的，貌似没有味道。隔着多层纱布，相间数秒便会有一道刺眼的亮光闪过，十分钟，就完成了一次治疗。

今天是进入治疗第二阶段。丽娜坐在治疗椅上，一层厚厚的白色膏状物抹在脸上半小时后，刮干净后，陈勉拿出一支白色记号笔，在丽娜脸上轻轻点了几点，做下记号。万丽娜没有感觉，陈勉又拿出比皮试针管更细长的针管，针头非常长，针头在丽娜脸上戳了几下，丽娜还是没感觉。

半小时后，陈勉递给丽娜一面镜子，而边上的护士打扮的胖女孩则一直在聒噪地尖叫，仿佛她面前的丽娜已经直接变成了奥黛丽·赫本。

只有几个小红点提醒丽娜，这是针眼。万丽娜今天特意没有穿T恤，相反地，她穿上了衬衫，她怕脱衣服时，圆领会触碰脸上的创面。

丽娜所在的县城，老城区和开发区之间，隔了一座小山，隧道就成了新旧两城的分界线。年轻人大多会在开发区买房，但好的教育、医疗等机构，还是在老城区。每次从家到美容机构，车子过隧道时，丽娜总要把脸凑到车内后视镜看自己，回来时，又再看一次。

这次回来时，她有些欣喜，镜子显得她好像有些变了，她不想承认自己已经变美，只是觉得隧道里的灯光，好像让她改变了一些，毕竟，才过去三星期。

她就这样进了单位。起初，根本就没人说什么，丽娜刚踏进门的紧张也被自然情绪代替。后来过了几天，编辑部主任从自己办公室走出来，晃到丽娜所在的格子间桌子旁，说道："嘿！我发现你好像瘦了！嗯，下巴尖了，嗯，我说不出来，变了。"主任露出标准的八颗牙笑容，"好像皮肤也变好了。"

丽娜心一直提着，生怕主任会看出自己去整容，一直到主任走后，她才明白主人以为自己没有整过容，那笑容也只是职业微笑。

丽娜把这个事情告诉晶娜时，后者露出不以为然的笑容："你想太多了！你的变化是微小的，不易察觉的，至少你还是你，我没有觉得你已经不是你了！"

"但是那个最后的 1 毫升，究竟是什么，让我很烦恼，有时候，好奇心真会害死人。"

"哈！那是你的职业病在作怪。记者总是对任何人、任何事充满好奇，并且刨根问底。但你就是因为这样，才成为了出色的记者，那个新闻部主任的位置，差点是你的，知道吗？其实我还挺开心的，你的好奇心又回来了。"

丽娜回想起来，当这位年轻貌美的主任空降到新闻部的时候，多少人在背后议论她。大凡漂亮的女人得到某个职位，总是有一些玩笑和闲言碎语，但人人还是得巴结她，因为人总希望得到好处。

丽娜回想着漂亮女主任的表扬。如果，这算表扬，那是主任罕见的表扬，平时她对下属，更多的是吹毛求疵和严苛要求，新闻部里有很多年轻人，他们都虎视眈眈，一个不小心，就会被后浪拍死在沙滩上，能得到主任的青睐，无疑是重要的。丽娜不断地想，越想越多，最后想到的都是芝麻绿豆大的小事，比如那1毫升。

丽娜很久没和丈夫一起看电视了。今天晚上两人破例一起看了一场球赛录像。王天超伸出双腿，翘到了茶几上。他显然对内容不太关心，因为凌晨的直播他已经看过了。

丽娜看着他如同二十多岁时的身材，即使腿搁在了茶几上，他蜷起的小腹也丝毫没有显现出游泳圈的影子。丽娜的目光在丈夫的小腹上停留了很久，她好奇为什么丈夫天天和自己饮食一样，也不运动也不节食，可他却一直能保持年轻人的身材不变化。这种好奇心驱使她对丈夫整个生活做了记录，她发现，丈夫乏善可陈的生活规律中，唯一值得一提的，就是吃饭慢。一个对待食物慢条斯理的男人，可以一顿饭吃上半小时。丽娜对于自己这个发现惊喜不已，她坚定地认为这是王天超这么多年来保持身材不变的唯一秘诀。丽娜喜欢摸王天超平坦的腹部，并且她总是尽可能久地回味这抚摸的感觉。这种感觉会让她充满骄傲、自豪的滋味。不是说王天超说过些什么或做过些什么，更多是因为当她在朋友圈晒出和丈夫的合影时，高高瘦瘦长相帅气的王天超绝对能让朋友羡慕一回。他们无论去往什么地方，朋友们总会说："你老公真帅！"

此刻，她正瘫在他身旁。整个手臂都环住了他的肚子，然后她顿住，手掌轻轻地抚触他的肚皮。换作平时，王天超肯定会小声说："肚子、肚子！刚吃完饭，手压着难受！"但今天，他仿佛还挺享受，丽娜一直等待着他发现自己是否有不一样的改变，心里渐渐激动起来。

王天超坐直了身子，凝视着她的眼睛。时间一秒一秒过去，他始终没有发话。

"我不一样了吗？"还是丽娜先开的口。

"哦，有点。"丽娜爱死了他说"有点"。通常情况下，王天超只会发表一个"哦"字，他很难表达自己的情感，只要他说比"哦"字更多的，就代表了不同寻常的肯定。

丽娜开始挑眉："想见识见识真实的我吗？"她暗示里的挑逗意味十足。

王天超露出一个略微羞涩的笑容，把脸颊凑了过去，任由丽娜亲吻。

"你没注意到我的变化吗？"她说。

"当然注意到了。"他回答。

又过了两周，当丽娜风风火火地走进陈勉美容机构的前大门时，那个聒噪的护士老远就在柜台后面坐直身，招呼道："万记者，你好美哦。"

丽娜从心底里"哼"了一声。她发觉自己很难脱下有色眼镜去相信这些人。但她还是在落地镜子面前站住，把脸凑了过去，正过来，侧过去，反复端详自己五官的细节。

　　护士发出"咯咯"笑声："怎么样？是不是发现自己开始喜欢上照镜子了？陈医生说，你的治疗已经完成得差不多了，很快不用再来了。你现在真的是非常漂亮。怎么样，现在相信我们了吧！"

　　丽娜听到脚步声，发现陈勉朝她走来，她走向柜台，转了个身，背靠在柜台上，这样她就能直视陈勉的眼睛。刚才在镜子里，她的确看到自己饱满的太阳穴、高挺的鼻梁、丰盈的苹果肌、尖尖的下巴。"现在，能告诉我最后的 1 毫升是什么了吧？"她大声问陈勉。

　　陈勉走近了些，两人的面庞靠得很近时，陈勉小声说道："你用不着那 1 毫升，相信我。"

　　丽娜换上一副嫌弃的表情："根本没有那 1 毫升，是吧！不过是想大家相信你的噱头。"

　　"不，也不是噱头，只是大家都没用过，因为没有人需要那最后的 1 毫升。"

　　"为什么？"

　　陈勉不以为然地说："得了，其实你也一样，嘴巴上说着不相信，其实你心里得承认，我的治疗方案的确有用，你真的变美了，在完成最后的治疗之前，请把你记者的职业敏感收好，你无须知道那 1 毫升是什么。"

丽娜听到声音，甚至尚未从镜子里看到身影，就知道走过来的是主任。主任说道："最近好像特别爱照镜子啊。"为了表示这句话话里有话，她冲丽娜挤了一下眼。

丽娜心里一惊，怕主任看出点什么来，忙转过身。在一旁洗手的主任，正笑盈盈地看着她。她心里有些发虚，试探着问主任为什么这么说。

"其实这段时间以来，我发现你有一种说不出的变化，好像是长相吧，又好像不是，说不上来，但又很明显。"

"变好了还是变坏了？"丽娜心里隐约有一种欢愉，但她不能表现出来。

"当然是变好了。"主任扬了扬眉，停止了洗手，扯下两张纸，擦干。

丽娜的心情开始放松，她也觉得和主任之间的关系在拉近。她大胆地问了一个问题："如果一件东西可以让你变好，但你的好奇心驱使你刨根问底去弄明白这是什么东西，这样做有必要吗？"

"没必要，只要这件东西能让你变好就行，好奇心不该如此强烈地影响你。"

丽娜叹了口气。

"但你是记者，你的职业素养告诉你，无论是好事还是坏事，你必须知道真相。"主任迈步离开前，给她留了这句话。

她知道主任是对的。虽然年轻，但主任的阅历和见识远在自己之上，这点来说，她输得心服口服。她的职业素养让她无法摆脱那 1 毫升，在她身边、她触手可及的地方，就有那神秘的 1 毫升，而她不知道那是什么，几乎要把她逼疯，几个月来，尤其是最近，这种心绪跟爱照镜子一样，愈加严重。她意识到和自己逐渐变美有关。每一个部位的完美都让她开始追求更完美，都进一步激发了她对那最后 1 毫升的渴求。按照治疗方案，她已经达到了目标，她没有理由去要求使用那最后 1 毫升。

她的目光还没有离开盥洗台的大镜子，一遍又一遍仔细地审视着，然后她就开始了不对劲的地方。左边苹果肌比右边稍微低了那么一点点，这让她恼怒不已。略有些不饱满的苹果肌破坏了她整个的美感。她环顾洗手间，如果不是在上班时间，她估计马上冲进陈勉的办公室。她情不自禁地抚摸起自己的脸，想在镜子中找到一些完美的东西，让她可以回到那满足的精神世界。

两个星期。这两个星期摧毁了她前三个月的梦想。两个星期以前，当她完成治疗的时候，她发过一条朋友圈："原本以为面膜敷得不伏贴是因为脸大，现在才知道是额头不够高、太阳穴不够饱满、鼻梁不够挺、苹果肌不够丰盈、咬肌不够小、下巴不够长所致。"发这条说说的时候她其实心里无比得意，因为今早敷面膜的时候她发现面膜与她的脸无比伏贴，贴上面膜的她就像从希腊神话中走出的女神雕像脸。

但这两个星期，情况却完全不同，她每看自己一眼，就觉得自己的欠缺和瑕疵太多。五官里每一项都有问题，都很不够。她把大量的时间花在了照镜子上，两个星期后的一天，王天超对她发了火，他对镜子发了火，差点把家里的镜子给砸了。他命令她重新回到生活中来，要不然这个家就没了。

丽娜没觉得伤心，反而很快下了决定，反正她在这个家里也没觉得太多快乐，充其量只是个保姆角色。她叫丈夫别管。但王天超无法忍受成天照镜子、疑神疑鬼、大呼小叫的丽娜，他开始不回家，并且时间越来越长。

丽娜在镜子前注视着自己，按压着咬肌，看看下颌部是不是又变宽了。她没有注意到丈夫已经几天没有回来了。

现在，她内心有一种强烈的欲望。如一团火，烧得她全身精疲力竭。

当她坐到陈勉面前的时候，如第一次见面那样上气不接下气。此时已是深秋霜降的节气，距离她完成治疗方案已过去一个月有余。她不能告诉陈勉她对那最后1毫升的强烈渴望，强烈到几乎抓狂。

陈勉神情自若，说道："万记者，你真的很漂亮了，很完美，我相信你走到哪里别人都会说这是一张标准美人的脸。"

丽娜叹了口气："不，我觉得我面部线条的柔和度完全不够，咬肌衰退后，下巴线条可以了，但是上颌部又变得突出了，我的整个脸形不是标准的鹅蛋或心形了。我觉得你的最后1毫升必须要拿出来了。"

"不，不。按照协议，你已经达成了美的目标。太阳穴的填充使你天庭饱满，五官的立体使你轮廓分明，而且显得脸小，咬肌的收进和下巴的拉长使你脸部线条非常柔和，药水在真皮层下还可以达到完全补水的效果，加上我对你斑点去除，现在的你的脸，整个像剥了壳的煮鸡蛋，白、嫩。"

丽娜举手制止了陈勉的话，摇了摇头："你的方案是让我变了，但还不够，我需要那最后 1 毫升。"

"不，你不需要，我已经证明了你变美了，我有你的对比照片，你可以找任何一个人去证明。"

丽娜的职业敏感让她在陈勉的话里嗅出了一丝焦虑。"也许，快接近真相了。"她想。

"你这么做，并不是因为你没有变美，而是因为你陷入了一种疯狂的心理暗示。太严重了，如果你还放任不管的话，你会进入魔性的病态。"

"不，我只要你把最后的 1 毫升注射给我，我就会完美了。"

"我说过，你不会需要这 1 毫升的。"陈勉的语调略有些底气不足，但也有一种毫不退缩的硬气，"你觉得我阻止了你变得更美，但我觉得你已经够了，你应该阻止的是自己的心。"

"你怎么这么无耻？简直混账！"

"我理解你的心情，我不想和你争。我知道你对那 1 毫升从强烈怀疑到强烈好奇，但我需要强烈建议你不要用这最后 1 毫升。"

"为什么？"

"没那个必要。你真的已经很美了。"

"那么你就告诉我，那 1 毫升是假的，其实根本就没有这东西。"

丽娜保持语气冷静，她拿出了记者采访时的惯用伎俩，以激将法诱使陈勉说出自己想知道的。

"不，它是有的，它是最后的保障。"

"那你为什么不给我注射？"

"万记者，像你一样，我也有我的职业道德。作为一名医生，我知道什么才是对患者好。我们之间有协议，我对你有承诺，如果我违反了协议、欺骗了你，你可以报警把我抓起来，我必定毫无怨言。但我遵守了协议，也没有欺骗你，而且我还得按规矩办事。"

"我该说的我都说了，现在是给我最后 1 毫升的时候了。"丽娜主意已定，想要在语气中传递出自己的坚决。

陈勉有些无奈，但仍坚持自己的观点，他说："协议上说的很清楚，治疗若失败，我会给你注射保全的最后 1 毫升。但现在治疗很成功。我以为，关键不在于这 1 毫升，关键在于你在想什么。是你自身的思想控制着你，固执于那 1 毫升。你的精神失控了。"

"我是客户，也是记者，我想要那 1 毫升，我有权使用。客户的利益高于一切。我说没有变美就没有变美。"丽娜开始激动起来，掠过她脑海的念头，就是现在、马上、立刻给她注射那 1 毫升。这个念头让她盲目，看不见任何理智的想法。美容机构都是骗人的，这是不可能改变的。

陈勉从丽娜的话里读出了另外的意味，他环顾了一下空荡荡的诊疗大厅，然后说道："我和你再预约一个时间吧！"他嗓音中的无奈任谁都能察觉到。

丽娜说：“还预约什么？现在就做。”

“你我需要换一个场地，心平气和地再考虑一次。”

“如果你到这地方还推脱要考虑的话，那我只能认定这是一场骗局了。我想，明日的《城市日报》头版头条肯定不能是美容机构骗局这样的内容吧！”

陈勉无言，抽出文件夹里的一页，滑移到丽娜面前：“好吧，那你把这个签一下。”

丽娜几乎没怎么读。文件上说，不负任何法律责任，以及在诊疗过程中可能发生的种种危险，甚至可能出现死亡，当然，还有其他严重的后遗症等种种屁话。这和丽娜之前治疗协议上的内容大同小异。丽娜潦草地签上自己的名字，随后抬头看着陈勉。

这个瘦小的男子深吸一口气，问道：“你真的觉得自己没有变美？”

丽娜点点头。

“你认为我之前的诊疗方案是失败的？”

丽娜急促地点头，想马上跳过这个阶段。

陈勉叹了一口气，拿出数张照片，摆在柜台上，指着照片对丽娜说：“这是以前的你，这是现在的你。你确定不要现在的样子？”

丽娜慢慢绕过柜台，止步于陈勉面前。此时的她，根本就没心情去看柜台上的照片，她坚定地对陈勉说：“开始吧！”

丽娜半躺在治疗椅上，面部没有任何知觉。她睁开了眼。

陈勉的脸出现在她的眼前："麻醉的效力还没过，你的脸部比较僵硬，但治疗已经完成了。"

　　丽娜抬眼看了一眼陈勉，嘴巴动了一下，有点含糊不清地说："我更美了吗？"

　　陈勉说道："让你变美的药水是很有保障的，当你觉得药水没有任何作用的时候，我们可以注射最后1毫升，它可以化解掉前面所有注射了的药水，直接化解，效果很快。唉，我情愿你刚才能听我的话。"

　　陈勉说着，递过来一面镜子。

　　丽娜瞪大眼睛看着，镜子里是一张似曾熟悉的大饼脸，窄额头、塌鼻梁、宽下颌、短下巴，尤其一双金鱼眼，了无生气地盯着前方。

氯巴占
Clobazam

已是初夏，下着雨。宝华禅寺，几棵高大的榕树，冠幅广展，树干上长出了新叶，少量的浅绿包围在无边的深绿怀抱中。弹珠般晶亮的光在空气中不断闪现。只有在南方地区，这个季节里，才会有这样的天气。

　　短暂的平静之后，罗娜睁开了双眼。眼前站着一个小沙弥，约摸十五六岁的样子，圆脸蛋上一副稚气未脱的表情。"施主中午是在这里用餐吗？有预约吗？"罗娜摇头。"噢，那施主请自便。"小沙弥合十后，低头急速离开。罗娜转过身，看到廊下四尊沙弥像。贪嗔痴慢疑，戒定慧谦信。神情丰富，栩栩如生。罗娜呆了呆。

　　这孩子，把自己当游客了。罗娜明白过来，有些苦涩地笑。她缓步向寺外走。在菩萨面前许愿的她，甚至都不明白自己为什么要来到这里。只是现在，每走一步的她，体会到了一种感觉，一种她从来不曾体会过的感觉，此刻，让她如此清晰地切身感受，内心产生的极其强烈的割裂感。一种在肉体上同样明显的、随时都有可能发生的、赖以生存的一切相割裂的感觉。但她同时也透彻地明白，哪怕这种割裂就要发生，周边的一切也不会消失，因为人除了是这个世界的一分子之外，其他的，什么也不是。对于罗娜来说，就像世界没有尽头一样，生存的希望也那样缥缈无形。她如此执着而痛苦地探寻活着的意义，是为自己，还是为那个幼小的生命？

罗娜迷惑了。

雨不间歇地滴落下来。一直没有停，庭院内的草坪上，那些颜色淡淡的草，草茎的尖上闪耀着圆圆的、宛如玻璃般剔透的雨滴。稍一抖动，它们就飞了出去……整个过程太短暂，水滴们还只是开始起飞，还未有飞行的轨迹，就重重地摔落在地面，四面八方飞溅，破碎无形。

目送着水滴的消亡，罗娜想，莫非自然界真的不会对自身留有遗憾吗？这些逝去的，难道真的可以被这么轻易地抛开，这么轻易地被遗忘么？

热。

从宝华禅寺出来，罗娜回到了自己的家。她家住在镇上。这个镇在河的上游，离入海口不远。镇里有多个自然村，因为领地的问题，村与村之间总为些鸡毛蒜皮的小事争吵不休，有时还上升为肢体冲突。

罗娜生活的村子就在滩涂边，早些年，本村人都还在村里生活的时候，邻村一富户在两村交界的地方修了一座亭，说是用于祭祖，这惹恼了本村人，每至祭祖前后，两村必有一场械斗，全村都如临大敌。这些年，随着村民们外出务工求学的越来越多，村子里生活的本村的人越来越少，大多都是留下来守着房子的老人们。那个亭子也就不了了之，至今仍扎眼地杵在两村中间。时间一长，仿佛也没人记得它的来历，以及那段血腥历史。村子里来来往往的，都是附近工厂上班、租住在这里的年轻人。罗娜是为数不多的本村人之一，她和她的儿子若若，都是地地道道的本村人。

罗娜怀孕的时候，男友已经不知所踪，为了能把孩子养大，罗娜不得已回到了村子里，依靠父母生活。出生的第9天，若若被诊断出得了"婴儿癫痫伴游走性局灶性发作"，"这是一种罕见的癫痫症，得病的孩子，发育落后，生命也不会长久。"医生这么告诉罗娜。罗娜面无表情。她的悲恸已经在昨天若若出生的第8天时就用完了。若若在出生第8天时第一次发病，他的手脚突然开始抽搐，不停地抖动，罗娜一把抱起若若发疯似的往外跑，一直跑，一直跑，边跑边大声喊："谁来救救我的儿子！若若，你醒醒，你理理妈妈！"她是一口气跑到镇医院急诊室的，孩子被护士接过去送进急诊室后，她才发现脸上出的汗像水洗过一样，头发散落下来，皮筋也找不到了，脚上鞋子跑掉了一只，睡衣里空荡荡的，没来得及穿文胸。罗娜一屁股坐在了急诊室外面的木椅子上。天很热，急诊室里空调功率有限，蚊子在罗娜手臂和小腿上咬了好几个大包。罗娜又急又恼，她完全不知道自己该怎么办，这种突如其来的病症让她束手无策。她甚至想，她是该哭出声来，还是该来回不停地走动，或者是先去洗把脸，梳梳头，又或者是先找个角落躲躲。直到孩子从急救室出来，罗娜还是一副发懵的表情，躯体僵硬着，保持着刚坐下时的那个姿势。

在这一天后，这个冗长的病症，就像恶魔一样，紧紧纠缠着罗娜。

罗娜上了楼。母亲示意她，若若睡了，让她也去休息。但她睡不着，她打开手机，点开了这个叫"希望尚在"的微信群。果然，往上翻查阅未读信息，大概有十多条。

群里又有一个孩子离开了。罗娜的心一下子被揪紧了。她感到全身发冷，一想到去世的孩子会被推进熊熊大火里烧成灰，再取出来放在一个小盒子里，最后放入那一个小坑里。她的心就像失重了一样恶心想吐。那些坑幽深、无底，四处都有虫子爬行，啃噬，上面填满了散发着死人气息的泥土。

群里每个人都送了一句祝福。大致意思都是"愿天堂没有病痛""对孩子来说，这也是一种解脱"之类的，既安慰不了别人，也安慰不了自己，只是一种形式。罗娜没有发言，她还沉浸在铲子、深坑、黑土这些词语中无法自拔。送完祝福后，群里突然变得很安静，没有人接话。罗娜发现，这个妈妈早已默默地离开了群，大家的祝福她全部看不到，或许她也根本不想看到。这种不幸的环境，她多一秒都不愿意再感受了。罗娜完全能理解她这种感觉，有时候她也会冒出一两个可怕的想法，孩子死了，就解脱了么？就能开始新生活了么？那个在单薄褓裸里的饱受疾病折磨的瘦小身躯，他能活下来么？我真的能解脱吗？想到这里，她眉头紧锁，浑身哆嗦，使劲摇了摇脑袋，努力把这些可怕的念头甩出自己的脑袋。

　　若若醒了。

　　母亲下楼做饭去了。房间里就剩下了罗娜母子。罗娜望着若若，他已经快两周岁了，却仍然是个一声不吭的孩子，就像现在，他一言不发地盯着天花板，眼睛瞪得像铜铃一样，眼里看不到任何生气，只是那么空洞洞的，直射前方。罗娜伸手在若若眼前摆了摆，若若还是没有任何反应，罗娜再次忧心忡忡起来。她用手轻轻抚摸若若的脸，触碰着这个可怜又孤独的小身躯，若若直挺挺地躺着，像一块石头一样一动不动。她又抓起若若的小手，干瘦，手指修长，手指关节处皮肤红红的，指甲也有些长。罗娜拿来指甲刀，认认真真地给若若剪指甲。若若的眼睛还是冷冰冰的，四肢还是软绵绵的，虚弱无力。罗娜把脸别过去，她不想看到这画面，俯身去亲吻若若苍白的额头，又拥抱了一下。然后起身，将椅子移开一些，坐上去，疲惫地闭上了眼，想象着将来要发生的事情。有些事情不可避免，比如死亡，也许今天，也许下个月。但即便知道，却无法和生命轻易说再见。罗娜又感到一阵恶心。她摸了摸自己的下巴，倚在柜子上睡去。

　　梦境里，有一艘大船。在每家门口经过、停靠。每次舱门打开，就会有一个孩子爬上船，与身后的人们一刀两断。孩子们头也不回地踏上了通往彼岸的船，没有挥手告别，显然意已决。在孩子们的中间，罗娜看到了若若，他已经是五六岁左右的身高了，他像石头一样孤独。他自顾自地迈着小步子在船上跑来跑去，不停地抡起胳膊，好像是在把周围的小飞虫赶跑，他的手掌像小扇子，手指的关节处被咬得通红，指甲也好像很久没有剪了，长，且有污垢。他骨瘦如柴，头略向前探着，像是想吸食什么东西。宽宽额头下面，一双冷冰冰的眼睛。他就一直跑，一直跑，罗娜喊他停下，他也不理会。周围的孩子都没有理会他，他也不理会周围的孩子。所有的孩子都像经历了大饥荒一样，骨瘦如柴、虚弱无力。罗娜咬住了下嘴唇，她身体里涌上了一股连她自己都不知道的力量，在刺激着她。是血腥味，那种在盆里装着的强烈的血腥气息！船从滩涂开走了，不幸却没有带走。罗娜笑了，笑得像个疯子。

"若若！若若！"听到声音，罗娜发沉的眼皮子抬了抬，一个声音从虚到实。若若！罗娜反应过来，猛地睁开眼睛，看到母亲已经把若若固定住，若若的眼球水平快速运动，一眨不眨，口鼻四周发绀，上下肢有节律地抖动。罗娜慌了，一边喊着若若名字，一边紧紧抱着他。眼泪就这么哗哗地流下来了。时间按秒计算，一秒一秒游走，约几十秒后，若若的身子软了下来，他头往后仰，身子很沉，全身发汗，舌头歪在唇边。

罗娜长出了一口气，瘫坐在地上。母亲把若若嘴边流出的口水仔细擦去，对罗娜说："今天已经发病两次了，这样下去可怎么得了！你看看，这么严重啊，若若肯定很痛的！这孩子，遭罪了！我们家这是造了什么孽……"

罗娜抬起头，看到母亲正在抹眼泪。她没吭声，她已经没有力气吭声了，身体正在慢慢变得混沌，意识也越来越模糊，罗娜仿佛看到若若在黑暗中做了个鬼脸。这一刻的感觉让她意识到自己有多么无力，"我无法把握住命运。"罗娜对自己说。命运就像一个发光的球，此刻正在她面前，在黑夜中缓慢地旋转。她伸手去触碰，感受着它的温度，如果没有若若，没有癫痫，没有男友。把这一切都抛开后，她发现前面只有一无所有、漫漫无际的未来。这个世界对于罗娜来说，要么是一切，要么什么都不是。

罗娜想了一晚上。在凌晨时分，她鼓起勇气拨通了那个电话。

"我想好了。我同意。"

包裹到镇上时，罗娜正守在邮局门口。她太小心了，每天都要查询十几次包裹的去向，生怕遗漏了一条消息。取包裹的时候，罗娜的脑门上冒出了一层细麻的汗，签字的手也开始颤抖。

"你还有外国朋友啊。"柜台的姑娘问道，眼里多的是羡慕。罗娜一惊，也顾不上回答，抱起箱子慌乱地转身快步走出了邮局。

她走在坚实的道路上，但仍然每一步都踩不稳。不久她便进入集市，前方的路开始变得如丝带的交错扭曲，她一手抱着包裹，一手卖力地清理着沿途的各类障碍，推开了各式各样的电动车，无所顾忌地踩踏着随地丢弃的包装盒和纸巾，跨过那些小板凳和声浪翻天的人群。

这条路她太熟悉了，逢五逢十便会有集市，起初是本村的人在这里摆摊，后来不知道为什么，周边地方甚至外地人都汇集过来，规模越来越大，从一字形到七字形，最后几乎把几条马路都占满了。因为市集不收摊位费，卖的自然比菜场便宜，来买的人也越来越多，最后本村人反而只变成了一小部分。罗娜出家门必穿过市集，她知道哪里摊位多，哪里路面脏，哪里经常堵，但她现在不想管它们。她没有时间。她紧着赶路，像是有大事要完成，有计划要执行。当她走出市集时，太阳已经升得老高老高了，天空高远，没有云朵，只有一条轻薄的白色纱巾装饰着蓝色的底纹，像是半遮面的妩媚。这条纱巾能带给罗娜安慰，至少，不必直面明晃晃的太阳。

市集的尽头是罗娜的家。罗娜把箱子放在了桌子上，像是对待一件圣物。箱子的封条上，标注着一些英文，也有中文。罗娜小心翼翼地把标签和封条撕掉。做完这些后，她仿佛大汗淋漓，一屁股坐在了凳子上。她取回了包裹，但她仍然有些反应不过来。就这样，独自一人，傻呆呆坐着，看着包裹，跟自己一遍又一遍说，没事的，马上就会好起来的。父亲进来，关门时发出了声音，但罗娜丝毫没有反应。她的心思在包裹上，正一个劲儿地对自己说着同样的话。会好的，一切都会好起来的。这些字眼萦绕在她的脑海中，找不到出口。她想到了群里刚过世的那个孩子，他走的好孤单，像梦里一样，光着小脚丫，踩在那艘船的甲板上，在他的周围，几只飞虫在飞舞着，不断靠近他。在他头顶，一望无际的天空中空无一物，没有云、没有鸟、也没有飞机，什么都看不见。船走了。空无一物的海面。光秃秃的礁石。那些坑，最终会是孩子们的坑。罗娜从心底里讨厌这种感觉，她无声地落下了泪。

　　下午，罗娜把箱子寄了出去，回来的路上，市集已经散了，五颜六色的袋子、包装盒扔得到处都是。罗娜挺直了身子，双手插裤兜，踩着这些垃圾，走出了一条直线，心里轻松极了。天气暖洋洋的，有些睁不开眼。她闭上了眼，感受着阳光笼罩在身上的感觉。她不再犹豫，上船，还是上岸。就在昨天，她还认为自己既上不了船，也上不了岸，然后，她笑了。从昨晚起就感觉到的那种内心烦躁不安的情绪，这一刻，仿佛烟消云散，惊慌失措转为一种狂热抽动，让她充满力量。

罗娜挺直了身子，双手插裤兜，踩着这些垃圾。

氯巴占。

"自 20 世纪 80 年代起，氯巴占在超过 100 个国家被用作抗癫痫药物，早期的临床研究结果表明，有一半以上的患者癫痫发作频率超过了 50%，氯巴占最常见的不良反应，为嗜睡或镇静。"罗娜看完手机里的这一段，目光停留在"疗效确切，安全性高、耐受性良好"这十几个字上面，因为这些字眼，她的内心得到了极大的慰藉。

若若躺在小床上，安安静静，他双眼乌黑，圆圆的小脸白得像纸。一个孩子的脸竟然能苍白到这个程度，看去有点吓人，让罗娜的心都揪了起来。

脑萎缩、全面性发育落后。这是医生给若若最多的诊断。罗娜不自觉地摸了摸若若，瘦骨嶙峋的身子，没有反应。罗娜轻轻叹了口气。

电话响起。

"明天上午包裹会到，记得去拿。"来电的是个男人，嗓音有些低沉。

"那个……我想问一下，我查过，也问过，氯巴占是管制药品，我们这样做，是不是犯法的？"罗娜忍不住问。

"这个你不用管。"

"怎么不用我管？"罗娜提高了音量，然后意识到父母还在外屋，又压低了嗓音，"怎么不用管，现在是我在收包裹，我！"

"不会牵连你！"男子的声音也恼怒起来，"收包裹会有什么问题？要是有问题，海关那儿就会退回去了！"

听了这话，罗娜不吭声。

男子又继续说：“再说，我们也没有倒卖，我进货价300元，给你也是300元，没有赚你一分钱，其他人，我也只是加了一些杂费、手续费、邮费什么的。我都没赚钱，说我违法，凭什么呀！”

好像有道理，罗娜找不到反驳的依据。

“那你能寄自己家么？”她尝试着开口问，“我总觉得不踏实。”

“我一个人地址不够用啊！又不是你一个人在帮忙，大家都在收货啊！你想想，我这是为了谁？为我孩子，也为了你孩子，是为了群里那10个孩子啊！”

如果说前面罗娜只是好像被说服了，那么，提到“若若”，罗娜心里最柔软的那部分瞬间被扯疼，也因为这句话，罗娜彻底不吭声。

电话挂断后，对方发来一个红包，表示感谢。罗娜思考了一下，退了回去。罗娜说：“我不需要感谢，我做的一切，都是为了若若。”

发完这句话，罗娜难过地闭上了双眼。脑海里闪过若若的苍白的脸，白而细的四肢，尖尖突起的膝盖。她的心渐渐平静下来。若若的脸蛋在她脑海中清晰起来，小脸蛋上甚至能发现若有若无的微笑，在若若的微笑中，她也坚定了内心。

“1周岁零4个月，偶会翻身，独坐几秒，追物不好，偶能笑。生酮饮食。氯巴占，未观察到发作3个月。”医生在电脑上边念着敲打键盘，在电脑上输入这一段文字后，扭头问罗娜，“还有什么症状吗？”

罗娜刚想说，仿佛又想到了什么，摇摇头。医生点头，把单子交给罗娜："还是那些药，德巴金口服液每天 160 毫克，左乙拉西坦口服溶液每天 300 毫克，妥泰每天 62.5 毫克，氯巴占每天 2.5 毫克，对了，生酮饮食不要断。"

"这个……"罗娜鼓足勇气说，"如果没有氯巴占了，还能有其他药代替吗？"

医生闻言，抬起头来，盯着罗娜看，约摸半分钟的样子，他很严肃地问："为什么要断呢？是因为太贵吃不起吗？"罗娜摇摇头。医生又问："那是因为担心副作用吗？"罗娜又摇了摇头。医生搞糊涂了，干脆问罗娜："这也不是，那也不是，那到底是为什么？"罗娜欲言又止。

医生叹了口气，把鼻梁上的眼镜取了下来，再从白大褂口袋里掏出一块眼镜布，边不紧不慢擦拭着，边说："要说替代，也不是不能替代，你看啊，像氯硝西泮，你拿去替代也是可以的，这个药国内正规渠道能买到，价格也比氯巴占便宜很多，但它的副作用很大，治疗效果也不如氯巴占。"

罗娜咬紧了下唇，依旧没有吭声。医生瞥了她一眼，继续说："当然，氯巴占倒也有副作用，可能会成瘾，用药剂量控制不好，也可能死亡。但药物也好，手术也好，都存在一定比例的风险，我们做医生的，肯定要把可能发生的一切告知你们，你们自己做选择。"

罗娜强忍着，没让泪水滴下来。她慢慢把头低下，双手作握拳状，放在了大腿上。

医生擦拭好眼镜，重新戴上。他仔细端详罗娜许久，最后轻叹一声："一年多了，放弃吧，别折腾了，你痛苦，他也痛苦。说难听点，最后都是白费钱，没有任何意义。"

罗娜终于忍不住，控制不住眼泪，不住地往下流。她轻声呜咽着，咬紧嘴唇，努力不让自己哭出声来，过了几分钟，她努力让自己平静下来，深呼吸一口，起身，对医生深深鞠一躬。出诊室门的时候，她伸直双臂放在身侧，收腹挺胸，走了出去。

出医院的时候，天空下起了雨。罗娜没有带伞，但也没有躲雨的意思。很快她就被打湿了，湿漉漉的头发柔顺地贴在后脑勺，衣服和裤子也打湿了，一片一片地贴在她身上，水滴从她脸上滚落，一滴滴，成了线，她的眉毛、睫毛、鼻尖和嘴唇处，都沾染了晶莹的带着雾气的水珠。罗娜的鞋子踩在路面上，小水坑被溅起带出的水发出轻微的"噗噗"声，打破了空气中的宁静。街上已经没有人了，也没有车的声响。很快，罗娜大笑起来。笑声打碎了深夜的沉寂，她的表情也开始变得生动起来。

她回过头看着不远处的医院，回想起无数次送若若住医院的场景，那些浑浑噩噩的日子，她只觉得眼前发黑，什么也看不见。那已经是一个陌生的地方，她什么也认不出来了。只要走出医院的大门，身后就是另外一个世界了。太好了，她已经走得够远了，她再次转过身，缓慢地前行，她的脸部、颈部、手背，这些裸露在外的皮肤上，泛出了一些红疹子，看起来是过敏所致。嘴唇颜色也渐渐变深，有点像陈旧的血凝固的黑紫色，但她感觉到浑身充满力量。这个时候，口袋里的手机发出强烈的震动。罗娜清醒过来。她出来太久了，若若一刻都不能离开人，无论白天还是晚上，她得赶紧回去。

罗娜的呼吸声加重，她开始脱去衣服。湿透了的衣裤黏在身上，脱起来很费力，让她花去了太多的时间。她光着身子，简单冲洗了一下，从衣柜里取出一套干净的睡衣套在身上，钻进了被窝。

她感觉到冷，浑身哆嗦。不一会儿，寒意退去，一股热浪袭来，包裹着她，她全身的酥麻感让她昏沉，不再寒冷。各处关节的酸痛感，让疲惫的她周身无力。她缓缓闭上了眼，表情诡异，她又做梦了。梦里，若若又爬上了那艘船。他灰黄色的头发细软细软的，耷拉在脑袋上，面部表情极为平静，一副睡饱了的样子。他向罗娜伸出自己干瘦的手。罗娜想抓住他，但犹豫着没有伸出手。若若和平时看到时穿的有所不同，素净的衣服和裤子，瘦弱的身躯在宽大的衣裤里晃动。皮肤上清晰可见青色静脉。他对着海藻挥挥手，也对着罗娜挥挥手。罗娜对若若的反应惊喜万分，也回应了他。若若突然朝罗娜做了个鬼脸，然后悄无声息地离开了。罗娜突然像疯了似的大喊大叫，沿着滩涂奔跑，她伸出双臂，想拉住那艘船，跑着跑着，双手握成了拳头，但船的速度一点也没有减慢，直直地开向更远的大海。罗娜没有放弃，一直跑，一直跑，跑到了沙滩的尽头，直到茂密的荆丛挡住了她。她拨不开荆丛，而且她太累了，双眼突然闭上，直挺挺地倒了下去。她已经没有力气叫喊了。她睡着了。

有人在用力摇晃罗娜的肩膀。罗娜晕晕乎乎地醒来，努力睁开眼睛，看着靠近她的这张脸。是父亲。"终于醒了，"父亲说。罗娜又扭头去看另一张脸。是母亲。双眼已经哭肿，一副伤心欲绝的样子。突然心底里生出一股巨大的恐惧感，攫取了罗娜的心。她拨开了父亲，看到若若的小床，已经空了。罗娜惨叫一声，父亲将罗娜的头埋进了自己怀里，他眉头紧皱，快挤成一处，不断地拍着罗娜的肩膀，苍白无力地安慰道，没事，没事。罗娜发出来困兽一样的声音，在父亲怀里拼命挣扎，父亲用力地抱住她，母亲也站起来，粗暴地压住了她的肩膀。罗娜身体动不得，只得用双手拼命地推搡，拍打父亲。

她冲了出来，气喘吁吁地在街上跑着，一路横冲直撞，所有挡路的、慢悠悠的、快速行进的人都被她撞倒。她甚至超过了那些在骑车的人，跑了一段后，她停了下来。她不知道自己要往哪里跑。她躬下身子，双手扶膝，环顾四周，锻炼的老人，散步的中年人，形色匆匆的青年，还有蹦蹦跳跳的孩子，他们仿佛把罗娜围在了一张大网的中间，让她动弹不得。罗娜的太阳穴突突直跳，浑身上下都疼了起来，好像这些人一直在用拳捶打她一样，让她这副已经身心俱疲的身体在嚣张嘈杂中渐渐失去了知觉。沮丧的情绪漫上了她的心，她的耳边有个声音一直在说："氯巴占，氯巴占，找到氯巴占！"她想起了母亲痛苦不堪的脸，父亲疲惫沉重的身影。还有若若顺从的样子。她无力将若若挽留——她连最后一点力气都消失殆尽——她囿于那黑色的罪恶中。她咬紧了牙齿，却无计可施。她甚至都不知若若被带去了哪里。

罗娜想起若若犯病最严重的一次。若若的出生的第25天，是个炎热夏日的晚上，罗娜坐在若若旁，摇着扇子。不知道为什么，这天晚上她有些没来由地心慌。九点刚过，原本这个时间已上床睡觉的她，因为这阵心慌，一直没有去睡。突然，若若毫无预兆地挺直了身子，像被电击了一样，挺一下，再挺一下，一下接一下，规律地弹起。眼睛往上翻，只剩眼白，不停地翻动。罗娜慌了，大声喊："若若！若若！"父亲听到声音，开门出来，见状指挥罗娜说道："你快抱若若出门，出门口直线跑，到邮局门口，我打120，争取时间，我们在那里会合！"

罗娜点头，又摇头，突然想起什么似的，抱起床上的若若就往外冲，母亲赶忙把一条纱巾盖在若若脸上："别着凉！"母亲的最后一个字还没说出来，罗娜已经抱着若若跑了出去。

天上飘下了毛毛细雨，罗娜边跑边一遍又一遍喊："若若！若若！你醒了！你理理妈妈！若若，你不要吓唬妈妈啊！"然后她又朝四周大喊，"有谁能救救我的孩子！救救我的孩子！"深夜里，她的声音破碎颤抖，那种孤立无助，已经到了极点。

她跑得很快上气不接下气，很快就跑到了邮局，呼啸而来的救护车也到了。护士把若若抱上了车，平放在车上的急救床上，把若若的头侧向一边，给若若做了输液，并问罗娜："什么情况？详细说。"

罗娜爬上了救护车，坐在若若身侧，握住了他的小手："他有癫痫，他……经常手抖，口水多……会流出来……"罗娜已经慌张得无法表达。护士看了一眼医生，医生补充问："今晚发作了多久？""一发现就抱出来了，"罗娜口齿不清地说，"他一下子抖起来，我马上就发现了。""那大概5分钟左右，"医生自言自语着，又像是安慰罗娜般，说，"5分钟没事的，时间很短，不会对孩子的大脑产生什么影响。"

救护车上冷气打得很足，罗娜一阵阵发冷。液体顺着透明的管子，流入若若似有似无的静脉。若若平静了下来，不再抽搐，眼皮子也合上，睡了。罗娜慌乱的心也慢慢平复了下来，她发现自己还穿着睡衣拖鞋，眼镜也忘了戴，因为抱着若若太紧张，全身肌肉都僵化了，现在只感觉到酸痛。"若若会痛吗？他手都抖得那么厉害。"罗娜想着，也不敢往深里想，怕自己接受不了。

这是罗娜第一次来到这家县级医院，现在，站在路中央的罗娜，和若若那一次发病时一个样。穿着睡衣，鞋不知道哪儿去了，也许跑出来时就根本没穿，眼镜也忘了戴，全身肌肉因僵化而无比酸痛。"他是我的孩子啊！是我亲生的啊！为什么这么不公平！我要让他活下去！"她愤怒地大喊，把心里的委屈、痛苦、悲伤一股脑儿发泄出来。"为什么他们都能那么冷静地说解脱？我做不到！"罗娜的眼泪破堤般汹涌漫出。她知道迟早有那么一天，但当这一天来临时，她依旧无法接受，她悲痛地问自己。"怎么可能不难受呢？解脱了就不难受了吗？为什么都在说谎！"罗娜拼尽全力地喊。

到最后，罗娜再也喊不出声音来，她无力地垂下了头。她不明白，为什么同样是生命，上天就不能让若若活着？折腾了几个小时，喊到声音嘶哑、累到虚脱的罗娜只感觉到天旋地转，痛苦和心酸剥离后，只剩一份苍凉，和茫然无措。

罗娜转过身，一步、一步往家里方向走去。她的每一步都很疲惫、很沉重，几乎是从路面上拖着身子过去的。她心里不断提醒自己，我要回家，回家，找到氯巴占，找到若若就没事了。短短的几十米路，罗娜花了半小时，才艰难回到了家。

家中一楼大厅里站着两女一男。其中一个女人大约四十多岁，另外两人都很年轻，看起来不会超过三十岁。男人掏出一本证件对罗娜说："你叫罗娜吧，我们是镇派出所的，这是我的证件，有点事情，想问你几句，请你和我们一起到所里去一下。"说完，男人上下打量了一下罗娜，然后对年纪大些的女人说："王姐，带她去换身衣服吧。"

叫"王姐"的女人点了点头，然后示意那个年轻女人和自己一起，两人一左一右搀扶着罗娜，稍微用了点力，几乎是把罗娜架到了自己的房间。她们给她找了一身干净的衣服，帮她换上。又帮她简单梳了下头发，扎了个马尾，再把眼镜给她戴上。罗娜全程毫无知觉，行尸走肉般任由她们穿戴，一声不吭。

穿戴好，她们又扶着罗娜出来。罗娜的父母正在大厅里和年轻的男民警说话，语气中尽是焦虑的情绪，父亲握着母亲的手，母亲的肩膀在不断颤抖。最后，母亲转过身对罗娜说："没事，别怕啊，这位警察同志说了，只是去问问话啊，没有其他的，马上就可以回家。"说完，母亲的眼泪流了下来，让她已红肿的眼睛，更加红了。罗娜父亲也上前，用力握了一下罗娜的手。

"我的氯巴占呢？"罗娜问。母亲上前抱住了罗娜，说："别害怕，没事的，等下妈妈去接你。""我的氯巴占呢！"罗娜吼了起来。两位女民警马上上前拉住了罗娜的手臂。罗娜使劲地甩，没能甩开。她深呼吸一口，面带恨意。男民警说："走吧！"罗娜面无表情，被两个女民警带着，上了他们的车，男警察开车，罗娜坐后排中间，两名女警察坐在罗娜一左一右。车子发动后，罗娜恍惚中听到那个叫"王姐"的女警察对她说："考虑到村里的复杂性，也考虑到对你的影响，我们没有开警车，也没有穿警服，也没给你铐上，你不要有太多心理压力。"罗娜没有回答，她听着这声音仿佛从外太空飘来，陆陆续续几个字飘进耳朵，听起来很不真切。

他们带罗娜进了派出所，来到一间房间。房间看起来很简陋，只有一张大桌子和几张凳子。罗娜坐在一侧，这三人坐在另外一侧。

男警察看了一眼手里的资料，报了罗娜的名字和身份证号码，罗娜不应。见罗娜眼神呆滞没有任何反应，男民警轻轻地叹了一口气，拿起桌上的一盒药，在罗娜面前晃了晃："认得吗？这是什么？"

罗娜突然伸手，像只伺机而动的猛兽一样，一把把药抓进自己的怀里。男警察一时不备，被罗娜抢了去，有些恼怒，正要发火，一旁王姐按住了胳膊，示意他冷静。王姐对罗娜说："罗娜，事情我们都知道了，你和我们说说吧。"

罗娜翻来覆去地看着药盒子，一遍一遍抚摸着盒子上的英文字，眼泪瞬间涌了出来:"氯巴占,这是氯巴占。有氯巴占,若若就没事了。"

"罗娜!你清醒点,老实交代!"年轻的女民警忍不住了,大声呵斥道。罗娜低下了头。良久,她抬起头,泪眼婆娑地问民警:"你们说,我是坏人吗?"

对面的王姐长长地叹了一口气,她伸出手,把罗娜的手握在自己的掌心:"罗娜,你知道吗?氯巴占是国家二类管控的精神药品,它是会上瘾的,如果购买者不是为了治病,而是贩卖,那其实就是贩卖毒品。"

罗娜瞪大了眼睛。也许是"贩卖毒品"这四个字太重,一下子压得她反应不过来。她结结巴巴地拼命解释:"我不是,我没有,是若若需要药啊!若若,若若他需要药。"

"你知道有多少人不是癫痫患者吗?像你们这样的真正的癫痫病患者其实是很少的!但你们购买剂量这么大,怎么可能是都用于治病!"男警察的声调提高了。

"对你来说是毒品,可我需要它救我儿子的命!"罗娜大喊道,双手捶着桌面,表情扭曲。王姐再一次握住罗娜的手:"罗娜,别激动,别激动,冷静,冷静。我们知道,你是为了若若的病。但有些人可能不是。所以,你得把你知道的都告诉我们,我们不能让氯巴占去害了那些健康的孩子们。你说对吗?"

罗娜用手抱住了脑袋,不停地左右摇晃:"我不知道,我什么都不知道。我真不知道。有多少人是不需要的,他不会告诉我,我也不会问。我只知道若若需要，若若需要啊！他只是个不到两岁的孩子啊！他不能就这么被淘汰掉！我不甘心，不甘心啊！"她放声大哭。

王姐掏了纸巾出来，递给罗娜，又想了想，站起身来，走到罗娜身边，轻轻拍了拍她的后背，象征性地抱住了她。"哭吧，哭出来就好了。"

罗娜没有被羁押，办了取保，就出来了。王姐很理解罗娜，还把药还给了她。他们和那些其他人一样，不知道若若发生了什么，也不知道这种病会给罗娜带来什么，自然也无法同罗娜感同身受，只能尝试着做一些安慰。王姐把罗娜送了出来，在门口，用右手轻轻把罗娜散下来的发丝夹到了耳后，然后，温柔地抹去她脸上残留的泪痕。似乎是受到了这一举动的感染，罗娜抓住王姐的手，几近哀求地问："你说，我是毒贩吗？是那种十恶不赦的毒贩吗？"

王姐抿了抿嘴唇，对罗娜说："一定要保持冷静，要相信法律，法律不会冤枉一个好人，也不会放过一个坏人。"

听到这些安慰性的语言，罗娜一下子失望了，松开了手，王姐见状，又反握住罗娜的手，看着她的眼睛，带着一丝遗憾说："罗娜，我不能说太多，但是你要相信我们，好吗？"说完这话，王姐余光瞥到，罗娜的父母已经站在了大门口，她将握着的双手移到罗娜的肩膀上，尽可能地用平静的语气说："罗娜，有什么事情，先回家再说吧，不管怎么样，若若的后事，还要你这个妈妈去办。你看看你的爸妈，他们已经经不起更多的折腾了。如果你垮了，你的爸爸妈妈该怎么办？你忍心看他们倒下吗？"

罗娜不吭声。垮和不垮，对她来说已经没有什么区别了，她的身子早就在日夜不休中垮了，能支撑到今天的，是她的精神、意志，是她的灵魂。但是今天，她的灵魂仿佛也垮了，剩下的，是行尸走肉，还是僵硬躯体，都不重要了。

罗娜木然地拿回了自己的手机，朝大门口走去，父母正站在那儿焦急地张望着。看到罗娜出来，母亲朝她使劲挥手，示意她过去。罗娜注视着他们，面部表情还是那副茫然的样子。父亲看看母亲，最终谁也没说话。两人拥着罗娜，仿佛这样的姿势能给予她最大的力量。他们走出派出所大门，一辆公交车驶过，扬起了大量尘土。罗娜的手机震动了，显示有新信息。她打开一看，群里有人私信她。

"你有氯巴占吗？"

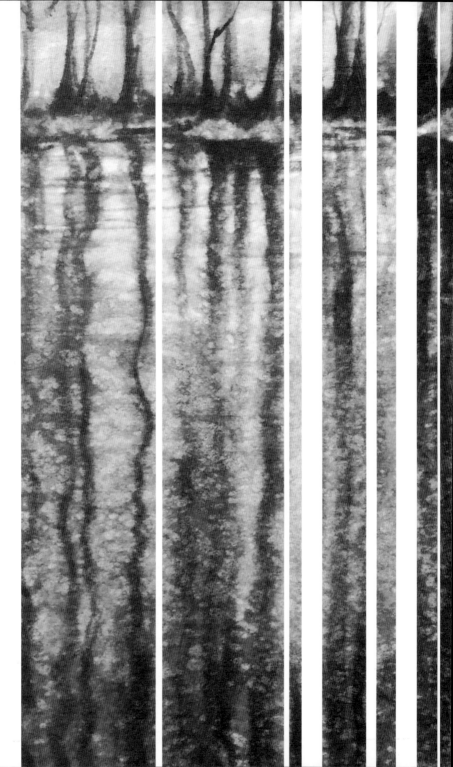

戒指
A ring

罗娜发现房间里有什么东西。

就在卧室门后面。

晚上关上卧室门时，它又藏在了卧室门外的角落。她打电话给在外应酬的林皓，没提这事，只是叫他早点结束回家。为什么不提？或许她觉得，在酒桌饭局上，那个嘈杂的环境下，是根本没办法说正事的。又或许，她觉得丈夫在那种"特殊时间"里是无心听她讲任何话的。"特殊时间"？对啊，当丈夫回家后，半夜那个女人会发信息来问："是否安全到家？"第二天一早又会问："昨晚是否没事？"虽然丈夫也不回，但疑心吞噬了她。什么样的女人会在酒尽局散的半夜给一个有妇之夫发信息？林皓笑笑，耸耸肩，用非常鄙夷的口气回答道："那种女人。"

这个回答并不能让罗娜打消疑虑。她甚至梦到过丈夫在饭局结束后，与那个女人一起回家，纠缠在一起——她想用更坏的称呼——但她说不出口。

电话打完了，她明白这个电话毫无意义，丈夫不可能早回家。但电话又不得不打，例行公事而已。她倚在床上，半眯着，一直到深夜。卧室顶部的大圆灯一直开着，强烈的灯光让她开始恍惚。手在这里，手指在这里，身子像铁或铅一样沉重，脑袋像被搅拌机搅拌过似的。明晃晃的白墙壁上，一只蚊子还是小飞虫什么的，在一片白色上留下不起眼的污点。罗娜想，那么多人里，为什么这事情要发生在她身上？真的，不仅发生在她身上，也发生在林皓身上——不过林皓一无所知。或许他知道？他在某会所的酒桌上，迷糊之间隐隐有些头绪？他在二十七层的办公室里，成功挤掉对手长出口气的片刻，模模糊糊知道？

不管是小时候还是现在，罗娜所待的家里，从来没有什么"东西"过。在父母家的时候没出现过——她的父母只会喋喋不休地议论邻居、同事、朋友的丑事。也许他们的卧室也有这东西？她从没进过父母的卧室。有一个夏天的中午她睡到迷迷糊糊打开父母卧室的门，趴着的父亲朝她又挥手又骂，吓得她赶紧关上门闭上眼。也许是父亲知道这东西在卧室？他们经常出门度假，当他们不在家的时候她溜进去找过，但没有发现。大概是他们外出时带走了，她想。

刚住到林皓家的时候，她也没感觉到卧室里有东西。林皓家所有房间布置都很简洁，橱和柜也几乎看不到。换句话说，没地方可藏什么东西。现在变得不对劲了，说不上哪里不对劲，但就是不对劲。

午夜过后，林皓回来了。两只鞋向外一甩，换上拖鞋，几乎是倚着墙进了浴室，冲了个澡，然后，用一大块厚厚的浴巾擦干全身，进了卧室。她倚靠在床头等他。脑子里想着饭局、酒局和之后的歌舞升平。想着那些女人的角色，自己的角色。她也应该喝上几杯，让身体轻飘飘起来，脚踩棉花，昏沉酸软？或者吃安定片、放空大脑或看心理医生？

林皓一屁股坐在床上。发沉的身子像一个沙包摔了下来。他把身子往床头移了移，靠直坐了起来，拿出手机，横向，打开屏幕。小小的长方形里，各种色彩在转换。斑斓的光线交叉投射，重叠出暗黑色的轮廓。

林皓看见了。

一个慢慢地、阴险地、势不可挡地移动着的物体。林皓一言不发。他像戴了一个面具，面具后的眼珠子，左右来回动。他看见了。

他装作没看见。

直到他老婆冲他不停地喊叫，他才恢复迷离的神态，嘴上嘟囔着，如果静不下来，又一个晚上的睡眠要泡汤。他完全不提这个东西，仿佛在掩饰什么。罗娜火从心头起，她动作迅速地披上外套，走出卧室，来到玄关，给朋友打电话。她需要找人聊聊这个问题，她需要知道这是"东西"，还是"物体"，或者是"怪物"。通话没过五句，她开始疑惑，情绪开始变糟。

"你是说，我得去看心理医生？"

"不能这么说吧。这当是一种咨询好了。"

"咨询什么？"

"你有没有想过，这些可能是你心理压力太大凭空想象出来的。"

"……幻觉？……幻觉吗？"

"也不是这个意思吧！但你能说清楚那是个什么东西吗？那么大，还在卧室里。"

"丽琴，相信我。"

"这个没法……听着，你也认识的，王老师……"

"脸特别长的那个？"

"不是，是上次讲座结束后一起去吃了自助餐的那个。"

"坐你边上的么？"

"不是。在进门口那一桌，一个人坐着的。"

"我根本不认识他。"

"那你刚才说的，脸特别长的，那个，叫什么名字……我们一起想想……"

"不知道，就知道姓王。"

"反正就是他。"

"可他只是个学校心理咨询室辅导员……"

"没事，没事，他应该也能行的。"

"一个辅导员？"

"你现在还是初期阶段啊。"

"初期？你觉得我脑子出问题了？那东西已经和衣柜一样大了。"

"冷静……好吧，它不可能和衣柜一样大。"

"那你觉得他有多大？"

"……好吧。那我们达成一致吧。就一个脸盆那么大。就这么大，睡觉吧。"

"我觉得不止……你能过来看一下吗？"

"算了吧！都几点了？"

"为什么？我真的已经无路可走了，只有你才能帮我。"

"我怎么帮你啊！这个根本没法帮你，而且，我也真的不方便。"

"我不明白。"

"……"

"为什么？"

"……"

"我只想找到帮助我的人。你应我一句可以吗？"

"你还是去看一下吧。"

"我已经看了它一整天了。不，事实上，是它无时无刻不在看着我。我现在去玄关……我正对着大门……得有人来救我，不能让我自生自灭。"

"好吧，那你告诉我，房子大门后，有什么？"

"唔……"

"说啊，有什么？"

它不在房子大门后，它在卧室门后。

　　"没有！什么都没有！可以了吧！你以为我真的有病吗？我清楚得很。它不在房子大门后，它在卧室门后。如果你以为我都是幻想，那么，为什么我不幻想它在大门后呢？我来告诉你答案，我来告诉你为什么。因为它就在卧室门后，它没有在其他任何地方。"

　　"你冷静点。"

　　"我怎么不冷静了？像你这样动不动不作声是冷静么？而我这样

就是不冷静，就是疯了的表现？也是，事情与你无关，你自然是很冷静，可能现在还有嘲弄和轻蔑的表情。"

电话挂了。电话中传来的挂断声让人心里很不舒服。

罗娜打开了客厅所有的灯。她走到落地镜前，打量自己枯柴似的四肢，苍白的皮肤，它们在夜晚的落地镜里反射着亮光。眉毛、眼睛、睫毛，鼻梁、鼻翼、鼻孔、嘴巴、嘴角、下巴，两颊已瘦到凹陷。罗娜陷入了沉思。肩膀、双臂、腰部、臀部、双眼不由自主地抖动起来。有时候，当你把身体包裹在衣服里的时候，你分不清是哪一部分在抖动，你很难把自己身上的某一部分与整体区分开来，只有你浑身赤裸时，你才能看清楚那些特定的整体、特定的部分、特定的细节。

罗娜转到沙发旁，坐下。又站了起来。

她直挺挺地站在落地镜前。

房间空荡荡的，很安静，偶尔能听到卧室里传来的一声轻一声重的鼾声。卧室的门后面就有那个怪物，可林皓却睡得比以前更踏实、更舒服。他对这个怪物遮遮掩掩，好像在保护一件珍贵的宝贝。罗娜逃出了家，在一楼架空层再次给丽琴打了电话。她有些接不上气，因为她的手、她的心都在发抖。

"丽琴，我什么都知道了！"

"你知道什么？"

"你知道那个'东西'！那个怪物！它威胁过你是吗？所以你没

有办法说实话，你不敢把真相告诉我对吗？你不敢说话是因为它在监视你，它在时刻关注着你的一举一动，对吗？"

"……"

"你怎么了？它在不停长大，我好害怕……你为什么不说话？"

"我不知道该怎么说。"

"你可以小声地说，很小声，很小声它就不会听到了，很小声就只有我能听到。"

"……"

"说吧，丽琴，求你了。"

"好吧，好吧。听着，罗娜。你说的对，那个'东西'……不，那个怪物它在我这里出现了，就在我眼前，但那是好长时间以前的事情了，对，它会长大，但后来就不会长了，当然，当然，它也没有变小。你会慢慢习惯它的存在。然而，你就会当作没有看见它。相信我，只要你当作没有看见，你们，我是指你和林皓之间就会好得多。你明白我的意思吗？那个怪物，之前它的确是在我家，但现在，它跑到你那儿去了。你明白吗？你得试着装作看不到它。"

"我做不到……"

"听着，罗娜，听着。这不是从来没有见过的怪物。至少，我见过，我知道你的感受，一开始会很难受。没有一个女人会想要看到它的样子，相信我。我原本以为它不会出现在你家，但我错了。当你说它出现时，我知道你会难受，但我没想到你会这么难受。"

"丽琴，为什么你知道这个怪物却不告诉我？"

"天啊，我说了，我不知道它会去你家！"

电话挂了。这回是罗娜挂的。但她心里还是不舒服。卧室门后的那个东西长得太快了，快到让人简直认不出它原本的模样，她想起丽琴和她的丈夫，她的孩子，想起这个变化的社会让她无法再适应。

罗娜和林皓两年前结的婚，一年前搬进这间新公寓。那时一楼的架空层和现在一样又大又空旷，墙上硕大的显示屏里二十四小时循环播放着风景片。罗娜从白领变成了全职太太，她开始落在了时间的后面，开始讨厌屋内的装饰，也讨厌屋外的风景。有天晚上，她就这么哭了，谁也不知道，因为屋里除了她没有别的人。

生活没有给罗娜一点点暗示，父母没有给她，丽琴也没有给她。这个怪物就这么毫无预兆地出现了，没有给罗娜反抗的时间，连看清的机会都没有。

该死的架空层，风不断从南北两个方向吹进来，凉，很凉，很不舒服。女人和孩童有相似的地方，他们都很敏感，很脆弱，也很理想主义。他们都爱哭，有时候能哭一整天，他们也爱吵闹，也能吵醒整个城市，也能把整幢房子都给炸了，他们都容易激动容易兴奋，凡是不好的事情总是容易在他们心灵上留下创伤。

罗娜下意识地裹紧了身上单薄的衣裳，外面很黑，和亮堂的架空层形成了极大的反差，也许她看得见，从一开始就能看见事情是怎样发生的，结果又是如何的不可避免，但她心里仍然存着侥幸……仍然在一次又一次犯着同样的错误。罗娜的心颤得厉害，丽琴的结局就在她眼前，但她根本无法读出这里面有什么可值得借鉴的经验，或教训。无论想"丽琴落个什么样的结局"多少遍，也无法得出"自己该怎么办"的结论。

罗娜觉得，自己要疯了。

但就算发疯了，也没有注意到自己发疯了。丽琴也看到那个怪物了，她也疯了吗？也没人注意到她疯了。如果连自己最好的朋友都没注意到，是不是等于全世界的人都已经疯狂了？

罗娜闷闷不乐地上了楼，回了家。

她不知道自己该怎么办。

林皓根本没察觉自己曾离开过家，更不会察觉到她扭曲了，已经无法接受他人的帮助了。

罗娜就这样蜷缩在沙发的角落，她可以感觉到卧室门后的那个怪物又长大了，它长大的速度可真惊人，当它膨胀到门后再也藏不住的时候，它会猛烈地击打、摇晃着门，企图破门而出。

罗娜走到阳台上，又回到了屋内。

罗娜走到卧室的门口，又回到了客厅。

罗娜想离开这里，回到乡下父母的身边，听着他们每天因为鸡毛蒜皮的小事争吵不休，朝对方扔去自己随手可抓到的物品，她害怕如陌生人式地相处，又羡慕井水不犯河水的模式。

她开始进入梦的意识，在梦里，她进入了林皓的身体，进入林皓的大脑，从他身体内部、从他大脑深处企图挖出他的想法。可是她搞不清自己在哪里，走着、寻找着，就迷失了方向。她隐约记得，刚搬进新房子的时候，采光度是那么好，阳台、卫生间、卧室、客厅，哪儿哪儿都有阳光的味道，她迫不及待地把自己的所有物品都搬进来，塞进所有柜子里，让这套房子的角角落落都是她的痕迹。那时候，她喜欢站在阳台上，看着对面林立的高楼大厦，每一幢楼的每一间房，都和自己的房子差不多，四四方方的，很坚固。阳台上的采光最充足，强烈的光线总是刺得她睁不开眼，罗娜每每下意识地伸出左手遮挡在双眼前面时，总是惊恐地发现无名指上的大钻戒深深嵌入在手指的肉里，几乎没掉了戒圈，她拼命想把戒指褪下，但最后永远都是平静、安详的放弃。

　　一次又一次，从无例外。

窗

Window

早晨起来，你在镜子里看到了一个美人坯子的模样。

早晨起来，你在镜子里看到了一个美人坯子的模样，但当你出门走在街上，没有人能看到她。这一切，你并不介意——人们总是假装看不到她，但"假装看不到"不代表她不存在。事实上，她总是和你形影不离。无论你去哪儿，你知道，她一定会陪在你身边。你向很多人讲过她的故事。她果断、干脆、说话富有感染力，知道的也比你多得多。她总是决定了你三餐的内容，无时无刻不在提醒你该用什么态度对待眼前的任务。毋庸置疑，她是充满存在感的，因为她说的总是对的。那一年，你30岁，她也一样。她叫芭比。

　　一晚，在平潭岛的沙滩上，丈夫支起了帐篷，呼你入睡，芭比也在帐篷里，可就在你要同她打招呼的时候，她避开了，从帐篷顶透气网钻了出去，消失在海浪声中。你抑不住悲伤，孤独地坐在帐中，差点流下了眼泪。丈夫问怎么了，你说芭比走了，丈夫问去哪儿了，你指了指顶上的透气网。

她是从天窗出去的么？丈夫问。

天窗？在此之前，你不知道这叫天窗，也不知道人可以从帐篷天窗爬出去。虽然丈夫将你拥抱到自己怀里，但你还是无法开心起来。你最近才结婚，而且你感觉到近来芭比情绪糟糕。你知道，芭比是彻彻底底走了，再也不会从天窗回来了。

芭比走了，但你的生活还要继续，而芭比的消失对你的影响比你想象的要更严重。芭比走后，你记忆的某一部分仿佛被一把大锁"咔嚓"一声锁上，间歇性的遗忘像小尾巴在生活中时时冒出头来，在你记忆中仅存的影像就是芭比的消失。那之前的一切已全都不记得。一切都被遗忘，操场、教室，办公格子间，还有之前的人。

久而久之，你开始怀疑芭比是否真实存在。你说服自己当她不存在，因为你不能接受芭比成为其他人嘴里的玩笑，同时你也明白了，不要轻易对他人说实话。

这是一个男权小社会，女人想生存下来已不容易，想生存得好更是难上加难。骆丽让你明白了这一点。你坐在车子的后座，丈夫开着车。今天是你跳槽到这家大公司上班的第一天，丈夫送你到公司门口，你下车时，骆丽就站在车旁。她将头塞进开着的车窗里，对你说，来，我带你上楼。

骆丽比你年长。你们曾在同一所学校就读，彼此有些面熟。她照顾你，把你当真正的朋友，帮助你成长，并教会你怎样去管理人，你很仔细地观察她在工作中的一举一动，甚至观察她习惯性撇嘴的时候，嘴角是怎样扯动的。现在，骆丽将嘴角长长地拉向脸颊两侧，来表示她对手下那帮男人的不屑。你看得有些目瞪口呆，你不明白骆丽为什么要如此打压他们，他们看起来并无竞争力。

不能相信任何人，骆丽重复道。任何人。

你的眼睛瞥向窗外，你希望快点下班。窗外满是高楼大厦，鳞次栉比。猛烈的阳光从建筑物缝隙中穿透。你仿佛以前从未见过这么大的太阳。空气中的尘埃聚在一起，形成了通往太阳的隐秘天梯。办公间很安静，没有人。一缕缕白色的烟气从男人们的嘴里飘出。在这里，他们呼出白色气体，而我们只能吸入。骆丽抱怨道。这就是不公平，而我们只能接受。骆丽把冰冷的词语，夹在空调吹出的冷气中，呼到你身上。词语被冷气过滤后，冻结成冰块，掉在地上。虽然是炙热的夏天，你依然感到背脊冒冷汗。你笔直地坐在椅子上，害怕自己若是站起来，会止不住发抖。

嗯，你说。声音很小。

骆丽很有自信，我们必须要比他们强很多、付出更多，这样才能赢。

你仔细地听着。她张开嘴又合上。合上后又张开。一张一合的频率越来越快，你的脑子里充满她的声音。你应该这样。你应该那样。骆丽像一只趾高气昂的企鹅，时刻追踪你的工作方式、方法、成效。抱歉，你只能想到企鹅的样子。你原原本本地遵照骆丽的指示去做，从不去想违背她意愿的事，只是为了摆脱骆丽。

你真可怜。这四个字从骆丽咽喉浮起，越过牙齿，冲出嘴唇。我无数次推荐了你，可他们就是不同意升你的职。骆丽的盛气凌人随处可见。

撒谎，撒谎，撒谎。你从胃底到脑袋，一路摇晃着这个声音。你无数次尝试，想要说出来，作为一种反抗。

你真可怜。他们为什么就看不上你。骆丽摇着头表示可惜。

阻碍我的不是别人，是你。

你就这样脱口而出，你自己也听到了。你并不想这样的，是舌头自己发了音……或是胃。不是你。总之不是你。在不知不觉中，这个音就自动溜了出来。就像突如其来的打嗝、咳嗽或是哈欠。

就在骆丽张开嘴准备训斥你的刹那，另一件事情发生了，非常突然。你的手猛地向前伸去，砸了骆丽最心爱的水杯。你听到玻璃杯落地摔成碎片的响亮声音，你看到那只手伸了过去。但你不能确认那只手是你的。那只手脱离了。你完全不知道那只手会伸过去。那不是你的决定。先是舌头和胃，现在是手。你身体的每个部位都在各行其是。那一刻，你的头脑回归了。完了。全部都结束了。什么都不会有了。

可什么都没有结束。生活仍在继续。这段“可怜”时期因为骆丽升任分公司的主管而告一段落。分公司在另一个城市，距离很远。远到让你几乎忘了她的存在。但这段已被忘却的存在像开过火的手枪留下的火药残渣，硝烟反应驯服了你的舌头，那些直截了当的音不再泛上嘴边了。“可怜”时期以那一地碎玻璃渣子作结。玻璃渣子躺在地上，阳光从窗外投射进来，玻璃渣子折射着阳光，一切就像骆丽离开时那般安静。离开了便消失了，脱下旧衣、换上新衣。可这位"好心"女友的撇嘴画面，令你无法从这段"可怜"时期抽离，即使物是人非。即使你已忘却。

骆丽没有告状。也许是她自知拦不住你顶她的位置。也许是因为她升迁了心情不错。某一天你到公司，发现她的办公室已搬空，而她没有和任何人告别。一个离开的人又能说什么。也不会有人想听。

作为人力资源部的主管并不容易。你已经记不得自己有几个晚上没合眼了。你需要助手。你选择了何雪。何雪不到三十，已育有一个孩子。她住在这个城市的另一端的一座房子里，家境殷实，孩子和公婆住，她和丈夫享受二人世界。可公司在城市的这一端。虽然城市不大，但要开到另一端还是得花费很长的时间，因为这个城市没有高架，或快速道，上下班高峰期，开车会很艰难。何雪在公司旁买了一套房，从另一端的偏远市郊搬到了市中心。她买的房子很小，小到只能她独自居住。

何雪是本地人。作为本地人，虽说仿佛拥有了这座城市的通行证——方言，但真正能在这个城市赚到钱的本地人很少。尽管语言很重要。语言决定了人们是否歧视你。

首先，你要在这里站稳双脚。然后，你再决定是后退，还是向前，或者呆在原地。你嘴里蹦出一句话，又蹦出一句话，这些话之间看起来关联，又毫无关联。何雪一直听着，一直眨着美丽的大眼睛。公司里的人都在背后取笑何雪，每当大家讲起她土得掉渣的谈吐，传的最多的是她进公司前面试的回答。

"你觉得你能为公司做什么？"

"这个什么是什么？"

整个公司，从楼上到楼下，从东面到西面，这句话成了所有人的笑料。你却没笑。你把这句话解释为特立特行、独树一帜、标新立异、不同凡响。你以这四个成语为理由录取了她。尽管内心深处你和众人一样觉得她蠢。蠢到家了。也许你需要一个蠢的助手。因为你认为蠢的人会听话。

这个笑料持续了一段时间，足以打发掉你人生中的那段"可怜"时期带给你的不适感。

何雪每天都带一些自己做的炖品来给你。或是甜点。美其名曰："分享"，但永远都是你一个人品尝。她一如你想象的木讷、听话。每次你去她办公室的时候，她总是到门口迎你进门。她讲话的声音很小。交谈时会觉得空气挺沉闷。你坐在她的藤椅里，有时跷起二郎腿，有时干脆把腿搁在椅子扶手上晃荡。没个正形。她始终毕恭毕敬地站着，背对着窗，窗外光线完全包裹住她的身形。只剩剪影。也看不清她的表情。你似乎很享受这样的场景。你觉得何雪很弱，同情心让你有了教她的冲动和责任。

女人很难。同样的职位，我们必须比男人强很多才能得到。你一边思索，一边向何雪抖出一些心里话。那些杀不死你的苦难都将会让你更强大。你盯着何雪，她很瘦小，头发软而黑，直直地垂至肩膀，连衣裙合身地包在身上。你竭力不去注意她。太瘦了。瘦骨嶙峋。一点儿也不好看。你对着镜子里的自己说，这才是美人坯子。

季节在绿黄白色中转换，新的生活覆盖上了旧的。在对岁月增长的恐慌中，你听到了关于你的不堪话语。在何雪的办公室。她轻声轻气转述着。你还是坐着。她还是站着。你抬头盯着何雪，发现根本看不清她的表情。她的身形依旧被光线吞没。但黑暗中出现了裂缝。藏匿的秘密渐渐在裂缝中露出。你的眼前浮现出多年前"可怜"时期的自己模样，与何雪的剪影重叠在一起。她弯下腰，拍了拍你的肩。你看向她，发现她一言不发看着你，嘴角带着笑意，表情温柔平和。你对这笑容似懂非懂。笑容里没有任何含义，没有任何暗示，也没有任何信息。依然是一个很蠢的笑容。这些可怕的传言让你惊慌失措。红晕在你脸颊散开。你将自己贴向藤椅靠背，仿佛希望自己能够消失其间，成为隐形人。

你用恶毒的语言诅咒造谣的人。作为空无的还击。一切仿佛突然静止了。何雪的表情变得冷漠，她就站在你身边，空洞而死静的眼神。你心里重新听到了玻璃杯掉地的响亮声音。你激动地离开了何雪的办公室。离开时，你看到了她办公室里多了一样柜子。不同寻常的柜子。沉重而沉默的柜子。何雪就用这只外表笨重结实不起眼的柜子存放她的东西、她的秘密。

她是有准备的人。她的反抗如此尖锐狠毒，是打算将你打入深渊、渣都不剩的。你明白过来她其实一直就站在那里，等待着，等待着你从她面前走开，直至消失。生存还是死亡？决定权不在你手里。你也许只能无奈接受，这也许就是命运的轮回。

以后的很长一段时间你独来独往，也不参加任何聚会。现今你连出门都很少。丈夫对你的"宅"很是满意。他是个传统的丈夫，需要传统的妻子。你没有告诉丈夫那些中伤你的话，你怕谣言会像钉子一样钉在疑虑上，你们之间从此多了猜忌。

你没有被调离。但你知道目前的状态并不牢靠。因为你不再自信。现在，公司里的人嘲笑何雪时，你会大声笑出来表示附和，但笑声总会勾起胃里那些过多的炖品和甜品的发腻味，这是一剂深藏在胃里的"毒"，和"可怜"时期一样，都是你永远不想再提起的。

你周围的世界发生着剧变，你已经感到自己无法跟上节奏。你在衰退。突然有一天，何雪又进入你的生活。

晴朗的一天，公司和往常一样。又不一样。三两个男同事在何雪办公室。他们把衬衫袖子卷上手肘，把一沓又一沓资料摞起、放进纸箱、打包、搬至角落有序堆放。强壮的手臂因激动而随之鼓胀。这个场面看起来很有趣。你被告知由何雪顶了你的位置。在最后时刻。你是最后一个知道的。他们也许蓄谋已久。但已无关紧要了。年轻职员都到何雪办公室，向她表示祝贺，同时投去羡慕的目光。一整天，大家都嘻嘻哈哈的，仿佛升迁的是自己。欢声笑语、谈天说地。几个原本就话多的此时更是妙语连珠。

尽管早知道会有这么一天，但你仍没有做好准备，伤心和绝望让你远远地躲在角落，注视着这些人的聚会表演。你想和总经理申诉，申诉的内容在脑袋里梳理了一遍又一遍，用词也反复斟酌。每天每时每刻你都在考量这几个句子。但几天的深思熟虑最终让你打消了念头。这很幼稚。总经理也会认为这行为不成熟。再者，最重要的一点就是，时间能平复一切。能带走一切。能遗忘一切。

原本属于骆丽的办公室归了你。现在又换了新主人。一切都结束了……一切都失去了。你能听到很多人背着你窃窃私语，声音时而粗砺阴森，时而聒噪难忍。你的隐私被裸晒在阳光下，淹没在口水里。何雪的办公室里时不时传来咯咯的笑声。你从未听到过比这更贪婪的快乐声音。她在等着你离开。她已经等了很久，不在乎多等一两天。

你急促地喘息，心脏在胸腔中猛烈跳动，仿佛恐惧乍然发作。你猛地转身，何雪就站在你背后。那个瘦小的何雪，一年四季穿裙子的女人。脑子里空空如也的蠢女人，说着一些言不由衷的虚伪语言。你的理解能力开始出现偏差。什么？她说的是什么意思？焦虑之中的你想打断她问清楚，却连一句完整的话也说不出来，期期艾艾，打起嗝来，酸涩的胃酸泛上嘴边。何雪撇嘴，你明白交谈已结束，你不需要再问什么了。这个动作是撇嘴……是玻璃杯掉地上的响亮声，是众人窃语声……

你去的这家分公司和总公司在同一座城市，这让你不必担心和丈夫两地分居的问题。但就因为离总公司太近，它业绩不咋样。这让你头疼。你搬了一小箱个人物品到新办公室。什么都不添置。新办公室在一幢壮观的大楼里。壮观而破旧。这个城市发展的历史见证。方正古板的外观，大门口挂了无数个公司的招牌。看起来像有趣的集市。你的思绪中浮现起陈旧的甚至不太可信的记忆，绫罗绸缎、锦衣玉食，纤纤玉指伴着的不是靡靡之音，而是月光下闪耀的刀光。

很多天以后你才完整地记起骆丽。与骆丽先前一样，你也一言不发就离开了总公司。没人揭发你。你也没有揭发谁。一切看起来都很轻松简单。只是一个常规的调整。

你尝试着坐公交车回家。自从人人有车后，公交变得不再拥挤。但它仍是个市井的缩影。喧闹。聒噪。工作。生活。吃喝。笑的、骂的、哭的。你学会每天带一杯咖啡上车。选靠窗的后排，以便欣赏外面流动的风景。你观察着往来数不清的行人和他们各自的奔波浮躁，心绪如同搁在歌剧院。无力欣赏。

有一天你到办公室的时候，听到众人在高声议论。作为谈论的对象，何雪的形象在他们愤怒的咒骂中轰然倒塌。语言是最恶俗的暴力。你抬头向窗外看去，觉得自己看到了不可思议的景象。一个瘦小的、穿紧身连衣裙的女人被一群人轰赶、推搡，嘴里是愤怒鄙夷的咒骂。

女人失去了平衡，连连后退，做着无谓的抵抗。她的黑发直直垂落在肩上，脸蛋精心打理过。典型的职场白领精英女性形象。这一切到底怎么了？一个这样的女人究竟犯下了什么罪过，才会如过街老鼠人人诛之？为什么没有人来替这个女人说话？

你沉浸于惊诧与错愕之中，过了好一会儿你才发觉，不知道什么时候，芭比回到了你身边。她依旧年轻貌美，岁月对她异常宽容。女人的确比不过男人。很多地方都不如。这是生理上所决定的。女人只能认命。芭比的声音变得深沉，无比深沉，近乎夜一般的深沉。我们必须有底气。我们必须抱紧成团。我们都是女人。芭比永远是那个做决定的人。可这一次，直到芭比靠近，你才意识到，这个深沉的声音是从芭比的咽喉深处发出的。藏着一种不自信的悲伤。你将所有力气放在脚部，突然耸起肩膀，转过身去。

一段记忆忽地闪入思绪。玻璃杯不是被打翻的。你想起来……它是被抓起、砸下的。你发出了一声仿佛源自肉体最深处的尖叫，如同一只被追捕的动物，发出绝望的长嚎。而在窗前，几步之遥，像一直昂着头的公鸡，一个女人居高耸立，伸出下颌，充满威胁而胜利在握。那咄咄逼人的架势，将你和芭比、骆丽、何雪的影子重叠在一起，又张牙舞爪着将它撕碎。

南方，海
Sea in the south

那年冬天，他说要去一趟南方，看冬天的海。

他说这话的时候，阳光正从玻璃房外面射入，暖暖地烤着我们的脸，时间久了，鼻尖部位竟有些晒出油。

他已经很久没有开口说话了，确切地说，是很久没有开口跟我说话。记得上一次与我说话，还是三星期前的那个晚上，从我父母家吃过晚饭赶回自家的路上。他开着车，不经意间来了句："确诊了，是胆囊癌。"

车内光线不好，我看不清他脸上的表情。

患胆囊癌的是他外婆，87岁，之前一直是个阿尔茨海默病患者。这个病说起来也是绝症，因为该病无法治愈，但由于患该病者存活时间较长，大家反而没觉得可怕。

外婆的痴呆程度已到达第三阶段重度期。依赖照护，短期记忆丧失，生活不能自理，常见大小便失禁。一周前，突然开始几乎禁食，只以少量液体维持生命体征，家里人不断打电话给他，电话里个个焦虑万分，却谁也没提及带外婆去医院。

他是家中的长外孙，是唯一一个从那个山沟沟家族中出来的佼佼者，但那个时候他什么也没做，只是一味重复着电话那头人说的话。

"怎么办呢？怎么办呢？"

还是在我的要求下，他们带了外婆去医院。

现在确诊了。

我心里纳闷，此前没有听说病人有胆囊炎或胆囊结石这样的病症存在啊。但我也不能草率下判断，毕竟我没有亲眼看到病人。

可是，无论我是否看到，断定为胆囊癌是事实，以外婆这种身体条件，不光手术不可能，放化疗也成问题，再者，还考虑到患者家庭的经济问题……

"已经确诊了。"他又加了一句，然后静静等待我开口。

如果我面前的只是患者，我会直截了当不带任何感情色彩地说："住院对症治疗，不建议手术，不能吃就营养支持。"

然后由患者或其家属来决定是去是留。

但他是我未婚夫，相处了八年还没有结婚的男人。

"住院治疗吧，无论如何，在家里肯定不行。"

"可是，都已经老年痴呆成那样了……"他摇头，我甚至看到了他嘴角是微微上扬的。

这让我尴尬又恼火。我千方百计不想把这个绝望的结果说得冷冰冰，我小心翼翼措着辞，生怕引起他的不快。可他呢？竟然还有些事不关己的意味。我想到了自己的外婆，想到那个时候她知道自己得了绝症后就开始绝食，不吃东西，想提前活活把自己饿死来减轻我们的负担。这种善良，有时候会让人心酸。可是他外婆目前的状况，也许我们还可以付出努力的时候，他们竟然是这样对待的？

想到这里，一股热血倏然涌上心头。

"哪怕只是延长一年，也比什么都不做要强啊。"我轻轻叹了一口气，又加了一句，"当然，你只是外孙，你做不了主，做主的是你舅舅和你哥，毕竟，钱也是他们出的，你也管不了。"

我说的是实话。

他突然恼了，把手掌重重地拍在方向盘上，吓了我一跳。

"没事吧？"我关切地问。

"假惺惺。"

"你说什么？"我的确没听清。

"你知道吗？我最讨厌的就是你这种样子，这种语气。"

"哪种样子？哪种语气？"

"越来越看不惯。"

"哪里看不惯？"

"哪里都看不惯。"

我开始吼叫起来："你这算什么？你给我说清楚！"

"不要再无耻地问下去了。"他毫无影响,哪怕我拽住了他的衣袖。

"无耻……"我在心里默念这个词，刚才的对话像弹幕一样一条一条在脑海飞过。

他不再吭声，慢慢开始加速。

我除了纳闷，还有生气。

第二天醒来的时候，他已不在身旁躺着。客厅里传来翻东西的声音。我掀开被子，在床沿坐着，不想穿拖鞋并按捺住自己的好奇心，不去理会他的举动。

房间里很安静，安静得只能听到他翻动东西的声音。

他停了下来——只一小会儿——仿佛是在听卧室的动静。但只一小会儿，就恢复了手上的动作。

我太了解他了。他从不对我道歉，也从不会用任何语言或行动来哄我，仿佛只是为了维护他仅有的一点自尊心。

那么以往闹别扭后会怎么样？没什么大不了的，第二天我就会穿上拖鞋走出卧室做早餐，而后他会准时起床洗漱后坐下来吃早餐，早餐后我们就会像没事人一样，生活继续。

可是就在今天，我感到了异常，不仅是他很早就起了床，连我自己，也第一次，有了一种厌烦感。

伴随而来的，是一种陌生的气息。我们共同生活了八年，可在今天早上，他对我来说，变成了一个陌生人，或者说，我对他而言，成了一个陌生人。

我呆坐在床沿，内心无比期望他能再一次停下手中的动作，哪怕比刚才时间更短也好，我便可以拨弄些声音出来，引起他的注意。

无聊的时间让人变得不耐烦。

他没有给我这样的机会。

取代翻动声的，是关门而去的声音。

屋子里空荡荡的，他的表现很奇怪，连是否吃早饭了、衣服是否熨平整了、胡子是否刮干净了、脸上是否擦了乳液或面霜，都不在乎。

在今天以前，这些都是起床后我为他做的事。但在今天，一件也没有。

我开始害怕，但我意识到自己无法阻止"害怕"的到来。

这一天下来，我们谁也没理谁。我赌气地将他的电话号码划到黑名单，同时把他的微信对话设为不提醒。但每几分钟就会忍不住去翻看骚扰电话短信或微信对话一次，得到的，都是空白一片。这种煎熬让我开始怀疑，他也许乐在其中，只有我一个人在承受。这漫长的一天随着天上挂下的墨色大幕，总算快要过去了。可我没有预见到的是，这一天过去，不是结束痛苦，而是开始。

就仿佛丢失了自己的影子，过去的每一天都很痛苦，几乎有了绝望的感觉。

我到底哪里说错了？是我多管了他们的家事？还是他不喜欢我提到他们家没钱？又或是男人自尊心发作了？可是我也没说什么厉害的话呀！

焦虑的情绪包围了整个身子，别再去想他了，不然我根本睡不好。可他呢？他会对我的焦虑感同身受吗？啊，不，不能再想他，告诉自己不要再想他了，忘记他，忘记他。可是我到底错在哪？他自己说这事的时候还不是微笑着看起来不当一回事么？好端端又发什么神经？是我一直以来把他宠坏了所以说不得吗？唉。又来了。真憋屈。

没想到，在这样形同陌路地生活了三周以后，他突然开口跟我说话了。

我定了定神，故意把语调修饰得哀伤又平静："啊，好。"

"去看海之前，我要先回一趟老家。"

脑子里闪过很多画面，我猜测他回家是为了去看望外婆。外婆怎么样了？住院了还是在家？情况怎么样？但我什么也没问，我不想再次触发冷战，只能把这些话都咽下，延续着那一个哀伤的调调。

"哦。"

阳光温暖宜人。

他的手在花花草草上漫无目的地折腾了一阵，眯起了眼，眼角堆起了几条皱纹。

"情况变差了，总喊肚子疼，身上也开始发黄。"

我轻轻地扬了扬眉，这是个难题，并不是指问题本身有多难回答，而是……我得看他脸色来揣摩如何回答。

一种叫悲哀的情绪袭来，让我胸口发痛，我已经沦落到去讨好他博他一笑的地步？

和前一次一样，看不清他脸上的表情。这让我根本不知道是该安慰，还是该不安慰。安慰的话，又该如何安慰？如何使那些安慰的话听起来不假惺惺？

我想起自己进入医院第一年做轮转医生时，有一次跟着主任去查房，一个宫颈癌晚期的病人，女性，四十多岁，消瘦得厉害，只剩下皮包骨头样，腹部的疼痛让她只能虚弱地仰躺在病床上呻吟、挣扎，高热不退的体温让她额头、发鬓、鼻尖、手心都汗水淋漓，嘴唇和身上的皮肤干裂褶皱得像风化了的苹果皮。

家人现在已经是每天来一次每次两小时的频率陪她了，身旁只有一个护工。主任简单询问了一下她的情况（病人已经知道自己的真实情况，医生一般就会直截了当地说病情发展和治疗方案），治疗也还是镇痛剂，外加营养对症支持。说完便面无表情地离开。

在我跟随主任准备起身离开的时候，病人用她枯干的手悄悄握住了我的手腕，语言比动作更有气无力地说："医生，我不想死。"

她手心中不断渗出的温热汗液，渗透到我腕部皮肤的每一个毛孔里，加上长期卧床产生的酸腐味，让我浑身发颤，泪水差点没忍住地滴落。

出了病房后垂头丧气的我忍不住拉住了主任问："为什么您对刚才的场景那么铁石心肠？多可怜的人啊，每个人都不想死。"

主任笑了起来："我说好话，同情、怜悯她，她就会不死？或者说，她就会延长生命存活期么？"

"不会……可是，每个得了绝症的人，都会抱有一线希望的，如果医生那么冷漠，绝望的他们，不是更可怜？"

主任已经回到她的办公室，她坐了下来，向后仰了仰脖子说："针对不同病情及不同阶段选择可能的最佳治疗方案，但是由于个体差异及目前人类对疾病认识的有限性，治疗结果和期望值往往相差很大，换句话说，医生已经尽力。"

主任摘下眼镜眯起眼。她是个五十来岁的妇女，高个子，看起来很壮实。

"我想这些病人也懂，但他们需要心灵的安慰、需要我们感同身受。"我仍然辩解。

"不，其实病人不懂，他们现在唯一懂的，就是网站和电视上那些所谓的先进疗法治疗疑难杂症。病急乱投医，的确是真理，广告害死人，也是真话。你见过哪家正规医院在网上打广告？如果真有什么先进疗法，行业内的医生难道还会不知道么？"

"可您有没有想过，正是因为我们的想当然，不甘心的他们才会不断地寻求出路啊！哪会有人有那么高的境界，平静地迎接死亡？"

"其实对于癌症晚期患者，做到少折腾才能活得久，在预期存活期限前就死掉的病患者，大部分是被吓死的，这个吓，有心理的，也有自己折腾的，哪一种治疗没有副作用？过度治疗消耗原本就虚弱的身体，加快死亡，或者误入歧途听从偏方之类的。癌症是可怕，但更可怕的，是人心。"

主任把眼镜重新戴上："你见过真正的痛苦吗？在可治可不治的选择上，患者本身如能做主倒是好事，若患者本身哪怕意识清醒行动自如却不能做主的，更可怜。我见过儿子带父亲来看病的，听说癌症，哪怕早期可治的，只丢下一句'反正要死的，花那么多钱干吗'，就把老父亲领回去了，那父亲一句话也没说，就跟着儿子进来，跟着儿子出去。你能想象那个时候那个父亲的心情么？他就甘心这么死掉么？可不甘心又能有什么用？这，才是最悲哀的。"

我怔怔地看着主任，她权威、强势、不容置疑。面对这个年过半百的女强人，这个从昨天早上一直站到后半夜，马不停蹄地做了 10 台手术，连喝口水吃口饭都没顾上，现在又强打精神查房开医嘱的女汉子，我真的无从反驳。

他缓缓地站起了身子，把整个身子暴露在耀眼的阳光中，脸撇向一侧，避开了我的目光。

"你觉得呢？"

我回过神来，叹了口气："有去看医生么？"

"医生说，减黄手术有风险，可以做那个……"

"PTCD，"我接上去讲，这是我的专业，一旦提到专业我马上会变成头脑清晰的人，"经皮肝穿刺胆道引流。同样可以减压、减黄，年老体衰者比较适宜。"

"费用呢？"

"光 PTCD 一项费用不贵，也就几千元，但考虑到并发症和其他费用，估计得有个一两万的准备。这点，那边医生应该也是这么说的。"见他慢慢开始开口，我也话多了起来——我一直是个话多的人。

他依旧没有把脸转回来，只是淡淡地说："大舅他们说算了。"

我对这句话完全没有准备。过往那些病人痛哭流涕或可怜兮兮的记忆片刻此起彼伏地涌现。既然算了，你前期铺垫说的那些什么意思？只是说说的吗？怎么能这样呢？不就是钱吗？他们不医，我们来出这个钱好了。

这个话我刚想说出口，又咽了回去。一位我再也不愿意想起的病人浮现在眼前。同样是胆囊癌的患者，68 岁的父亲，有一个儿子，一个女儿，父亲跟儿子住，家境不太好，女儿嫁了人，日子过得不错。

"我父亲做了这个手术，就能治好吗？"这个儿子一脸无知地看着我。

"不能。但可以减轻他的痛苦。"我耐心地解释道。

"那要多少钱？"

"你先准备两万吧。估计用不了那么多，但要备着，防止意外发生。"

"那么说，手术也有可能失败？"

"是的，每个手术都有可能失败。但从你父亲的身体情况和前期检查看来，各方面指标还是可以的。"

"为了这个可能的东西，你叫我花两万？"这个儿子还没等我说完就大声顶撞。他的父亲有些害怕，往儿子身后躲了躲。我扶住这位父亲的胳膊："全身黄起来，是很痛苦的，我理解。"

"你理解什么？你们医生就知道骗钱。"这个儿子拍掉了我的手，拉着父亲离开了诊室，我只能看着老人佝偻瘦弱的身影，颤巍巍地消失在门口。

等他们走后，在一旁一直不说话的女儿，含着眼泪哀求道："医生，还有什么办法吗？不能让我父亲活活发黄发痛到死啊。"

"办法我已经说过了。"我很无奈。

"我弟弟不是不让父亲治，他其实也很痛苦，实在是因为家里穷。"她几乎要流出眼泪，"这费用几乎是弟弟全部的存款了，他觉得给了医院，又治不好，就等于打了水漂。"

"你有钱吗？如果你有，为什么不能尽孝心呢？为什么只指望你弟弟呢？"看着这个穿着打扮都很得体的女儿，我很奇怪。

"你不知道，医生，我虽然过日子过得可以，但拿钱要我丈夫同意才行啊。就算我丈夫同意了，我弟弟也不肯接受的，在农村里，父母是跟着儿子的，女儿拿钱给父亲治病而不是儿子拿钱，让他还有什么面子过下去啊。再说，哪怕我丈夫和我弟弟都同意了，万一治疗中出了什么意外，或者有什么不好的，村里人就会说，瞧，要她多事，女儿嫁出去了还管这么多，结果把自己老子给折腾死了。到时候，我弟弟也会反咬一口，说还不如不治呢。到那个时候你说我还怎么做人？就好像父亲是我害死似的。"

我打断了她的絮絮叨叨："你想多了。可是我还是不明白，你父亲的命重要还是面子重要？在这么关键的时刻，你们怎么还能想到这些别的身外事呢？"

她深呼吸一口，以平复自己激动的情绪："医生，你是独生子女吧！"

我纳闷着："怎么了？"

她喃喃自语道："其实我不想父亲这样痛苦死去，但我只能眼睁睁地看着。因为我没有说话和选择的权利。那句话怎么说？活着的人还得继续活，活着的人才更不容易啊。"

这样的例子还有。我的医术战胜不了病魔，也战胜不了人心，更战胜不了悠悠众口。说医生因此变得麻木，倒不如说见多了"被"失去求生欲望的患者——无论他们生活能否自理，他们的生命在别人手中。

他把头转了过来。

在他转过来的时候，我做了反思。我是诚实的，也应该诚实。无论对病人，还是病人家属。

于是我像是整理着思绪般一字一顿地说："既然大舅有这个意思，那就听从大舅的吧。"

"呵。"这一声，他发得特别轻。

我看着他，炫目的阳光让他的面容开始模糊、旋转，像是万花筒里的魔术光影。我心头突然发虚，有了一种不好的预感。

"你知道么，我就是讨厌你这样。"这番话，他是若无其事地说出来的，却让我大吃一惊。

"自以为是、好为人师、自私自利。"

我开始着急了，辩解道："我是因为见到过太多的案例，所以没办法那么纯粹地和你说我的想法啊。"

"那都是别人。"他走进了客厅，把我一个人丢在了玻璃房。

我几乎要抓狂。是啊，是你外婆又如何？我知道你从小没了父母，外婆一手拉扯大，可又如何？以外婆的身体条件，治疗不一定能顺利完成，我不是怕出钱，我是怕有个意外，怕亲戚们反过来说我们多管闲事害死了外婆，我也怕大舅大哥们会觉得是我们让他们下不来台面，怕好心办坏事啊。到时候，难道你不会迁怒于我吗？

我把我的想法原原本本地告诉他，却只换来了一句轻描淡写的话："这就是你。"

我灰心了。

今天天气很好，外面阳光灿烂，只是我的内心，像是被那个穿着打扮都很得体的女儿，拉入了暗黑海底。

他再一次不和我说话。吃饭，睡觉，上班，下班，我们形同路人。

日子就这样地过去，平淡无奇。忙碌的查房、手术、门诊、病历，压力如山般重，几乎天天都是早出晚归，而且总是很疲惫。也许是这一次的冷战，在心里已有了免疫力，也许是无心多关注生活，总之，我没有表现得像上一次那样焦躁不安。我渐渐开始反思自己，是否在过多揣摩在乎他的同时，丧失了自我。当他有好事，我就得不断表扬，当他遇挫折，我就得不断鼓励，直到偷偷看到他露出笑容才舒一口气，这就是心意相通？

我了解他，他对自己的判断相当自负，当他认定我是冷血的人，无论我说什么，他都认为我是一种自我满足或自我解脱。

不，我不能再迷失了。我告诉自己，无论怎样，我也有自己高傲的人格啊！怎么能被你这么刻薄地一再数落！想到这个，开始隐隐觉得一种不安，内心深处的那个我，声泪俱下。

这样耗了近两周，两周后的一天，家里突然没了他的身影。

我竭力抑制住不安的心情，再次开始焦虑："他是搬走了吗？不，行李都在。那他是去哪儿了？难道出事了？"想到最后一条，我胸口都快要被撕裂开了。

就这样胆战心惊地挨到了第二天夜里，他还是没有回来。人重要还是面子重要？我责问着自己，并快速给他发去了信息：在哪？

等待回信的时间很漫长，我只能用不断地踱步来掩饰我内心的期盼。可是，每一次信息音都落了空。

这样恍恍惚惚梦游一般地到了后半夜，收到了两条信息。

"在守夜。"

这三个字一下子驱走了所有的睡意。

"我绝不相信她已经走了，我连一滴眼泪都流不出来。"

我惊着，不知该怎么回复。节哀？不要难过？有我在？不，这些都太苍白无力了。

正在我不知所措的时候，收到了他第三条信息："我在想，将来我得了癌症，你会怎么对我？"

如果他当面问我，我会焦头烂额。因为我不知道哪个答案会让他满意，也不知道哪一句话才叫不虚伪。幸而现在是信息，语言和文字的差异，有时候会大到让人无法相信。我开始平静地思考，思考着这个没有答案的问题。

"如果真是这样，我一定会和你一起选择一个信任的医生。我也是医生，但因为病人是你，情感会影响我的判断，当我们定下某种最佳方案时，就应该相信并积极去配合。如果真到了无法医治的时刻，便放弃不再治疗，因为已经无治，接下去只能是有害无益。我会珍惜和你在一起的分分秒秒，直到最后一刻的来临。无论你，还是我遇到这样的事，都应该这么做。"

"呵。"在我惴惴不安地等待了几分钟后，他发来这么一个字。

语气中的怀疑简直让人无法接受。"你们都认为，哪个患者不想被治好？但你们知不知道，哪个医生不想治好患者？对医生来说，最怕的就是患者死在自己手里，那将会是他们后半生挥之不去的噩梦。但是，光说那些哄患者的话，就能让他们的病好转吗？让弱势群体更弱势，他们只会更痛苦，更绝望。"

打完这么多字后，我长出了一口气，拇指都快僵硬。这是实话，纯粹的实话。

我一拉被子蒙上了脑袋。平时对患者，我们都会客气地说："只要有一丝希望我们就不会放弃，但若没有希望了也请平静对待。"可事实上没有希望的患者都不会平静。外界说我们无法感同身受，不能站在病人的立场上考虑，可你让健康的医生如何去感知患病的人的感受？所谓感同身受，不过是虚无缥缈的谎话罢了。但现时现刻，如果他意外事故身亡，我肯定会因为无法接受而痛不欲生，但如果他得癌症去世，我依然不能接受，也会非常痛苦。光是现在想到一个"如果"，就感受到如坠深渊般的恐惧。

　　不知道过了多久，在迷迷糊糊中，他回复了。

　　"一个人在死之前，人人都嫌弃她，巴不得她早点死，可死了之后呢？人人都口口声声说爱她。为什么？因为人死了，就只留下了好。说起来，这真可笑。"

　　第二个周六的下午，他终于回来了。

　　满脸胡子拉碴，身上穿的那套运动服，皱巴巴的，乱蓬蓬的头发，脏兮兮的脸。我开门时，他露出了一个不可捉摸的表情。

　　看到他，我心头忽然有一种平静感。没有喜出望外，也没有泣不成声，就好像，回来，就回来了。

　　他拍拍我的肩，再次告诉我，他要去一趟南方，去看冬天的海。

　　我最后一次抛弃所有自尊地抬脸问他："带我一起去么？"

雪球
Snowball

殷小胤是单小耽的老公。个头不高年纪不小的他一直以来都是骑着自行车上下班的。很难想象这么个蹬着破车戴着眼镜有事没事呵呵傻笑的家伙居然会是清华大学计算机专业的博士研究生。殷小胤在一家软件公司上班，由于家境贫寒，结婚买房买车的钱都得靠他自己。于是，属于高薪族的殷小胤家啊，其实也并不像外人看得那么风光，也还在为供车子还贷款而辛苦奔波。至于他们家两口子的关系，用一句话来形容就是：买房的人是殷小胤，但这房产证上的名字，却是单小耽。殷小胤说，他可没什么地方需要用钱的，全交给单小耽管理也是理所应当。

　　单小耽其实也不是很在乎这些钱，当然她也不是不在乎。单小耽家境一般，但人家人长得漂亮啊，与其在北京那么辛苦地过着北漂生活，还不如跟殷小胤回来由他好生养着。用她的话来讲，殷小胤宠她，什么都听她的，她说东，他不敢说西，这样的男人好管。

田小甜今年已经 30 岁了，按照单小耽的说法，22 岁到 24 岁的女人想找浪漫的男人，24 岁到 28 岁的女人想找实力派的男人，28 岁到 30 岁的女人想找现实的男人，30 岁以上的女人呢？是个男人就嫁了。处在尴尬临界点上的田小甜至今都未能找到男朋友，倒不是说她的眼界太高也不是她条件太差，关键就是她的性格，三棍子也打不出一个屁，人也特天真，如果说单小耽还是一脚踩在现实世界一脚踩在童话世界里的话，那么人家田小甜简直就是整个人掉进了童话世界里再怎么也拔不出来了。

单小耽和田小甜是好朋友，因此帮田小甜介绍男朋友就成了单小耽眼下最热衷于着手的事情。

机会出现在莫小陌打来的电话上。莫小陌来了，从北京来了。莫小陌今年 31 岁，比单小耽大 2 岁，是单小耽大学时的同班同学，莫小陌当时在班中属于那种读书特别差的，但是优秀学员单小耽却从没有冷眼看他，相反的，两人关系一直就比较亲密，大三时候两人还合作了一把，虽然演出的是一部不太出名的电视剧。毕业后大家就再也没有联络过了，电话中单小耽得知莫小陌至今仍然是单身时，便急着要给他介绍女友，莫小陌倒也是没有推辞，笑着就答应了。

看到莫小陌开着一辆崭新的奔驰 S320 款款而来，单小耽下意识地把自己的汽车钥匙偷偷地放入了口袋。单小耽只有一部夏利 2000。

总的来说莫小陌跟七年前没有什么差别，他甚至依旧英挺没有发福迹象，而且比七年前更增添了几分成熟男人的魅力，这让单小耽一眼就能认出来。

这次喝茶由于大家的放松所以谈得很开心，他们都谈起了大学时代的生活，谈起了令人向往的校园，也谈起了自己的近况。看得出，莫小陌很混得开，举手投足之间都挥金如土。

回去的时候，单小耽否认了自己有车子，又执意不肯坐莫小陌的车，一直到莫小陌已经开出了五六十米远的时候，单小耽才坐上自己的车子。这一夜，她特别讨厌自己这辆破夏利。

回到家后，单小耽打电话问莫小陌感觉如何。莫小陌转移了话题说，你结婚了？单小耽愣了一下。电话那头传来莫小陌遗憾的声音，你要是没结婚就好了。好什么？至少你不应该找他。那我找谁？单小耽觉得奇怪，我为什么就不能找他？不然我找谁？老板？公务员？莫小陌沉默了一会儿，然后一字一顿地说，要是你没结婚，我一定不会让你跟除我之外的男人结婚。

又重新见到了莫小陌。这让单小耽的生活起了些许波澜。重新见到了老同学，尤其是莫小陌方才电话里的一席话，让单小耽的心里，有了一种异样的滋味，殷小胤为此还吃醋了，虽然他没有说出来但是他的心情在他的脸上可以看出来，单小耽为此颇有些得意。

在与莫小陌恢复联系的日子里，单小耽重又体会到了过往的快乐，但是单小耽很快就冷静了下来。她明白，即使是自己骨子里都洋溢着宣泄的热情，她也不能选择他。

但是一天十几通的电话已经打乱了单小耽已有的平静生活。

这就是莫小陌，他以极大的热情感染了单小耽。

这边的田小甜，在单小耽极力鼓说下，发给了莫小陌第一条短信息，上面，只有可怜巴巴的两个字："你好。"

莫小陌没有回，这条短信息石沉大海。

田小甜哭了，她并不是觉得委屈，只是觉得自己那点可怜的自尊在单小耽面前消失殆尽。

单小耽摸着田小甜的头，用一种几乎变调的声音说，别害怕，他不过是纨绔子弟，纨绔子弟。

这个时候莫小陌的来电及时响起。田小甜带有几分惊喜地接了电话。看着田小甜脸上的表情由欣慰改为兴奋，单小耽却打心底里觉得自己是硬着头皮逼着自己去听。

横生醋意。用这四个字来形容目前的单小耽最合适不过。她有些恨莫小陌了，但她突然悲哀地想到，不该恨莫小陌的，是她自己主动把田小甜介绍给人家的呀！她明白自己应该恨一个叫单小耽的女人，但是没有恨的内容。

单小耽低下了头。这一眼，她看到了自己无名指上的钻戒。0.5克拉的。

殷小胤骑着那辆又破又旧的自行车，载着那个抱了一大堆资料的单小耽往后者的单位赶。车子每骑出一米就发出了"吱吱"的声音，而单小耽也能明显地感觉到车胎中的气不多了，这如老牛拉车般的慢让单小耽皱眉。带得动我么？单小耽原想烦他一句的，不知道为什么，出了口了反而成了一句柔声安慰的话。带得动，当然带得动。殷小胤的语气诚惶诚恐。

单小耽没有接话。她又想到了那个电话。出门前莫小陌打的那个电话。莫小陌告诉她，自己待会儿也出门。这个电话让单小耽改变了自己原先的打算，她意外地没有开自己的车，她假想着，莫小陌会开那辆白色的奔驰 S320 来接她。

殷小胤骑着那辆又破又旧的自行车，载着那个抱了一大堆资料的单小耽在颠簸中到了后者的单位门口。单小耽跳下了车，殷小胤也下了车，想径直往前走时被单小耽拦住了。单小耽说，我自己进去好了，你回去吧。单小耽的语气依旧是很柔和。殷小胤挠了挠头，那好，你几时结束打我电话。不用了，我会叫同事送的，不然很麻烦你。

殷小胤一下子抓住了单小耽的手臂，没事的！我就在外面逛会儿，你打我电话，我来接你。他说这话的时候很乞求，很显然是受到了出门前莫小陌那个电话的干扰，但是为了显示他很自尊，所以死死地抓住了单小耽的手臂不放松。

单小耽突然有些反感。于是她含糊不清了一句，到时候再说。就挣脱了殷小胤的手头也不回地进去。

加班比较顺利，九点半左右就结束了。单小耽和同事道别后走了出来，想了想，打电话给殷小胤，定了定，说，我还要加班，待会儿有同事送我回去的，大家都顺路。她特意地加了"大家"两个字。

殷小胤原本期待的热情一下子全部都被浇灭了，他本还想质问几句，但是话到嘴边，又咽了下去。他只能唯唯诺诺地说，哦，哦。

打完电话之后，单小耽觉得自己的心情有点舒畅了。于是她又打给了莫小陌。她说，你的事情办完了么？莫小陌说，完了，怎么啦？能不能送我回去？莫小陌说，那你在哪儿呢？单小耽就报了自己单位的地址。莫小陌笑了，说，你走出大院的门口，我就在那儿等呢！单小耽也咧着嘴笑了，完了她又觉得该补救点什么，于是她打给了在家看电视闲极无聊的田小甜，她告诉田小甜自己已经加班加好了，先前没有开车来，现在因为怕殷小胤太辛苦地骑自行车，加上单位距离自己家那么近，所以决定乘公交车回家，但是她明显地感觉到殷小胤有些不高兴。无聊的田小甜可算是逮到了一个聊天的人，于是开始长篇大论起来，又说什么自然啦，又说辛苦算什么人家乐意。这时候单小耽已经走到了大门口，看到了那部熟悉的奔驰S320，看到莫小陌为她打开了车门，于是她慌张地对田小甜说，好了好了，公交车来了，待会儿再打给你。就挂了电话。

车里放的是迪克牛仔的歌，照例是单小耽喜欢听的。单小耽看莫小陌不说话，只是猛踩油门，不由得看了看时间，嗔怪道，还早呢，就送我回家？

莫小陌听这话一下子放了油门，说，那我带你去玩？

单小耽原本也只是想让他带自己去兜一圈的，一听他说去玩，怕太晚了回家不好，于是说，十点得回去呢！

　　莫小陌没答话。重又加快了车速，眼看就要到单小耽的家了，单小耽又老大不乐意，说，真的要送我回家？

　　莫小陌也没答话。这时候他的电话响了起来。电话里他对对方说等会儿再说就挂了电话。单小耽有些委屈地说，你有事啊，开那么快，那你去好了。

　　莫小陌还是没有答话，只是在过红绿灯时趁黄灯闪烁一下子突然左转弯，就这样轻易地远离了单小耽的家。你想去哪儿？单小耽惊呼。你不是说还早么？再去灯红酒绿。莫小陌今天与以往很是不同，很严肃。单小耽抱怨说，今天好累呢，忙死了，都没坐下来好好喝过一杯茶，高跟鞋也换成平底鞋了，这么矮的个儿我可不出去见人。

　　莫小陌看了她一眼，突然出其不意地抓住了单小耽的脚，然后满意地笑了，他说，你没骗我。单小耽被他的举动着实吓了一跳，微红着脸，嗔怪道，干吗啊你！

　　莫小陌轻笑着，他知道单小耽没有生气，女人往往是口是心非的。

　　莫小陌把车停在一家大型连锁超市的门口，说是去买点东西，让单小耽等着，单小耽说，哎，等一下。莫小陌转过身来。单小耽拿出超市的会员卡从车窗里递出去对莫小陌说，拿去，能打个折。莫小陌接过会员卡看了看，随即又扔回了车窗里。他说，我从来不用这东西。

　　单小耽等了一下又一下莫小陌都没有回来，这让单小耽无聊之极，于是她又打了一个电话给田小甜，并顺手关掉了车子里的音乐和冷气空调。

这边。田小甜也很无聊，她问单小耽，你到家了？我无聊死了，没人打电话给我，我只好躺在床上看电视。

单小耽说，嗯，我到家了。她自己也不知道为什么撒谎了。这个时候莫小陌的手机响了，手机处在无声状态，红啊绿的指示灯不停地闪烁。单小耽说话的空隙抬头瞥了一眼车窗外，看见莫小陌正拎着大包小包的回来，正准备开车门。单小耽于是略带慌张地赶紧对田小甜说待会儿再聊就挂了电话，随后她换了一种惊讶的表情问莫小陌，干吗要买那么多的东西？

莫小陌认真地说，你不是只有半小时时间么？

单小耽听惯了他的油腔滑调，竟很不习惯他现在的语气，于是笑道，你干吗那么严肃，吃错药了吧！然后她拿过莫小陌的手机，刚发现似的说，你有一个未接电话。

莫小陌看到电话号码时的表情很奇怪，像是恐惧，又像是吃惊，但是他很快地就恢复了常态，他说，和你在一起时我不接别人的电话。说完便像是下了大决心似的关掉了手机往后座一扔。

单小耽爆笑，能说这句话就证明他莫小陌还是正常的，但她随即把目光盯在了莫小陌的手机上。这是一部诺基亚最新款式的彩屏彩信手机，内置摄像头，单小耽在《时尚·先生》中看到过，于是她称赞道，很新潮噢，你的手机。

你喜欢的话就送给你好了。莫小陌一点都不介意。

那怎么行？我可不能随便要别人的东西。单小耽嘴巴上说不要不要，但是心里却是很高兴。

就听见莫小陌说，当年刚毕业的时候，那没钱的劲！我就想，让我干什么都不要紧，只要能让我有钱，现在真的有钱了，觉得这心里啊，特空虚，想找回些自己曾经想拥有的东西。说了这话后，他扭头看了看单小耽。

单小耽不敢看他的眼，觉得心虚。

莫小陌把车停在了广场上。他说，我们可以坐在车里看广场上的大屏幕，就好像外国人看电影一样。

单小耽剥开一粒果冻塞到嘴巴里，刚想随手把壳扔出窗外，却被莫小陌阻止了，他拿出一只空袋子，说，扔这儿吧。

这么环保？说这话的时候单小耽觉得自己的脸有些红。

就在这时，田小甜又打电话过来，让单小耽差点没被果冻给呛到。她忙接起了电话。

你在干吗？我无聊死了，你刚刚还说等一会打个给我的，后来怎么的就没了声响？田小甜发出连珠炮似的抱怨。

我很忙，很忙啊。单小耽看了一眼身边的人，掩饰着回答。

忙着干什么啊？

我正坐在马桶上。单小耽也不知道自己为什么会冒出这么一句话来。

坐在马桶上就不能给我打电话啊？田小甜依然是不饶她。

我便秘。单小耽应了这么一句话之后就滔滔不绝地说起来。撒点小谎对于原本就是学表演出身的她来讲根本不算什么，更何况她并不是完全撒谎，这两天的便秘的确是让单小耽痛苦。这么说着，就连她自己也相信此刻她正坐在马桶上了。

莫小陌见缝插针地轻揉着她的耳垂，俯身在她耳边说了一句，四个字，我吃醋了。

单小耽"扑哧"一下就笑了。这让电话那头的田小甜很是费解，于是单小耽说，等会儿，等会儿给你打。

为什么啊？田小甜不乐意了。是啊，为什么呢？单小耽脑子转得飞快，不知道如何回答才好。

噢，擦屁屁呀！田小甜自己回答了这个难题。单小耽也跟着傻笑。

莫小陌见单小耽挂了电话，于是又重复了一句，我吃醋了。

单小耽望着他如此认真严肃的表情，笑道，你以为是谁打来的？殷小胤么？莫小陌把脸别了过来。单小耽严肃地说，是田小甜。莫小陌顿时愣住了。单小耽大笑。莫小陌觉得有些不好意思，为了掩饰自己，他把音乐放到了最大。

车窗摇下，外面和风细雨，灯红酒绿。单小耽似乎是沉醉了。她重又回到了莫小陌的包裹之中，但这并不表示单小耽忘了自己对自己的告诫。是的，她曾经告诫过自己，每时每刻都在告诫自己：我有老公，有家庭，莫小陌是纨绔子弟。所以，单小耽在摇摆。

车子在高速中摇摆。

车里的单小耽在随着音乐的节奏摇摆。

单小耽的内心也在摇摆。

莫小陌瞅住了机会，吻住了单小耽。单小耽惊慌着，手忙脚乱中触到了天窗的按钮，一种缓缓的声音响起，顶上的天窗渐渐地打开。她拼命地挣脱了莫小陌的怀抱，把头探出了天窗外。

风吹乱了单小耽的头发，雨打在脸上生生的疼。单小耽此刻的样子极端的丑陋。

她迷失了自己么？

暧昧一旦开始，就会像一个滚动的雪球一样停不下来。谎言也是。

莫小陌失踪了。

他是在两个女人都对他有感情回应的时候失踪的。

如今看来，一个人要真想要玩失踪似乎不是一件很难的事。

三个月后。

殷小胤家电话爆响。

田小甜的喉咙叫得比天还响：快看，快看，今天的日报第四版右下角！

单小耽有些懒洋洋，殷小胤忙伺候着拿过了报纸。

今日，北京一王姓富婆雇十余名打手将一莫姓男子痛打一顿。

据悉，该男子是一名未有甚名气的演员，曾出演过电视剧《××》，六年前在一次酒宴上与王富婆相识，富婆遂重金将其包下做其的"面首"。

　　知情人士透露，因莫某在外结识了新的女友，向王某提出分手，王某恼羞成怒下找十余名街头混混将莫某打成重伤，目前莫某正在北京某医院抢救，殴打其的十余名打手多数已被警方拘留，供出幕后指使者为王某。
　　目前警方已介入调查，此案正在进一步审理中。

　　殷小胤哗然，他摸着单小耽的头，轻轻地说，可怜田小甜了。
　　单小耽眼神空洞，心里想着这报上说的"女友"是谁，嘴里却还应着"是啊是啊"。
　　那边。田小甜也眼神空洞，心里想着，那"女友"，会不会是自己。

贡布雷

Combray

1

杯中没酒了。团团皱起了眉，皱得紧紧的。她将手中的杯子慢慢地转动着，转动杯子的时候，目光用力地投向自己的手。李墨在她正对面坐着，酒吧里蓝绿系列的灯光投射下，脸色略显苍白、困乏、斑驳。他看着团团故意小心翼翼地转动着玻璃杯，那么认真、那么专注，好像杯子是一个脆弱的小生命一样呵护着。李墨想：这又是一个无聊、艰难的夜晚？

团团终于收回她那视若无睹的目光，她略微揉了揉干涩的眼角，一副漫不经心的样子。她今天的活动本来安排得丰富充实。早上先去商场购买礼物，然后到编辑部去校核稿子，午饭邀约主编共进，顺便把该签的合同给签了，下午去预订一个蛋糕，布置晚餐的环境，选一瓶好年份的红酒，点几道精致的餐点，这样平和优雅有情调的日子，无论如何是不会出什么事的，她只要在早晨安安心心睁开眼睛，就可以顺理成章完成接下来的事情。

可是事情就那么突然地发生了。已经记不得起因是什么，但终于都谈到了钱。这个话题粗鲁而又残忍，轻松引起了身体内各处的原始压力，虽寂寂无声，却势如破竹、不受控制地在身体各处涌动，发作，最后形成令人恐惧的身体反射，无法阻止地爆发。

人生的反转其实并不少见，前一秒甜蜜腻人的情侣，下一秒就有可能翻脸互揭伤疤；前一秒指着鼻尖对骂的夫妻，下一秒就有可能紧紧拥抱相互取暖；前一秒互敬互捧寒暄久仰的酒肉朋友，下一秒就有可能挠着头皮叫不出对方名字；前一秒温情脉脉的兄弟姐妹，下一秒就有可能因为鸡毛蒜皮的小钱反目成仇。反转无处不在，结果有喜有忧。李墨与团团是属于哪一种，不得而知。但有一点可以肯定的是，反转的高潮无一例外地都会触及到当事人的最痛处，这是反转不被人看到的地方，也是其本质所在，若非如此，世界便不会产生那些奇妙的爱和奇妙的恨。

一声尖叫把团团从发呆的状态中唤醒。壁挂大屏幕上开始播放无声韩剧，让她回到这个失去大餐失去蛋糕也失去浪漫情调却得到两瓶啤酒的眼下。她心存希望地看向李墨，而背对着大屏幕的后者却只是低头在玩手机。

2

一直以来，团团都很疑惑于两件事——当然，这世界上她不明白的事情有很多，这只是眼下她疑惑的——一是谁发明了手机，不仅使大拇指成为最忙碌的手指头，而且导致了现代人越来越多地拥有了自发性自闭情结，就算面对面坐着，也可以只顾低头按键不发一言，更谈不上交流了；二是这个算什么酒吧，美其名曰"蓝调摇滚"，却既非蓝调又无摇滚，整个酒吧大堂只有一部无声韩剧在连续播放，剧中那个白衬衫黑西服深色领带的高大冷酷男子，正风尘仆仆地穿梭于剧情中各个角落。

"我好喜欢他。"团团发自内心的感慨，那表情，恨不得钻到屏幕中去。

李墨头也不抬，左右手拇指在手机屏幕上飞快地按动："为什么喜欢他？"

团团很努力地想了想，而后说："因为，因为他无论演什么人物，也无论内心是否波澜无比，都可以做到毫无表情，演任何角色都形同一人。"

"哈哈！"李墨大笑出声，笑声中充满了嘲弄与讽刺，他没有抬头，双眼仍然盯着手机屏幕，双手拇指也仍在飞快地划动拨弄着，丝毫不受影响，"你这话说的，与其说是表扬，不如说是批评。"

"不是的，不是的！"团团嘴里嚼着牛肉干之类的，摆着手含糊不清地说，"我的意思是说他酷！超级酷！我爱他这样不动声色、处变不惊的深沉男子！"

李墨听完撇了撇嘴，没有说话。

团团觉得受了嘲讽，脸开始有些发烫。她想再说些什么的时候，发现对方的注意力仍然只停留在手机上，只好作罢，转而拿过了桌上摆着的投币式占星仪。

生于 20 世纪 80 年代的人都可能见过这种投币式占星仪，黑色圆形，投入一元硬币，选准自己的星座用力按下，在出口就会有一个粉红色纸卷落下，打开纸卷，就会看到关于自己那个星座的性格命理的分析。

团团百无聊赖地看完了纸卷上的字——同样的纸卷，她已经看过不下 10 遍——但每一次看到占星仪，就像遇见潘多拉魔盒一样，忍不住想投一枚硬币看看究竟会掉出怎样的纸卷，正如人永远无法明白自己的内心。

于是团团说："李墨，无论我怎么努力，我们都不可能和正常的夫妻一样吗？"

李墨仍然没抬头，说："我们不正常吗？"

团团把纸卷扔在了面前的盘子中，她无比悲伤地说："李墨，我怀念我如此拼命努力的那段时光，当然，也是最痛苦的时光。"

"你不必拼命努力，我不会离开你。"

"也许，就是你的不离开，我才会那么痛苦。"团团用双手捂住了眼，悄悄拭去自己眼角滑落的泪，后来她发现自己没必要悄悄，因为哪怕她光明正大拭泪，李墨也没有抬眼把注意力转移到她身上。

团团不再开口，内心如眉头一样绞在一起，痛到不能开口。

过了几分钟，服务员接着上了 6 瓶啤酒，大约又恰好一盘游戏结束，李墨才放下了手机，认认真真地端详起坐在对面的团团来。

"痛苦是创作的源泉，因为痛苦是常态，是真实可见的现实的反应，而美妙，则是二月烟花，易冷易逝。就好像我们去一个酒吧，你看到晚10点前一片祥和安静的慢摇状态，蓝调疲靡，萨克斯悠扬，靡靡之音催人昏昏欲睡。但10点以后便瞬间改头换面，台上接连上来一些穿着奇怪的人，手拿各式乐器，模仿披头士的发型，随着震耳欲聋、高潮迭起的重金属乐，开始摇头晃脑地将头发甩来甩去，撕心裂肺地喊叫，努力挥洒着汗水。而台下，受环境的蛊惑，很快地，洗手间便陆续传出呕吐声、叫骂声、哭泣声，大小便槽、地上、垃圾桶，四处可见黏糊糊、又脏又腻的秽物，男人们的脸或通红或惨白，女人们花容全失，惨不忍睹，却在酒精的催眠下，仍怡然自得全然不知，这，就是绚彩灯光下血淋淋的事实。"

因此，李墨很认真地对团团说："我不离开你，正是为你创造痛苦的源泉，为你创作提供最坚实的基础最强大的动力，为你获文学奖提供最大的可能性。"

看着李墨这副表情，团团也真的很想认真地抽他一耳光，然后说："你李墨装小清新还是小纯洁？"但团团忍了，不但忍了，她还很温顺地展露了她人生的最美好的笑容。团团说："等我获诺奖了，我上台致辞的第一句，就会说，谢谢曾经有个王八龟儿子像扔破布一样地遗弃了我，我之所以会头悬梁锥刺股发奋图强一直创作，就是为了有一天能在全世界60亿人民群众面前侮辱他，今天，我做到了。"

李墨讪笑着，看起来并不是那么尴尬，他解释说："外国人民恐怕很难理解，什么叫王八龟儿子。"

团团大口咽下酒，尔后缓缓地说："younger tortoise。"

李墨沉默着，这种沉默更多时候意味着挫败，他甚至连手机也没心思再看。

不知是因为打败了李墨还是他的手机，团团竟然表现得有些兴奋，她满意地收了尾音，说："别以为外国人民不知道我骂你，外国人民知道的多了，比如说，外国人民知道，你这个人是做什么还要立什么。"

李墨脸色发青，但他的语气仍然是和缓的，他说："团团，过了啊！"

蓝绿交替旋转的球形灯束360度投射，让团团看不清他的脸。"也许已经发黑了。"团团这样想着，仿佛报了这一天失去的那些美好事物的仇，竟有些得逞的快感。

李墨说："团团，你一定要这样吗？"

团团咽下口中的酒，恨恨地说："如果你见了一个男人，这个男人对你大献殷勤，你以为李墨就是真命天子，却蓦地看见这个男人跟别人勾肩搭背，原来他找你只是为了一个名义上的婚姻，为了堵公众的口。你说你遇上的都是什么人啊！你说你能不恨吗？你也许会虚伪地说不恨，但我做不到。"

"你知道我没有。"

"你有。"

李墨有些无可奈何，他把手按在团团双肩上，说："乖，不恨了啊。"

团团咬着牙，摇头说："不。"

李墨不松手，仍旧按着团团双肩，努力把手心残存的些许温暖传递到团团的肩上。

3

团团软了下来，不再硬扛。她将目光转移到李墨身后的那一桌，也是一对男女，女人是高加索人种，个子不高，身材丰满，红棕卷发，戴副半框眼镜，一个橙色小挎包，已在该酒吧等候多时。男人则是非洲人，匆匆忙忙刚到，人高马大，啤酒肚突出，蓝白格子衬衫穿在身上，并不那么协调。

男人坐上椅子后，女人便像个学生一样站在他身旁，男人跟女人说了几句，女人便哭哭啼啼起来，边抹泪边嘴里念着什么，而男人，则是一副不耐烦的样子，甚至连拿张纸巾递给女人拭泪的基本礼仪都做不到。

"男人都一副德性，明明自己要和女人分手，还装逼让女人不要哭不要给他丢脸。"团团恨恨地说。

李墨错愕地抬头。

团团伸出小指，指了指李墨身后。

李墨正想回过头去，团团马上止住他说："别看！"

李墨停止了扭头的动作，冲着团团说："你怎么知道是男人不要女人？你又听不到他们在讲什么。"

"我根本就不需要听到他们在讲什么，人和人之间的交流，光看眼神就行了。你看那男人强势的样子，先迟到不说，让女人站着自己坐着，什么东西？现在还弄哭了女生，连递个纸巾给个安慰都没有，明显就是始乱终弃的主。真是的，长得这么矬还抛弃人家。"

"团团，你说你这人，为什么就这么容易情绪激动呢？更何况还是别人的事情。我们已经不是愤青了，我们已经过了愤青的年龄了，要学会控制自己的情绪。"

团团把鼻孔微微撑大，用力地呼吸着，胸脯一起一伏，表示自己的强烈不满。

李墨无奈地笑："好吧，好吧，举个例子，比如说，你认定后面那个男人是始乱终弃的负心汉，那么，你基于什么认定的？"

团团发出轻蔑的笑声："基于什么？很简单，男人没一个好东西。"

李墨听了这话，也不生气，只是轻叹了一声，说："团团，不要因为我或者是其他人，在有些方面伤害了你，从此就痛恨一切。"6瓶啤酒已经喝完，高脚玻璃杯里残留的泡沫不断地在分裂爆炸消亡。团团说："再来6瓶吗？"

李墨同意，起身去吧台。

团团看着李墨的背影，心想这个怎么说也是好男人的代表，不与己争，能哄人，能安慰人，能帮助人，也能孝敬双方父母，但为什么，自己本来安静美好的人生，却被这样一个好男人给决然地摔成碎片。这既成事实的碎片，让人每一分钟都扎着不舒服。团团心里发酸，把目光收了回来，落到了那一对外国友人身上。

男人已经在拉女人坐下了，但女人不肯，依旧站立一旁哭哭啼啼。男人用尽手段，又搂又抱又亲吻，试图以此止住女人的哭泣，但都未奏效。

李墨已经回来，服务生换上 6 瓶酒。李墨仿佛忘记了先前的不快，带着轻快笑容说："怎么了？看别人的故事还没看完？我的大作家，你的观察力和想象力也太大了。"

团团仍未收回直愣愣的目光，她说："这种男人真不要脸，抛弃人家还怕丢脸，我敢打赌，这绝对是个孬种！"

李墨再次叹气："团团，我说过了，不要动不动就火冒三丈，制怒，要制怒，明白吗？"

"凭什么？"

"就凭这是别人的事，人家就算分手或者和好，都不关你的事，明白吗？"

"不明白。我知道，你借此向我说明，你也是值得原谅的，不要对你动怒，是吗？"

"你看你，又想多了。"

"我没想多，李墨，你说说看，连你父母都希望我们正常的过日子，你为什么就不能？你难道就不知道他看上的只是你的钱，可你就是离不开他！"团团越说越激动，几乎要大叫起来。

李墨赶紧放下手机，压低嗓门四下张望着说："团团，在外不说这个。"

或许是受了隔壁桌的蛊惑，又或许是李墨那种示弱的阻止，团团心中的那团火由"噼里啪啦"乱跳的火星，"嗖"地蹿成火苗，迅猛蔓延，炙热燃烧，团团口吐酒气，粗声回应道："为什么不能说？为什么？对方如果是个女人我都认了！"

李墨握紧了拳头，随时准备离开。

团团看穿了他的意图，同时，对他这样准备逃去的懦弱表示愤懑。恼羞成怒的团团此时脑子被一团烈火燃成灰烬，发急地一把抓起面前碟子中的瓜子薯条等零食，用力朝李墨扔去，惹得李墨手忙脚乱，边躲边抬手挡，零食像飞来的暗器一般，稀疏地落在他身上，却更多地砸在了他后面的那个男人身上。

男人转过身来，脸上带有愠怒的表情。李墨的即时摆手表示歉意也不能阻挡他站起身来走到团团他们桌旁。

团团心里的小鼓开始有节奏地敲打——女人在宣泄情绪的时刻总是不计后果，可一旦后果出现，胆怯就像金箍棒一样划拉了个圈，把情绪圈定在界内。

男人用生硬的中文说："你们！干什么！"

李墨明白男人误会了，于是李墨解释说："她不是针对你，她是针对我，她讨厌我，所以，是我，是我。"李墨边说边手脚并用地比画着，样子有些可笑。

团团却没打算给那外国男人台阶下，她边嘟囔着，边干脆站到了椅子上，双手插腰："男人卑鄙起来真没救，不但让自己的女人进门哭到现在，还故意迁怒于弱者，什么玩意儿！"

酒吧这一角落的几乎所有人都开始侧目注视着团团——当然了，还有李墨和那个男人。

那个男人感受到了压力——更多地是谴责、批判和鄙视——他一步上前，抬脸怒目瞪着团团，他可能脸色铁青、通红，或是发黑，但他那张脸上，即便出现了上述颜色也看不出来。他瞪着团团那视死如归的挑衅表情，显然怒到了极点。

团团注意到他把手慢慢地抬了起来，手很大，很厚实，指关节粗大，也很强壮。他突然伸手，想直接将团团从椅子上拽下来。

团团一个踉跄，但安然无恙——一个身影挡在他面前——是李墨。身形移动之敏捷让对方心里小有意外，但团团得意洋洋的表情再一次触发他内心的怒火，而且火势之迅猛，直接波及李墨。

男人的右拳朝李墨右脸挥来——团团的火在这一刻彻底地被这一突发事件扑灭，李墨和眼前这个男人相比，身高身型上都大为吃亏，团团心里惊呼"不好！"可还没等男人的拳到李墨的脸旁，右脸就已经重重挨了李墨一拳，那个结实魁梧的身躯竟然向后晃了晃。

男人没有再挥拳头，他明白了李墨的灵活敏捷远胜于自己，那神情，是不甘心，却不得不情愿的。

方才还在哭泣抹泪的女人，此时突然走了过来，用同样生硬的中文对团团说："你做什么？"

原本神情激动正挥手打算煽风点火给李墨叫好的团团，看到对方哭得比核桃还肿的眼睛，上升的手势僵硬在半空，心中陡然添了几分怜悯。她改上升手势为前伸，想以温暖的手怜惜地触摸她的脸庞。

"啪！"女人大力地拍掉了团团伸过去的手，目光凌厉，仿佛神圣不可侵犯。

团团惊愕着，弱者总是让人心生同情而无法用强硬的手段回应。团团略有些怯怯地缩回了手，一时间，不知道该说安慰的话还是其他什么。她先是选择了沉默，而后想了想，涨红了脸却毫无底气地轻声说："我是在帮你……"

"多管闲事！"女人卷着厚厚的不灵活的舌头，双手插腰瞪着原本已水肿成大核桃一样的眼睛。

团团被她瞪着，心里说不出的恼火，一时间却又不知该怎么表达自己的情绪。

女人仿佛生怕李墨再次侵犯自己的男人，咬住下嘴唇，下定决心似地耸起肩，把撑在腰上的双手展开，圆润的身材让她看起来像发怒的母鸡。

看到她这样，团团的表情反而缓和下来，她定定地看了女人片刻，慢慢靠近了女人，在女人有些笨拙发抖的身体旁深呼吸了两口，阴郁地对她说："失去这个男人，是因为输给另一个女人，这结局，并不糟。糟糕的结局，是你输给了另外一个男人，还无法失去身边这个男人。"

女人完全听不懂，只错愕地看着团团，身子仍在微微发抖。团团脸上的表情是从来没有过的严肃冷酷，闪烁的灯光下，苍白憔悴，薄薄的嘴唇也失去了光泽。

李墨一把拉过了团团的手，装作若无其事地说："走吧。"

团团身子震了震，迅速冷下来，仿佛坠入了深渊。李墨怜惜地用整条手臂环住团团，轻声地说："走吧，给你买花去。"

团团瞬间发出"咯咯"的笑，笑声尖锐但不刺耳，两人相拥在一起，像是什么也没发生一样，嬉笑打闹着离开。

4

积聚了一晚的寒气，在晨曦薄雾中淡淡发散，走在街头，依旧是湿冷地厉害，团团裹紧了大衣，仍然在不停发抖。她回头望去，李墨正站在酒吧门口，身后招牌上，霓虹已熄，"贡布雷"三个字显得冰冷而破旧。见她回头，李墨三两步上前，亲切地抱过了团团，看到路边稀稀落落卖花的小贩，身旁被一桶桶红白黄黑粉色的玫瑰包围，一脸失望沮丧的样子。

"送你玫瑰花怎样？"李墨突然开口。

团团仿佛醉意很深的样子，只是"哦"了一声便没了下文。

李墨接着说："我记得你好像说过，这样拿一束花又低俗又丢人，而且让人看起来像个傻瓜一样，对吧！"

团团疑惑地看着李墨。

"那就买一支吧！反正你也讨厌演电视剧似的假浪漫真矫情，

是吧！"

团团迅速动了一个嘴唇，在心里骂着，嘴上却没发出声音。

李墨飞快地跑前几步，带回一枝粉玫瑰，塞到团团怀里，而后，不管后者是否愿意，继续拥着她前进。

团团的头几乎完全耷拉下去了。她用一口细牙用力咬了下嘴唇，不想让李墨注意到她眼中的泪水。仿佛用尽全身力气似的，她说："你很无耻。"

路灯下，李墨的脸上打上了柔和温暖的光，朦朦胧胧的，看不清楚。

一辆的士疾驰而来，李墨低头对团团说了句："车来了，回家吧。"

说完，他伸手去做了个拦车的手势，很潇洒，也很迷人。

轻盈的蝴蝶

A lithe butterfly

她把两枚核桃捏在手里。用力，再用力，随着一声清脆却并不响亮的"咔"声，她欢愉地跳了起来，核桃碎了，她的手也被核桃小碎片扎得满是血口子，她丝毫不觉得痛，相反倒像是觉得兴奋，贪婪地伸出舌头，舔去了自己掌心渗出的殷红的鲜血，两眼放出了一种和绿色差不多的光，像深山老林里偶尔觅到食物的饿狼。

　　林小雨是这间啤酒屋的常客，上班族们偶尔会在周末的时候来到这里放松一下一周以来紧绷的神经，但是林小雨每天晚上都来报到。这是因为她没有固定的工作也是因为她的神经绷得比谁都紧，她每天都需要放松自己：她做过麦当劳的服务生，做过大酒店的迎宾小姐，做过幼儿园的临时老师，做过化妆品店的推销员，目前正在一家杂志社打工，拍些街头市井的有趣画面，靠些微薄的薪水供着房租，过着吃上顿然后就不知道下顿在哪里的生活。

　　啤酒屋里的服务员都认识林小雨，倒不是因为她是这里的常客，而是因为她有一手绝活。什么绝活呢？就是不用器具徒手把一个苹果能生生的掰成等分的两半。这可不光是靠力气就能办到的，得靠技巧。

林小雨眨巴眨巴眼睛狡黠地说。这让大家都记住了这么个过于随遇而安的勤劳的懒女人。

林小雨有自虐倾向，是缘于她的抑郁症结，虽然她从来不承认，但是谁也不能否认她喜欢用随身携带的锋利的小刀有事没事在手掌手臂上划出一条条小口子，或者是看着血流出来然后一口舔掉，又或者是用薄薄的纸巾沾染上流出的新鲜血液拿给众人展览，这个时候她的笑容就像绽放在纸巾上的鲜血拼成的花一样，刺激着人的眼球。

金生伸手摸了摸屁股袋里的钱，还有薄薄的两张，再怎么摸也是那么薄的两张。还有半个月，半个月的生活费啊，怎么过？金生望了望他对面坐着的跷着二郎腿的正在往脸上涂脂抹粉的女人，叹了口气。

晶晶听到了金生的叹气，她放下手中的粉盒与粉扑，长长的睫毛忽闪忽闪的，上下两片果冻一样晶莹透亮的嘴唇闪耀着猪油一样的光泽。

金生的目光随着晶晶的手指看到了外面，对面那排三层楼高的街面房高高地竖起了一块牌子，上面写着一家很有名的牛排馆的名字。金生叹了口气，他不敢理直气壮地说，我没钱！他只能低声下气地说，过些日子吧！

又是过些日子！晶晶不满，她嘟起嘴说，王小狗昨天说请我吃牛排，陈小毛说请我吃比萨，李小鸭说请我吃西餐，你请我吃什么啊？

那你让他们请你吃吧。金生说这话的时候态度很诚恳，这是发自内心的诚恳，他从来不会跟钱过不去，所以当他听到别人请自己女朋友吃什么什么的时候，他很愿意晶晶跟别人去，因为他没钱，人家帮他省钱，他为什么要吃醋？

晶晶把他这句话当成了吃醋，于是她撒娇道：不要这样嘛！

金生低下了头，两只脚搓来搓去，一只手伸到屁股袋里去又重新摸了摸那两张皱巴巴的一百元，半个月，还剩两百元。

　

林小雨拿了那架数码相机坐在一只垃圾桶上对着大街上来来往往的人群把镜头晃来晃去，她把那土黄色的睡衣直接穿到了大街上（不好意思，所有的脏衣服都还没洗，所以只好穿上睡衣了），左脚是红袜子和尖头皮鞋，右脚是黄袜子和圆头皮鞋，远远看去，除了那台数码相机还像模像样，整个人简直就和一坨被人扔在垃圾桶上的垃圾，没什么区别。

林小雨啃着她的干脆面——她对吃没什么要求，折磨胃也是她虐待自己的方式之一。就在昨天晚上，剪脚指甲的时候剪得太深，居然流了好多血，但林小雨不在乎，她之所以不在乎是因为她叫林小雨，一个有严重的自虐倾向的女人。在这个城市里没有一个专科是看自虐的，或许有，但林小雨不会去看，周遭的人也不会要求她去看，关起门来就是自家的事，别人家的事，就算打破头皮出人命也不会有人理的。唯一值得林小雨庆幸的是她居然一直没有旧伤感染。

林小雨是一个早熟的人，她比一般的人不一般的人都要早熟，这不仅仅因为她父母的疏于管教，而且还因为她的勤奋好学，林小雨对性知识是无师自通的，就差没有身体力行地尝试过了。她的启蒙性教育就是听院子里的三姑六婆们议论张家长李家短谁又被强奸了谁又被骚扰了谁又是谁的情妇之类的种种，这些长舌妇们成了一部渊博的性辞海充实着林小雨的脑袋。后来上学了，学校里的林小雨很乖，是老师和同学们眼中的乖乖女，但其实她不乖也不想乖，但是老师和同学们都说那些是肮脏的事，那些话是肮脏的话，他们视那些为洪水猛兽，仿佛半个字眼都会将人吞噬。林小雨吓得不敢再吐露半个字，她拼命地压抑自己，不敢和任何人讲话也不敢交朋友，生怕那些被人称之为"肮脏"的字眼从自己嘴巴里冒出来。算起来，林小雨这么多年活得够压抑的了。

金生从 IC 卡电话亭里出来，他的心揪起来的痛。金玲对他撒娇说，好哥哥，千万不要告诉妈妈啊，还有，要快，没那五百块钱我就死定了！

金玲以前不是这样的，这个"以前"是特指金玲从出生来到这个世界一直到高二的下半学期。在这个"以前"的时间里，金玲一直都是父母亲的宝贝，直到高中的第三年，乖乖女扮相的金玲成绩一落千丈，甚至差点和一个男生去私奔，从来都认为金生是心病的父母反应不及，软硬兼施，结果她成绩一落千丈，最后只好花了一大笔钱把她塞进了一所民办大专了事。

金生不知道父母是什么时候对金玲绝望的，算起来还是那次肚子痛吧，医生说是盆腔炎，母亲怎么也不相信，在诊疗室其他病人面前觉得很丢脸，于是说，我女儿不可能是盆腔炎，她才只有二十岁……

医生对金玲母亲怀疑他的诊断表示了不耐烦，他说，这种事情你去问你自己女儿吧！

母亲扭头去看金玲，金玲的脸上有一种绝望的白，肚子的痛这个时候已经不算什么了，满屋子的人都盯着她看，就像一场洪水即将掩杀过来，而自己的灵魂，仿佛已经离开了躯壳，在空中无助地游荡。

金生向人借钱，他自己已经没有五百块了。他不敢向晶晶借，一旦开口他知道结果是什么，起初晶晶对金玲也是挺好的，因为从外表看来金玲文静内敛，连说话都是低着头怯怯的，但是在被金玲骗去一起陪着做了 HIV 的化验以后，晶晶就恨得牙痒痒的，她一直嘟囔说这件事情简直连她的脸也给丢尽了。

金生又一次汇款了。晶晶知道这件事的时候金生正在抽烟，他抽的是几元一包的劣质烟，夹着烟的手指在靠近唇边时不停地颤抖，嘴唇也在抖，一副欲言又止的样子。

晶晶的声音尖锐而又响亮：凭什么？凭什么我要求吃一顿好的就没有？凭什么她说要钱你就给她？凭什么你只有两百块了就可以拒绝我而宁愿东讨西借五百也不会拒绝她？

金生低下了头：她是我妹妹。

妹妹？是妹妹就比我重要？我算什么？她是你妹妹，可你没钱的时候她体谅过你吗？除了讨钱的当口别的什么时候她什么承认过你这个哥哥？

金生把头埋得更低：她可能真的是缺钱。

她？她连人家姓甚名谁都不清楚就和人家开了房间了！她，她这次拿钱是买避孕药避孕套还是验梅毒淋病还是艾滋？她这样跟卖有什么区别？

你！金生站了起来，双眼红红地瞪着晶晶。

晶晶也不示弱，她的眼圈也是红红的：王金生，如果我要钱呢？你会给我吗？我也要五百，不，我要一千！给我给我！

金生其实就是想吓唬一下晶晶的，真的，但是他只是那么稍微地一伸手，手指头就拍在了晶晶的脸颊上，他根本没有想到自己的动作会那么大，只是一伸手而已，真的只是伸了一下手——如果他知道伸手是这样的结果的话，他一定不敢伸手的。

晶晶像发了疯似的撒泼，她连打带踢地把金生推出门外：你出去！人渣！永远不要回来！你这样的乡巴佬，给我滚得远远的！

门重重地摔上了，金生坐在门外的地上，从屁股袋里哆哆嗦嗦地摸出那半包烟，皱的，不成样子。他掏出，点了。

从楼下上来一个小伙子，皮肤晒得黑黑的，廉价的前后都有广告语印上的白汗衫被汗水浸得湿湿的，隐约还看得见一摊一摊深浅不一的黄色的汗渍，走形了的衣领上还有不下六十来个霉点点，他看了金生一眼，或者说又没看金生，把一张印着花花绿绿字的纸一揉，扔进金生的怀里，就像扔进垃圾桶里一样。

小伙子继续往上走，金生没有生气，他已经没有力气再去生气了，外面骄阳似火，烤掉了他心里最后一点力气。他把香烟夹在食指和中指间，摊开那张花花绿绿的纸，只见上面写着：××啤酒屋。

金生来到啤酒屋的时候林小雨正在表演徒手将苹果掰开的绝技。但是金生不认识后者，于是金生直接忽略掉那个晃动的画面，招呼服务员说，来瓶酒。服务员说，您要喝什么酒？金生讪笑：最好能给我一瓶毒酒，能毒死人的酒。服务员却没有被他吓倒，司空见惯地说，想死？没什么稀奇的，我们这儿想去死的人多了，你看，那儿就有一位，都死了多少回了人家。

金生顺着服务员手指指的方向望去，一个穿戴古怪的女子正在用双手生生地将一个苹果掰成等分的两半，她涨红着脸盘着腿坐在桌子上，远远看去就像一个跳大神的萨满。旁边围着很多起哄的人，尖叫着，还伴有口哨。林小雨咬着牙，怒目圆睁，脸上是一副痛苦而又狰狞的表情，面部肌肉开始绷紧、抽搐，最后当两颊的毛细血管似乎都要从皮肤下鼓出来的时候，她又一次成功了。她扔了半个苹果给吹口哨的那位，剩下的半个，在衣服上蹭了蹭，张口就吃。

你也曾经想到过死？

林小雨抬头，说这俗里俗气话的是一个留着胡茬、一脸憔悴的瘦削男人，衣服上凝聚了起码有三四十支烟的味道。林小雨不屑：你想怎么样？金生说，看你的样子不像嘛！林小雨依然很不屑：那么请问什么样的人才适合去死？金生说，我。

林小雨笑，像一个母亲听到儿子幼稚童语时的表情，她讥讽道：我什么我？金生不满：你什么意思？林小雨一笑再笑：其实死是一件再容易不过的事了。

林小雨拿出那把瑞士军刀，在自己无名指上轻轻划了一道，血就流了出来，林小雨把流着血的手指塞进嘴里吮吸，边吮边说，你看，容易吧，你能做到吗？

金生看得心里发毛，声音结巴着出来：你、有、病。林小雨的脸色马上就变得难看。她说，怎么了？怕了啊？怕了就别寻死啊。

金生突然抱住头在林小雨面前蹲下大哭起来。他的哭声气壮山河，像一个一直被虐待的死刑犯突然有一天无罪释放一样，声音震动周围每个人的耳膜，他说，我受不了了，我的女友天天要吃好的穿好的，我的妹妹每个月问我要钱，我快被逼疯了！

感情的奴隶。林小雨轻蔑地说，放心，你这种人死不了。你连死的勇气都没有，还是省点钱少来几次这种地方吧。

金生收住了哭，他的哭声来得快去得也快：你又为什么想到死？

林小雨又一次嘲笑金生的幼稚：生于80年代的人都会想到死，不奇怪，我愿意去死是因为我穷困潦倒。

金生说，那我也穷困潦倒，为什么我想不到死？

林小雨已经失去了和这个人讲话的兴趣，恰好有服务员走过，林小雨一把抓住他说，小虎你说说，我和他之间，哪个看上去更有自杀的倾向？

小虎仔细地看了看小雨，又看了看金生，这才说，你们俩都有病，这去死还有争的？

林小雨拍了拍小虎的屁股：切！说正题！

小虎嘿嘿一笑：真正想死的，表面上看起来可能很快乐，真正不想去死的，可能却是一脸抑郁。

林小雨不屑：说了等于没说。

小虎拍了拍林小雨的肩：我有个建议，你不妨去南市求支签，看看自己的命运究竟如何？听说是很准的，这要是临末了荣华富贵全掉下来了而你又死了，不是很亏？

我从来就不信什么鬼神。林小雨虽然嘴巴上这么说，但是心里却动了几分念头。金生不同意林小雨的看法，他是很敬鬼神的，但是说到去不去，他又坚持不去。

小虎于是又说，你看你看，我说吧，信佛的不一定会去，真正去的，又不一定信佛。

林小雨做出一个用脚踹的动作：去死！

金生目送着小虎离开，然后伸出手来对林小雨说，我叫金生。林小雨像看怪物一样上下打量着金生，仿佛他有四只眼睛八条腿：你没来过这地方？在这里，只有神经病才告诉人家自己的真实名字，像我，就叫粉红姐姐！

金生不满被揶揄奚落，瞪着眼，神情不悦。林小雨眨巴眨巴眼睛说，你别瞪我，有本事你去死去。金生的目光转为哀寂：死？难道真的很容易吗？

林小雨狠狠地瞪回他一眼，这才有了报复般的快感：不，一点也不难，只要从对面那幢大楼顶上跳下来！

她靠近金生，温柔地在他耳边哈气：跳吧，跳下去，身体就可以像蝴蝶一样轻盈。

说完，林小雨抓起外套起身说道：我可得走了哥们，你看着办吧。金生一惊，转身拉住了林小雨，似乎还想说些什么，林小雨说，干吗？拉住我想替我付酒钱？金生摇头，林小雨从鼻孔里哼出了一声，嘴巴撇到了耳朵边。

没水，也没电。林小雨对自己说，不用去看了，肯定是欠费水电公司给掐了的。

响起的是敲门声。林小雨赶紧噤了声，敲门声很有节奏地在门上弹了一阵后，门外的人嘟囔了几句，走了。

林小雨长舒了一口气，又躲过一劫，这个月真是命大，一连躲过房东三次。

林小雨想躲过这一阵，等手头上宽裕了些再回来。但是她不知道往哪儿躲。爸爸妈妈那里是不可能的了，为了数码相机已经和他们撕破脸皮了，自己又没朋友又没亲戚的。她想起了南市，去南市求签啊，难道她林小雨就命中注定一辈子潦倒落魄？然而她又想到自己是不信佛的，她想啊，那些天天念着南无阿弥陀佛的人难道都知道菩萨在北边？唐僧还不是往西边去取经嘛！这个时候有什么东西重重地磕了一下林小雨的脚，痛得她两眼金星直冒，她赶紧改沙发躺式为沙发坐式，嘴里念念有词：菩萨恕罪，菩萨恕罪，俺不是有心的。

于是在下沙发的时候又被磕了一下，她抱着受伤的脚趾一蹦一跳地回卧室，在黑暗中不用熄灯，倒下便像头熊一样呼啊呼啊地睡成一个"大"字形。

第二天凌晨才发现，是她唯一值钱的数码相机，磕了她两次。所幸脚趾不再疼痛，她赶紧拷上这宝贝迅速逃离了简陋的家，跳上去南市的中巴车。

她把那只蚊子拍死在了玻璃窗上，蚊子的尸体没有落在她掌心而是像标本一样地印在了玻璃窗上。她怔怔地看着窗外，种植在高速公路中间绿化带里高矮参差不齐的灌木丛一簇簇以极快速度向后飞去。

她怔怔地看着窗外，
种植在高速公路中间绿化带里高矮参差不齐的灌木丛一簇簇以极快速度向后飞去。

雨落了。

南市是很少落雨的。

公路旁是田，正值春季，青绿青绿的，放眼望去，那些她叫不出名的苗，像一片生机，温润地跃入眼底。雨打在窗上，她把眼神重又聚回到玻璃上，那里有一只蚊子的尸体，她突然想伸出舌头，像青蛙一样，用舌尖把蚊子尸体卷进嘴里嚼。

这个恶心的想法让她浑身起了鸡皮疙瘩。但是她无法打消这个念头在她脑海里徘徊、盘旋，而且越来越深刻，她只好撇过头去不看它，仿佛只有这样，才能把心里的念头抹去一点，她错了，她的眼虽然没有在蚊子的尸体上但心里留下了它。于是那具尸体此刻就像躺在她的嘴里，通过舌部味蕾的感觉只能用两个字形容:恶心。她想，自己的前世，一定是只蛤蟆，可以用长长的舌尖抵住那只蚊子，而后一卷、缩回来，不加咀嚼便可以吞咽下肚。干脆拿纸用力再用力地擦掉它。不，那样的话痕迹依然会存在。她悲哀，是啊，人可以死,但痕迹能马上消失吗?

从车上下来的时候她抬起了头，看见了在半山腰的寺庙，也看见沿着一级一级台阶跪拜而上的虔诚的老头老太太们，她没有照做，她本着一颗虔诚的心而来就够了，于是花二十元钱买了张票乘缆车由索道至半山腰。

抽了支签。四十二签。大吉，后解签。

解签室里的师父们都很年轻，她原本是想找个年老的看上去有点老态龙钟絮絮叨叨的师父。但是解签的师父们无一例外的都很年轻。

她未能如愿。在中国人的传统观念里，年轻人是办事不牢靠的，就好像中医越老的越吃香、武林中鹤发瘦小其貌不扬者的内功就越是深不可测一样。她从第一个，仔细端详到最后一个，而后在最后一个师父面前双手合十地站着，等待着前一个解签人的结束。

师父招呼她过来，她跪在了师父的面前。

这是一个极为年轻的师父，大概就和她差不多大，一张秀气瘦削的脸。师父伸手，示意她靠近点。她挪动膝盖，看见师父的手，骨瘦如柴，衬托出指关节的粗大。舍利子？她为自己有这样一个念头而暗暗发笑。师父的指甲修剪得很整齐，皮肤也够白，白得几乎没有什么血色，显然是因为长期在佛堂里很少见阳光的缘故。这让她觉得自己的皮肤又粗糙又黝黑。于是她想，传说中的仙风道骨，应该就是师父这样的了。

她虔诚地把合十的手高高举过头顶，然后缓缓地放下，到嘴边，到心口，再重回到嘴边，低头聆听师父的教诲。

你很抑郁。这是师父的第一句话。她并不觉得惊讶，尽管她知道自己的外表看来并不抑郁，但是能看出她抑郁的人多了，这不算本事。

尽管你抽了一支大吉的签，但你其实并不幸运。师父说这话的时候眼睛是盯着她的签的。

她点头，她对于佛的态度一向很虔诚，虽然她打心底里不相信佛能对她的人生起多大的决定作用，顶多她认为以师父这样的修为，是能洞悉到她的一二心思的。

师父用手摸着她的头。师父冰冷的手让她头皮一阵发麻，她抬头看师父，师父比她大不了几岁，这样的动作，会不会太亲密？师父眼神很淡然。她突然意识到自己的肤浅和可笑。师父是佛门弟子，既然在佛眼里没有爱情，那么就没有男女之间的亲密可言。众生平等，不仅仅是狭义上的平等。

师父的手指在签上轻抚摩擦着：你不要在三十岁以前结婚，这并不是说你不能结婚，而是在三十岁以前，你根本找不到结婚的对象。

她惊讶，她不知道自己哪里表现出是一个没人要的东西。

师父又说，你一生的财运都很好，但是你发不了财，连小财都发不了。

她瞪大眼睛看着师父，师父说，闭上眼吧。她缓缓地闭上了眼睛，却抹不掉这个年轻男子的淡然的面容，她相信了师父的话，并不因为师父是佛门弟子也不因为师父是为她解签的人，而是因为，她不知怎地突然就喜欢上了看这张脸。

她说，师父，我这几日想跟你参经礼佛？

尽管是询问的句子但语气中却带有毫不妥协的肯定。师父惊讶了，清澈的目光里尽是不解，他合眼轻声说，随施主心意。

破例的，师父没有像叫其他人一样的叫她也去烧高香，只是叫她到佛前拜上三拜。在烟雾升腾缭绕的大雄宝殿里，她跪下匍匐在那里，久久不起来，嘴里念念有词：谢天谢地，终于找到了一个可以白吃白喝白住的地方了，不然，我回去可怎么活啊！

师父说，孔子曾有云，众好之必察焉。快乐既是大众所喜欢的，那就不可不加以研究，但是快乐，也有真假之分，先认明白了，才不致舍真取假，自找麻烦。

林小雨瞪大了眼：快乐也有真假？

师父说，真快乐是指精神欢乐，而假快乐是指肉体快乐。一般人认为住洋房、坐汽车、食珍馐、衣华丽，是快乐了，但如遇天灾人祸，洋房毁了，或遇人事变迁，经济发生困难，洋房出卖了，那他的快乐，就要随着洋房同时毁灭。

林小雨不信，嘟囔着说，难道像师父你这样的粗茶淡饭才快乐啊，我不信，我巴不得天天和龙虾鱼翅燕窝抱着睡！

师父淡然：吃惯精粮，日久生厌，也觉得无甚快乐，倒不如粗茶淡饭来得滋味隽永。

骗谁啊。

林施主，人类羡慕假快乐的心理，若不彻底改变，终没有安乐的日子，这种依赖于物质的快乐都是假快乐，它好比镜花水月、过眼云烟，全是幻妄的，无奈世人大都识不透这种快乐的幻妄，拼命都向这一边追求，但天地间的物质是有定量的，怎能满足多数人无厌的欲望呢？于是巧取豪夺，弄得人世扰扰，无有休止。狡猾点的人，聚敛的多了，享受过分，若照因果循环的定理推测，自难免后来的苦极，那愚拙的人，终日辛勤，还得不着温饱，弄得贫富不均，苦乐悬殊。

林小雨头一歪：师父，你中毒了，你的语气活脱像一个传销工作者。什么叫快乐？什么是精神快乐，精神快乐源于物质快乐，所以物质快乐是基础，温饱都解决不了的，还提什么快乐？

孔子叹赏颜回箪瓢陋巷的乐趣，称赞子路不耻恶衣的见识。在俗人看来，以为他们衣食不周，是很痛苦的；秦始皇，大造宫殿，穷极享受了，还不知足，再使人去求仙药，他处心积虑，专为一己一家图谋快乐，而他所得的快乐，转眼却变成国破家亡的祸根，还要受尽未来及后人的唾骂，这就是识不透假快乐，追求过分了，所以遗恨千古。

小雨没有再争辩，尽管她心里想，遗恨千古又有什么关系？只要活着的时候穷尽奢侈，富贵一生便好，师父不食人间烟火，自然是不懂那么多的。

师父说，林施主，天色已晚，我先回去了，你早点休息。

方才还坐得端端正正的林小雨忙从椅子上跳下来，拉住师父的袖子：师父，你明晚还来吗？

师父颔首微笑：若能使你厌假欣真，改变心理，归纯返朴，那么，我便大喜欲狂了。

小雨很疑惑：我本身就很纯朴啊。但是她张张嘴，没有发出声来。

次日师父讲的，是父母。

林小雨不听，她说她没有父母，师父摇头：父母对于子女，从十月怀胎，三年哺乳，养之教之直至成人，这种恩德，天高地厚，为孝的子女应尽心竭力，小心奉侍，岂可反目顶撞？即使遇到性情暴躁的父母，也应该和颜悦色，逐渐化导，以归至善。

林小雨低下了头：师父，您不懂的，您尝试过一个父亲，用那么粗的棒子，把自己女儿打出家门，并且诅咒她死吗？是的，我是要死的，我是要死给他们看的。

师父说，能用棍棒打你，能开口骂你的父母，仍然是爱你的。我的母亲，在等不到我父亲离婚得不到名分的情况下自杀了，我是从小在这里长大的，我的父亲，和我在同一个城市，他却当我是死了一样。

林小雨见到有一滴眼泪即将从师父的眼中滚落，瞬间，又消失了，她诧异着，诧异师父能如此平静地叙述自己的身世，而这一平静的背后，需要多少时间来平复曾经的波涛汹涌？师父一低头，一大颗泪落了下来，林小雨向前一伸手，滚烫的泪立马落在掌心，那一刻林小雨心里真的是疑惑了：我为什么要死？又为什么要虐待自己？父亲这样真的是爱我？如果是真的，那么我去死的理由是什么？仅仅是因为父亲的粗暴或是自己的穷困潦倒？为这些理由值得么？

夜，是那么的漫长。

林小雨的酒瘾犯了，她翻来覆去地睡不着觉，直至凌晨三点才小歇了个把钟头。就在她早起推开窗的刹那，她听见晨扫的两个阿婆说，智元师父昨晚又与她谈到夜深，真不知道这一男一女的在屋子里有什么可谈的？俗世间这许多的苟合之事……

她忿然地狠一推窗，窗框子砸到外墙又砸了回来。吓得两个阿婆不敢作声。她想冲上前去大声责问她们，但是一想到这里是佛门净地，只好把所有的怒气堆积在眼里，用眼狠狠地盯着她们，如果可以的话，那眼里喷薄的，定是大团的火焰。她冲出房去，疾步走入偏殿，顾不得众人的目光,攥着师父的袖子使劲往后拖,把师父拖进自己的房间里。

师父问:怎么了?

不怎么的!林小雨被气得血往上冲两眼发黑,左顾右盼四周环望寻找可以摔的东西,终于被她抓到枕头狠狠地朝师父扔过去,你干吗要呆在这不干不净的地方?

师父涨红了脸,声音高了起来:你说什么?佛门净地,哪里是什么不干不净的地方?

林小雨第一次看到师父涨红了脸,嗓门那么大,于是也把声音高了十几个分贝:佛门净地?拿什么净?拿什么净?你知道那两个晨扫的阿婆说我们什么?

师父背过身去掩饰住自己的失态:那又如何?天地之大,唯有这里是我容身之地,他们对我如何,我不闻不问便是了。

林小雨又急又恼,一把抓住他的手:师父你错了,外面的世界很大,没有这庙你照样能生存下去的,离开这地方吧!

师父甩开林小雨的手:不要逼我!便头也不回疾步走了出去。

林小雨哭着,与其说是哭不如说是干嚎,嚎了一阵,偷偷地将上下合着的眼皮开了一条缝,从眼缝里,看到镜子中的自己,蓬头乱发,衣服凌乱,色彩斑斓,像一只受伤后狰狞丑陋的母豹子,她明白,母豹子没有任何的说服力。

师父把自己锁在房里,不再肯出门。林小雨敲,她说,师父,你开门,我有话要和你说。

师父说，有什么，屋外说便是了。

林小雨说，师父，我原以为你这佛前打坐的弟子心如止水，难道人言可畏你也害怕？

师父说，怕与不怕，又有什么区别？

林小雨讪笑：师父，昨晚我看了安妮宝贝的书，书里的那些阴暗面让我恐惧，我不住地想，我也会这样吗？我也会自杀吗？

师父说，吃点东西吧，一边吃东西一边看，就不会溺在悲伤里无法自拔。

不，师父，您不觉得有时候，死去的是一种解脱，而活下来的，反而是受苦的开始？

好死不如赖活着。

林小雨无言，她想，对，好死不如赖活着。师父是不会离开这里的了，因为，你一生都没有离开过这儿也没有到过任何其他地方，在你眼里，一离开这儿你必将穷死饿死冻死。而我，那么卑微地活着，像一坨垃圾一样的活着，生命力却愈加顽强。

林小雨走了，她不想再劝师父跟她走，也不想劝师父从那个房间里出来，对于她来说，师父将是她生命以外的人了，他的生死，与她无关。他有什么宿业，有多少，也与她无关。

金生靠近了栏杆，虽然他喝得酩酊大醉但是他头脑仍然清醒，他知道自己不能跳下去，只是身体里有一个声音一直在蛊惑他：跳吧，跳吧，跳下去，你的身体就可以像蝴蝶一样轻盈。

他先跨了一条腿出去，没有恐惧。感觉很好。风灌过耳边，似千丝万缕从肉身上穿越而过。蠢蠢欲动。是极限了吗？是的。无法承受了吗？是的。他一遍遍回答了自己。于是又跨了一条腿过去。于是整个身体，就像蝴蝶一样轻盈飘落。

林小雨终于带着一身疲惫回到了这个城市。

一回来，钻进了啤酒屋。

啤酒屋的服务员仿佛都不认得林小雨了，也难怪，他们只认得消费结账的钞票。于是服务员问：来点什么，小姐？

白开水。对，只要一杯白开水，一杯告别的白开水。然后回家，洗澡，整理房间，抱着暖和的被子睡觉。

服务员下去了，就在这中间，在嘈杂到能掀翻屋顶的音乐播毕的瞬间，林小雨听到有人说，那个金生从十八层楼顶上跳了下去，像一叶无助的羽毛，从天堂掉进了十八层地狱，轻轻地又或是重重地摔在了地面上，红的血，白的脑浆。

有人说，死去的是一种解脱，活下来的，反而是痛苦的。

林小雨看了看那些人，他们同样受着酒精和烟碱的诱惑，他们同样异常兴奋，时不时地对骂着，或做出一些自残的举动。

那些人的面容和那些人说的话，好像在哪里听到过。林小雨想。然而终究是想不起来了。

杀一助

Sha Yizhu

杀一助

我遇到他的时候，是在路边一个很小的酒馆里。当时外面大雨倾盆，酒馆里的烛火被风吹得一阵暗似一阵。在这个昏暗的时刻，他告诉我他叫杀一助。

正如在昏暗的烛火下看不清他的脸一样，我搞不清楚他到底是姓"杀"还是"沙"，我没有问。名字只不过是一个符号。

从他的口音判断，应该是外地人，这在后来的故事中得到了证实。他说，他是杀手，从京城来。他说，他的母亲是秀敏公主。他还说，这是一个谁都不知道的秘密。

我赶紧点头。公主！多么高贵的身份！让我眼前的男人陡生了几分高贵气质。想到我即将得知一个大人物的身世秘密，实在是不得不让人激动。我探试着问道：那你的生父应是……

杀一助突然站了起来，黑色的大斗篷完全遮盖着高瘦的身子，他突然凑近了我，距离是那么的近，然后说，兄弟，青山常在，绿水长流，后会有期！

说完就大步流星地走了，任由我在后头"哎、哎"地叫了好几声。

沈夺和他的柳剑

我垂头丧气地回到家的时候看见丫鬟翠屏正在门口东张西望。我说，你等情人啊，这模样。翠屏一见我，急急拖了我手往里走，小姐，你又扮男人出去了，老爷刚着急着找你。

我知道一定是沈夺来了。沈夺是天门剑庄的三少爷，虽然我们从小就订了娃娃亲，但是这个人对于我来说却始终是一个谜，一个神秘的难解的谜。

我的疑惑不是没有道理的，沈夺原本在"天门剑三侠"中排第三，可他现在却是天门剑的唯一传人，为什么说是"唯一"呢，因为现在所有会天门剑的人除他以外其他的都已经死了，他们为什么会死？怎么死的？没人知道。

天门剑法江湖上公认是天下无敌，但沈夺却只会三招，这并不是说沈夺偷懒或是天资不够，事实上除了沈夺的太爷爷，也就是天门剑法的创始人外，没有传人能学过三招。沈夺说天门剑法过于戾气，二招便可在江湖立足，无须称霸。

那三招我已见过无数次，都是些入门的招数，看上去简单极了。沈夺的武功到底有多高呢？我曾看过。一个密封的铁箱子，里面放着很多块玻璃，沈夺一剑挥下去，铁链断了，铁箱子完全裂开，里面的玻璃却完好无损。我当时争辩说沈夺这不是天门剑的招数，沈夺笑笑，沈夺说那不叫招数，那是我的柳剑争气，它削铁如泥。我不信，我说为什么我拿柳剑砍的时候，外面铁的东西都是好好的而里面的玻璃却全震碎了？

沈夺说，你越是想砍断外面的保留里面的，得到的结果就越是相反。

我感到这是一句很有哲理的话，因为沈夺说这话的时候没有看我，而是盯着院子里的那棵柳树，那时正值春季，当沈夺说了这句话以后我看到的却是，"深锁春光一院愁"。

让我觉得纳闷的是沈夺的柳剑，按说，兵刃应该是武者的灵魂，这并不是说他不该用剑，他是该用剑的，剑在习武的人看来，不仅仅是一种工具，虽然它和刀一样，能刺、能砍、能切，但是每一种兵刃在我们脑海中唤起的感觉是不同的。刀和剑是两种境界，剑代表的是一种贵族的境界，一种贵族的风度，而刀是实用的，刀代表了一种平民精神，一种对自由的追求，比如我爹。沈夺佩剑并无不妥，不妥的是，他佩的是柳剑。既然称为"柳剑"，自然是形如柳叶，薄亦如此，沈夺的柳剑二尺三寸长，柳叶状，剑鞘上镶有一颗蓝宝石，闪烁着智慧的光芒。对于沈夺这等举重若轻的人物，那个柳剑，实在是怎么看怎么别扭。

我曾经不止一次地央求过沈夺换去柳剑，但是都遭到了他的拒绝。

后来我干脆认为天门剑法可能是没什么过人之处的，江湖上所谓的公认也不过是传说而已，谁都没见过。我这么认为的根据，不仅仅是看到了沈夺的那三招，还因为我偷看过这卷书，就在爹的书房里。

预言

我遇到了杀手了！是一个很冷峻的杀手！

沈夺问，你怎么知道他是杀手？

他自己说的。

沈夺像长辈一样摸着我的头说，傻瓜，他要是说他是皇帝呢？

他不是皇帝，但是他是杀手，他叫杀一助。我很认真地一字一句地把话说完。然后看着他们笑，我很生气。

沈夺看着我，天，他眼底的感觉，深不可测。他说，我信，伯父您也应该相信。

爹收拢了一些笑容，可还是在笑。

我没有理睬他们，第二天我再去那家路边的很小的酒馆的时候，我找不到杀一助了，也不能说是我找不到他了，而是前一天我根本就没有看清他长得是什么样子，只记得有一顶很大的黑色的斗篷，今天这样的天气，谁还会用斗篷呢。

正当我环视一周的时候，有人在一旁用很低的声音叫我：秦兄。

这个人也是瘦高个，只是太瘦了，真是可以用"嶙峋"这两个字来形容。我就瞪大了眼睛，问：你怎么知道我姓秦？

他扯了扯嘴角，没有我不知道的事。

我脸一红，生怕他会看穿我的女儿身，嘴里不停地说，怎么可能，怎么可能？

他环顾一下四周，压低了嗓音说，天下没有杀手不知道的事，除非，他不想知道。

在我还没有吐出来字来时，他一把捂住了我的嘴巴，关节粗大的指缝里透着一股米酒的清香，让我全身的细胞都刺激到了。我掰开他的手说，你们真的会知道所有的事？

杀一助双手环抱在胸前，这没什么奇怪的，我们那儿盛产杀手，我父亲也是，他叫黎战。

江湖传言，九王爷叛乱的时候，就是这个黎战救了秀敏公主，但是叛乱平息后不知道为什么皇上就把他给杀了。那么你是公主和黎战的……我小心翼翼地问。

儿子，我是他们的儿子。

不知道为什么，他好像一点都不避讳自己的身份。

我感到兴奋，我居然和一个杀手，一个高贵出身的杀手坐在一起喝酒嗑花生。于是我说，你那么老远过来，是为什么？

他把食指压在唇上，说，明天凌晨，我将会把秦家庄的秦远天和秦远海杀死在他们自己的书房。

那是我大伯和二伯的名字。我在心底里冷笑，抬头，迎着杀一助的目光说，你杀得了他们么？

他冷笑，他说，摧城掌。

我骇然。爹说过，江湖中最厉害的人，不是使用什么奇奇怪怪兵器的，而是不用兵刃性格又怪癖的人。江湖上也有这样的说法，说一个人武功越是在最低境界的时候，越是会用些锐利的兵刃，稍厉害些的，则用比较轻的兵刃，这时候如果能再上一层，则改用较重的兵刃，举重若轻嘛，至于武学的最高境界，也就是武功练到大成的时候，是可以不用兵刃的了，换句话说就是，这个时候他可以没有兵刃，也可以什么东西都拿来做兵刃。我还没见过谁能达到这一境界，爹不是，沈夺也不是，我的伯伯们就更不是了。从这一点来判断，我的伯伯们不是他的对手。

我低下头，在我低头的时候我看到杀一助的刀，一柄很长的刀。我用手指了指。他的表情有一点点不自然，他说，杀手需要很多伪装的，比如他的兵刃，比如他的名字。

我开始害怕起来，我想我必须告诉爹，于是我扔下了酒钱飞快地跑回家，跑进屋去。

我说，爹，那个叫杀一助的人要杀了大伯和二伯！

爹嗤之以鼻，这种自以为是的江湖小人物我见得多了，不理便是！

我摇头，很努力的。我说，爹你要相信我，我说的都是真的，他会摧城掌。

茶杯落地，摔了个粉碎，茶水和碎片溅到了爹和沈夺的袍角。爹的表情很奇怪，他先是有些惊恐地看着沈夺，然后慢慢地把他的眼光从沈夺脸上移开。爹说，你们都出去，我想一个人静静。

出门口，沈夺拉住我说，你把今天发生的事情和我说，任何细节都要说。

炮制杀手

大伯和二伯死了，时间和地点和杀一助说的一样。凌晨，在自家的书房里。胸口有一个颜色很深很深的手掌印，紫，紫得发黑。爹沉默了很久，说，是的。爹说出这两个字的时候，仿佛用尽了全身的力气。我突然发现他一下子苍老了，以至于看了尸体后，他许久站不起来。

这一天爹意外把我留在了书房。

爹说，你今天再去见那个杀一助。

我不肯，我说不，爹，我怕！他是杀手！

爹说，乖。

我还是摇头。

爹说，也许不是他。

惊讶。为什么不是他？

爹说，这个人的摧城掌只学了个囫囵，以他这样两成功力是不足以杀死你的伯伯们的。说完，爹一把抓住我的肩头，说，你必须去。

看到爹眼里的杀气，我咬着牙答应了，虽然爹只用了三成的力气，但我还是痛得大叫出声来。

第三次见到杀一助的时候，他还是没有笑容，苍白的脸上有了些许晦暗。我说，秦远天和秦远海已经死了，今天凌晨，在他们的书房。

他脸上出现一种奇异的神情，直勾勾地盯着我，没说话。

我心烦意乱地摆手，你别看我，也别问我是怎么知道的，你说，是不是你杀的？

听了我这句话，他突然间像回过神来一样，脸上竟然带着窃喜和得意，他说，这不算什么。

你够了没有！我一拍桌子。周围的人都看了过来。他赶紧拉我坐下，又恢复了刚才初见到时的冷峻。他说，这真不算什么。我拿冷眼瞥他。他说，接下来，可就是秦远山了。

他的笑有几许阴毒，在这个黄昏里，听起来是那么的突兀和不自然。

秘密

天底下会摧城掌的人只有两个，其中一个就是你爹。这是沈夺跟我说的。当我追问另一个的时候，他笑了，他说另一个是绝对不可能的。我问为什么？沈夺说，他在关外。我笑沈夺傻，我说关外的人也可以跑到中原来的。沈夺也笑了，他说，除非他从大漠边上的那块墓地里爬出来。

我愣了一下，感到背脊发冷。

你爹原本和他是师兄弟，论人品武功，你爹都不如他。当年他们同时爱上了一个女人，你爹答应把那个女人让给他，但条件是让他有生之年，不再踏进中原一步。

他答应了？

他答应了。但是你爹却担心有一天他会反悔，所以，你爹还是没有放过他。

我不相信，我一直在摇头，虽然我爹很凶，但他绝不会做出这种事情的，我爹不是坏人。

我说，沈夺，是真的吗？

沈夺回避了我的眼神，他伸手把我搂在怀里，说，秦丁，你太单纯了，你这样我以后怎么能放心？

这个时候武林中开始传言，摧城掌的传人要找爹报仇了。爹整日焦躁不安，终于有一天，他命令沈夺，杀掉杀一助。

沈夺回来说，他去的时候杀一助已经死了。

杀一助端坐在自己的床上，两只眼睛睁得老大老大，嘴巴呈一个"O"形，脸上和身上的肌肉已经抽搐得变了形。

爹问，是他吗？

我应了一声便不忍再看。

沈夺说，应是惊恐过度而亡。

我不信，我说，谁能把杀手吓死？

沈夺笑了。沈夺说，他不叫杀一助，他叫狗二，平日里游手好闲，专以骗人为生。

我不信，我说我不信，我说他是杀一助，你们弄错了，他是杀手，他武功高到可以杀死我的两个伯伯，狗二只是他隐藏自己真实身份的假名罢了。

但是没有人听我讲话，爹听了沈夺的分析，点了点头，表示认可，并像是终于松了一口气似地拍了拍沈夺的肩膀，说，辛苦你了。他抓起沈夺的手，正想说"走，喝几杯去"的时候，突然脸色变得微妙，他问沈夺，手？

没事。沈夺满不在乎地说，在关外的时候被狼咬的。

爹的脸一下子变了颜色。

白米粥

爹死了。在杀一助死的第二天的清晨。

他没有死在摧城掌之下，他的面呈青紫色，嘴角流出了黑血，是中毒。

书房里还是那样的整洁，没有打斗过的痕迹，只是爹的那卷包着封皮的《天门剑法》不见了。

在这个早上，喝了白米粥后，整个秦家庄的人，都死了，包括那只娘最喜欢爹最讨厌的猫。说整个秦家庄也不对，因为还有我，我还活着。我没喝粥，准确地说，我是没有能喝到粥，早上沈夺无端地找我吵架，并抢去了我的碗，对我大发雷霆不让我吃饭，他把我盛着粥的碗给摔了，那只猫乘机偷吃了地上的粥。我脑子里一片空白，不知道我们的仇人是谁，杀一助已经死了，这是我亲眼见到的，这个唯一说过要杀死我爹的人已经死了，那么还有谁要置我们于死地，是他的同伴吗？他说过，他们那里是炮制杀手的地方，个个都武功了得，是他们吗?

我得去找沈夺,我现在唯一可以信赖的就是他了。

在转身的时候,我看见一个身影朝大门外迈去,他没有带任何的兵刃,手里握着一卷书,疾走无风亦无声,已经到达了摘花飞叶皆可伤人的武学最高境界,那柄柳剑,不知道什么时候,或许是好早,就已经被他遗弃,现在正静静地躺在我的脚下,剑鞘上的蓝宝石闪烁着邪恶的光。

独白

Monologue

1

说点什么？其实也没什么可说的，那么就谈谈我的内心吧。您一定会说这个话题难了点，是，也许是难了点，相对于别人来说。对于我？我的内心太简单了，不过是希望每天都能够多打点装备，或是级别再高一点。

您一定不相信吧，或许您会说，你脑子里就只有游戏？难道就没有一点儿爱情？如果您这么说，那您可就太优雅了，爱情这玩意儿之于我来说，实在是一个奢侈品。您想啊，又花金钱又花精力在那上面，两个字——不值！但您要说做爱——其实这个词也很优雅——天天都在想啊，我是二十好几的大老爷们儿，要说没想过，就显然对您不诚实。

不过目前我对这些小妹妹们没什么兴趣，倒不是说我不喜欢她们，谁愿意过清教徒的生活呢……可是我现在迷上了一种电脑游戏，PK，在那里面可以随便杀人，杀了人还可以抢他的东西，最主要的是，杀人还不用负责任。

游戏是有魔力的。有个网友发出这样的感慨之后我大为赞同，事实上这句话在很小的时候泡游戏厅里的时候我就已经感悟到了。但是很遗憾，尽管我感悟到了，还是管不住自己，一头接一头地往里面钻，后来长大了，肚子里的墨水多了点，我知道这是因为情商不高的原因，我安慰自己说情商不高有啥关系，只要智商高就行，老跟人学什么 EQ、IQ 的来分析，累不累啊。再后来这款电脑游戏就新鲜出炉了，就像新鲜出炉的烧饼一样，大家抢着要。我也不例外，怎么能与时代脱节呢？我于是大力响应群众的号召，永远和最广大的人民群众站到一块了。

我们玩的这个游戏是分帮派的，我加入的这个帮派是我们这个区最大的帮派，入了帮就等于有了保护伞，只要跟在他们后面跑跑，谁也不敢欺负你，如果帮主高兴，他会从指缝里漏一点装备给我们，对于他来说可能是沙粒的，对于我们来说，可就是宝贝了。再如果遇到哪天帮主特别高兴，说不定撒点小钱给我们，那就算好运气了。

对了，还没有介绍我们帮主。梦想成真。我们都叫他梦想。什么什么？您说这名字奇怪？网名！这网名已经算超级烂了的，有个拽一点的还叫什么"唐伯虎点蚊香"呢。我？我叫"兔子今天就吃窝边草"，

游戏是有魔力的。

大家都叫我兔子。回到说梦想这个人上来，本来我是没有资格进这第一大帮的，全靠梦想，他是我的室友，我跟他关系那个铁啊，简直没二话，不然他也不会同情我可怜我，把我给弄进帮里去的。

2

您问我有没有痛恨过这游戏？有，绝对有。什么时候？当然是因为打不过人家快要被杀的时候，那个时候我是多么真诚地祈祷啊，结果每次还不都是被人家一刀劈死？这种时候我是最痛恨这游戏的，妈的，害得我装备全没了，空练这么高的级别顶个屁用啊，垃圾，全是垃圾。

不过现在呢，我想通了，我呢，老是给上帝祷告是没有用的，我也应该向您祷告啊，您看，我这不就是没上天堂的命么，早知道我是要下地狱的，那时候向您祷告不就成了？

瞬间忏悔。是我们最流行的词儿。我那寝室的墙上写了多少句"今后再也不玩这游戏了"。三分钟一过，除了这墙上的字还在，什么都没了。您说我没原则？原则？什么是原则？这年头，原则能当饭吃啊，要懂得变通啊老哥。您看看那些爱赌的爱抽烟喝酒的专干坏事的，每次不都是来个声势浩大的忏悔？说"再也不××了"，结果呢，能熬得住么？也不想想。

这就跟吸毒是一码子事。别说海洛因什么的，就是在平时的菜里给你放那么一丁点儿的罂粟，那味儿，保准您说鲜！您能不念叨着再吃一次么？您吃别的菜可不就是觉得没有味道了么？哎，就一个理儿。

3

再说说爱情。别看我这么个人，爱情，您还真要羡慕我了。再怎么说我也跟中文系的系花有过那么一腿，人家可是我的前女友，那模样，脸蛋是脸蛋，身材是身材，要是在夏天这种衣料少的季节里，唉，什么是凹凸有致曲线毕露啊，她就是。

要问我是怎么追的？前面我说过，追女人又花金钱又花精力，所以我得找个省力的。人家说中文系的莫菲是系花，我就上了，当时寝室里那几个都不把我当回事，人家说就你这没鼻子没脸的，还想去追系花？说你是癞蛤蟆想吃天鹅肉都是轻的，追系花要是省心省力，全世界的女人都不用追了。

我心里想你们这群肉包们怎么能懂？中文系的美女们可不是花钱就能解决的，越是看上去高不可攀的美女，越是容易瞬间到手。系花么，光想不追是不行的，但说到追，以他们这些凡人肉胎的水平也是不行的。我？高人自有妙招。

要找到莫菲是很容易的事，她经常放学后一个人在操场周围晃悠，扎眼得很。我跑过去说我也想加入文学社团。她瞪了我一眼。哇噻，美女就是美女，连瞪你一眼的感觉都那么妩媚，简直要陶醉了……幸好当时我及时清醒过来，拉住莫菲的手说，我可不是开玩笑的，我是说真的。

为了表示我的诚意，我递上了一首诗。名字倒还记得，叫《我喜欢你》，内容么，忘了大半，只记得有一段是：我背着旧书包跑过提坝/没有人嫉妒我的美好/你同意等于你爱我/田野上的黄花千朵万朵。

莫菲当场就送了个秋波给我——后来她死不承认，我也没证据证明，只好由着她赖皮了——她说你写的？我点头，头点得飞快，害怕被她看出破绽来。她说，那你为我写首诗吧。我说，这首就是写给你的，你瞧瞧这句，你同意等于你爱我，你同意么。她说，你使坏，这首不算，我要首新的。

我回去又开始翻报纸了。其实我挺对不起人家原作者的，您说，要是这首诗被抄过来，安上一个懂行一点的人的名字，那也对得起人家了，起码也叫遇到知音了，遇上我？唉，糟蹋了人家的好诗。

后来还真被我找到了这么一篇，我在黑暗中的大操场上大声朗读着：只有我这么耐心。只有我/知道不可能，但仍旧爱下去/如爱一截伐倒的树木，在他人看来，真不可思议。

莫菲吃吃地笑着，用拳头一拳轻一拳重地打在我身上，我回应她傻傻地笑，心想，看吧，清高的女生果然更容易追啊。

我们谈了三个月就分手了，倒不是因为莫菲发现了我作的诗都是抄来的——我的水平莫菲一早就能发现了的。诗人？那是太高深莫测的东西，我可不敢去碰。莫菲跟我分开，还是为了那一款游戏的事。什么？您说我因为游戏而冷落了她？哪能啊，您可冤枉死我了，我可以指天指地地发誓，我可比那窦娥还冤呐。没错，之前是我不好，我跟她念叨了太多的有关于打装备的事，还有怎么升级、怎么做帮主之类的许许多多，可这也不能全怪我啊，谁晓得看上去那么什么的一小姑娘，居然就一下子迷上了游戏而抛弃了我了，在网吧里她充分发挥了她的美女优势，才十六级就被那帮骚包们捧为副帮主了，我跟了梦想这么长时间都还只能做喽啰，她倒好，一来就踩到我头上去了。可他们还非说莫菲是潜力股，兔子你是什么，垃圾股，还想跟她比？

您可不知道，我是从来没有见着一个女人对这种游戏这么痴迷的，先前我一直想吧，这暴力啊流血啊的东西都是男人们干的，女人在这里应该是靠边站的，没想到这莫菲是真不含糊，巾帼不让须眉呀，你看你看，就这么点垃圾装备，也敢见人就砍，每次一上线非砍到被挂"红名"才收手。有时候我就在想啊，您说这人开发什么软件不好偏要开发这么一档子软件？害得我女朋友没了不说，现在还得天天看她的脸色卑躬屈膝摇着尾巴说好话，让她扔点钱和装备给我。

4

那天傍晚我和梦想冲了澡照例到了学校附近的网吧上网。我们几个是常客，所以我们大大咧咧地到柜台那里的饮水机旁倒水，老板娘看了也只能干瞪眼。

莫菲早就在那儿了，这小妮子，比我们还积极。梦想挨着她坐了下来。我心里暗暗咒骂道：这女人真不是东西，谁当帮主就拍谁的马屁。

很快网吧就满座了。梦想说，快看，又是那两个人。我仔细看了看屏幕，卿卿和我我又在我们的地盘边上晃啊晃了。梦想拍手大笑说，真是不怕死的，又来了啊。

梦想自恃是本区的第一大帮，根本不把这些散兵游勇放在眼里，他往往是把某一个区域垄断起来，那里的怪兽、装备、金钱什么的都只能由我们去开发，其他人要是有打这个主意的，梦想非砍死他不可。这样一来，网络上玩这款游戏的，只要是听到"梦想成真"这个名字简直就是如雷贯耳，统统闻风而逃。偏偏这卿卿和我我，不知道是不是对情人，反正肯定是新手，老是带着一大堆的垃圾装备在我们地盘边上晃悠，企图捞些什么好处。您说梦想怎么能放着现成的不杀？自然是来一个杀一个，来两个杀一双。碰到梦想也算是他们倒了八辈子的霉了，都不知道被梦想杀了多少回，每次一死就掉了一大堆的装备，倒是便宜了我们这些小喽罗。

最近躲着梦想的人多了，像这样现成的机会已经不太好找了，梦想当时就红了眼，在他一声号令下我们迅速包围了他们，卿卿和我我很无助地看着我们，我知道他们胆怯，他们不停地在求饶。我说，梦想，算了吧，今儿个心情好。没想到莫菲这小娘们不同意，她狐媚的眼一瞪——说也奇怪了，以前我怎么就觉得她那双是清清澈澈的丹凤眼呢？话说回来，莫菲当时的表情真是让人觉得欠揍。她说，干吗要放？姑奶奶我要以血相拼！梦想立马就咧着嘴笑，两人的表情要多暧昧有多暧昧。我的无名火"腾"地就上来了，什么玩意儿啊，我怎么早没看出来这两人有一腿啊。

后来他们正杀得起劲呢，梦想的电话响了。接了电话以后梦想就得意了，梦想说，看，那两个小子，求饶不行，现在来挑衅了，就两个人，还想挑衅我们？兄弟们，咱们都出去看看那两人是啥熊样。

我们都跟出去了，大有兄弟相帮的模样，莫菲也要跟出去。我不让，我说都是男人们的事女人跟去干吗？莫菲朝我抛媚眼，莫菲说女人怎么啦？男人女人还不都一样是人啊。我当时可来气了，真恨不得拿了针和线把她上下眼睑给缝起来，您不知道，这丫头片子最近猖狂得很，不是跟我发骚就是爬到我头上拉屎拉尿，她凭什么啊，不就是仗着梦想撑腰吗？我哪能这么容她？于是我阴阳怪气地说，不一样的地方多了，你裆下能多个把儿吗？

莫菲当场就傻眼了。嘿，瞧把她给憋气的。我也不理她，只管朝前走，就这两句话的空，梦想和他两人已经干上了，梦想边挥舞着拳头边解气地骂道：小样的。长得跟干瘪枣一样的一对，还敢来挑衅我们？在梦想的带领下，那男的，脸已经花了，那女的只知道在一旁哭。看，哭哭哭，女人真麻烦。我一想啊，可不能这样下去了啊，不是我胆小怕事，这留校察看也好开除也好都可不是闹着玩的。说来也该是我倒霉，您看，您就咧嘴笑了，您说您是不是就对我有好感，诚心想把我给拉到您这里来啊，真是的，还笑？您还真当我愿意到您这儿来呀。当时我拼命地挤到前面去，想把梦想给拉回来。我还算计好，与战争中心保持半手臂的距离，绝对不让自己卷入到战争的漩涡中去。哪晓得那个被打的王八，您说他抱头蹲着就蹲着呗，好端端地干吗要突然站起来反抗？这时就见他一起身，从身上拔出一玩意儿——说实话，他动作太快，我什么都没看清楚，只看到一道白光，从我面前闪过，哦，不，是胸前闪过，然后就深深地扎入了我的宽厚的胸膛。

5

在救护车上的时候莫菲一直在哭，我心里倒是乐了，我想啊，莫菲你早说呀，不就是喜欢英雄么？我倒是歪打正着呢，其实我当时看到那一道白光呀，还真是想往梦想身后躲的，哪晓得梦想这猪头，躲得比我还快，一闪开位置，倒把我给往刀口上撞了，您瞧这英雄当的，要搁在平时，让我这么舍身挡匕首，谁干呐，可现在，您看不是，唉，要不怎么说我倒霉呢，活该挨上这一刀。

莫菲的眼泪就这么一直流着，我相信她是真诚的，谁让人家都说女人的眼泪值钱呢？莫菲边哭边说，边哭边说，兔子你真是可惜了……梦想说，可惜什么？我心里得意着，梦想你就是头脑简单四肢也不发达，她说可惜了无非就两点，要么是说我没当上美国总统，要么是说后悔当初和我分手了，非此即彼嘛，笨。

我就这样在莫菲的哭声中被推进手术室，被插满管子，然后就昏昏沉沉的，什么也不知道了。

第二天等我醒来的时候，身上的管子已经都拔掉了，我躺的房间里空荡荡的，就一床，我一人，别的什么都没有，连个鬼也没有。对不起，说到鬼可就冒犯您了，我不是有意的，不好意思啊。继续说，当时我想啊，真他妈的无情无义，老子没事了你们就立马不见踪影了，什么玩意儿，看我怎么揪着你们。

后来我看了看窗外，也是，都晚上七点多了，你说人家能不去吃晚饭填肚子么？这么想着，我也就往学校附近的川菜馆跑去。您问我为什么就知道那些家伙在那？哦，忘了说了，那是我们的根据地，所谓"跑得了和尚跑不了庙"大概就说的是这个理。什么？不是这意思？用这里不合适？……管他呢，凑合着用吧，能说俗语就很不错了我。

我就这么地去了那家川菜馆，到了门口的时候，一个服务员正在往外面泼脏水，我跳起来躲开，他妈的那个不长眼的小个子服务员居然像没看见我这个人似的，转身就进了屋。我绕开了那摊脏水，踏上了黏糊糊的地面。梦想他们都在，莫菲也在。她穿着很鲜艳很透明的吊带背心和超短裙，紧挨着梦想。乍一看的时候我挺上火，我是不承认因为看见他俩那么亲热才上火的，这以前莫菲跟我好的时候，哪里穿过这么暴露的衣服？简直就是把咱们家的东西都让别人给看光了！不过一会儿我就心平了许多。您想啊，这三条腿的蛤蟆难找，两条腿的漂亮女人还不多的是？更何况她又不是被别人抢走，梦想！那跟我是什么关系的朋友？铁！让个女人给他？不在话下！

我这么想着，心平气和地移了张凳子坐在他们对面。大家一反常态地沉默。本来我也想提提昨晚的事，但是谁都没有吭声，我也只好不说话，毕竟，也不是件什么光彩的事。

梦想突然说了句，我把号给卖了。大家惊讶，抬头看了梦想一眼，但是都没有发表意见。莫菲用很闷的声音眼泪汪汪地说，梦想，那你以后怎么办呢？还能怎么办，开除了就开除了呗，反正在学校里也没意思，在哪不是混啊。梦想无精打采地回答。

我着急了，我想一定是昨天打架的事情被学校知道了。我大声地问旁边的人，梦想怎么被开除了？你们怎么都不告诉我？其他人呢？都有什么处分？我呢？怎么都没有人来医院看我？到底怎么了？

没有人理我。

这个时候川菜馆里那个摇摇欲坠不停地泛着雪花点的电视里插播了一条新闻：本台刚刚收到的信息，发生在昨天的网吧血案今天告破，由于警方及时封锁了当事人兔子死亡的消息，麻痹了犯罪嫌疑人，今天晚上六点十分，当两名犯罪嫌疑人再次到达网吧的时候，被守候在那里的警员当场抓获。

梦想发出了"啊"的痛苦声音，全桌的人都把拳头给握起来了，但是我没有，您说我当时听到这消息有多奇怪？兔子？那不就是说我吗？可我明明出院了啊，怎么电视上说我死了呢？我拼命地扯着他们的袖子问，但是他们都太激动了，完全没有听到我在说什么。周围乱糟糟的，像沸了的水一样翻腾着，我很郁闷啊，很郁闷，起身离开了座位，脚步就有些踉跄起来，走到门口的时候听见梦想说，兔子可以瞑目了。我的身子就像一块在烈日下曝晒的冰块一样，融化、挥发。

图书在版编目（CIP）数据

长岐西路 / 丁真著 . -- 北京：中国青年出版社，

2024. 11. -- ISBN 978-7-5153-7534-2

Ⅰ . I247.7

中国国家版本馆 CIP 数据核字第 2024RL8944 号

长岐西路

Changqi West Road

丁真　著

责任编辑　侯群雄　岳　超

助理编辑　邹远卓

策　　划　寂照观止

题　　签　顾建平

美术作品　侯　路

篆　　刻　陈引奭

装帧设计　唐　玄

校　　对　李　煊

出版发行　中国青年出版社　宁波出版社

社　　址　北京市东城区东四十二条21号（邮政编码 100708）

网　　址　www.cyp.com.cn

编辑中心　010-57350401

营销中心　010-57350370

经　　销　新华书店

印　　刷　北京盛通印刷股份有限公司

规　　格　889mm×1194mm　1/32

印　　张　12.5

字　　数　245千字

版　　次　2025年1月北京第1版

印　　次　2025年1月北京第1次印刷

定　　价　68.00元

本图书如有印装质量问题，请凭购书发票与质检部系调换。电话：010-57350337

長岐雨浪

窗
Window

早晨起来，你在镜子里看到了一个美人坯子的模样，但当你出门走在街上，没有人能看到她。这一切，你并不介意——人们总是假装看不到她，但"假装看不到"不代表她不存在。事实上，她总是和你形影不离。无论你去哪儿，你知道，她一定会陪在你身边。你向很多人讲过她的故事。她果断、干脆、说话富有感染力，知道的也比你多得多。她总是决定了你三餐的内容，无时无刻不在提醒你该用什么态度对待眼前的任务。毋庸置疑，她是充满存在感的，因为她说的总是对的。那一年，你30岁，她也一样。她叫芭比。

我讨厌狗

I hate dogs

他们离开小餐馆，沿着小路拐上大街。时间还不算晚，街道两侧霓虹灯闪烁，来往行人并不多。陈燮和娃娃走在前头，胖子落在后面，由北向南走着。风不知从哪里吹来，没什么感觉。人行道上到处停着七倒八歪的小黄车小蓝车，自行车肆无忌惮地逆行。汽车道越拓越宽，平坦，空荡，人和非机动车全都被赶到铺着方砖的人行道上。陈燮他们和胖子之间的距离忽远忽近，有时候能听见胖子大口大口的喘气声，有时候什么动静也没有。娃娃走得急，于是陈燮加快了自己的步伐，能感到心跳骤然加速。

转过一个拐弯，在新世界百货那里，娃娃放缓了步子，胖子也赶了上来。陈燮感到脸颊有些发烫，不知道是酒的缘故，还是走得太快。

他跑到甲板上，脚下变得跟跄，他开始无法保持身体的平衡，空荡荡的衣服下，一副宽大的骨架摇摇晃晃。向左倾，又向右，来回左右摇摆。风速来越大，裹着大雨和海浪，帆鼓胀得厉害。"嚓"一声，拉开了一道口子，然后生生扯成两段。雨打在脸上，干瘪的皮肤已感觉不到疼。宝富已经没有力气抓住自己，他往外侧俯身，用尽全力伸手，想扯住摇曳的破帆，身子倾斜过去了，但他的手依然什么也没有抓住。他就这么轻飘飘地摔落下来，摔在了那一堆砖上。

航海者
The navigator

卑微的盒子

The humble box

我记不清我到底有多老了，也许35岁，也许40岁，也许更老。我只知道我的内心已非常苍老，千疮百孔的那种，我没有工作，有的只是漫无目的的行走和日复一日的写诗。

每个问题都有无数答案，每个答案又能催生无数问题。想着想着就会让我发困，昏昏欲睡。但我明白我不能睡着，留给我的时间太少了，大脑在经过了无数次的激烈斗争后，我突然想到。